방패 용사 성공담

15

아네코 유사기

Aneko Yusagi

키타무라 모토야스

카와스미 이츠키

아마키 렌

루프트미아

「저는 당신의 본질에 있는 상냥함에 끌렸어요.」

목차

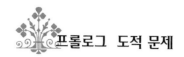# 프롤로그 도적 문제

"전원! 정렬!"

"네~에."

내 이름은 이와타니 나오후미. 방패 용사가 되어 이 세계에 소환된 일본인이다.

뭐, 내가 소환된 데에는 이런저런 경위가 있지만…… 지금은 세세하게 돌이켜 볼 시간이 없다.

나는 지금 관리하고 있는 마을에서 부하 녀석들과 함께 아침 식사를 마치고, 앞으로 해야 할 일들에 대한 지시를 내리는 중이다.

돌이켜 보면 길게도 느껴지고 짧게도 느껴지는 소동의 뒤처리를 마치고, 지금에 이른다.

쿠텐로에서 벌어진 소동을 정리한 것까지는 좋았지만, 그 후에 실트벨트에서 일어난 작은 소동── 방패 용사로서의 위광을 보인다느니 뭐라느니 하는 성가신 작업에 휘말리다 보니, 마을에 돌아올 때까지 시간이 제법 걸리고 말았다.

그렇게 고생한 보람이 있어서, 이런저런 말썽들은 다소나마 개선되긴 했지만.

"평소대로 각자 맡은 자리에서 작업에 임하도록. 이상!"

"네~에!"

마을에는 여전히 활기찬 녀석들이 많군.

"나오후미 님, 오늘은 어떤 방침으로 행동하실 거예요?"

방금 나에게 질문한 것은 마을 대표 겸, 바로 얼마 전에 침공했던 쿠텐로의 천명—— 여왕으로 즉위한 라프타리아다. 나에게는 딸 같은 존재라 할 수 있는 소녀다.

노예 신분에서 여왕에 즉위하다니, 엄청난 성공이군.

게다가 이세계 도(刀)의 권속기라는 특수한 무기의 소유자이기까지 하다.

음, 경력만 따지자면 나보다 더 대단한 건지도 모르겠다.

쿠텐로 공략의 증표인 무녀복을 오늘도 착용하고 있어서, 내게 눈 호강을 시켜 주고 있다.

"아, 그 일 말인데, 어제는 실트벨트에서 성가신 일들이 있었잖아? 나는 쿠텐로와 실트벨트에서 얻은 전리품 같은 걸 정리하는 작업을 할까 해."

"그럼 저희는 각자 단련을 하면 될까요?"

딱히 문제 될 건 없어 보이지만…… 뭔가를 잊어버리고 있는 것 같은 느낌이 든다.

그때 렌과 이츠키, 리시아가 식사를 마치고 다가온다.

"나오후미."

나를 부르는 렌은, 내가 살던 일본과는 별개의 일본에서 소환된 검의 용사로, 풀네임은 아마키 렌이라고 한다.

함께 있는 이츠키 역시, 나나 렌이 살던 일본과는 별개의 일본에서 소환된 활의 용사다. 풀네임은 카와스미 이츠키다.

리시아는 언제나 그 이츠키와 함께 다니는, 주인공 체질에 감정 기복이 심한 녀석이다.

"에클레르가 메르티 왕녀와 같이 나오후미랑 의논하고 싶은 게 있다고 그러던데."

"뭐지?"

"요즘…… 도적이 넘쳐서 난감하다더군."

"그랬어……?"

"그래, 쿠텐로를 침공하는 동안에도, 나오후미의 명령에 따라서 행상 일은 계속하고 있었으니까. 덕분에 꽤 많은 정보가 들어왔다는 모양이야."

"형, 그리고 보니까 우리도 행상 일을 하면서 도적들의 습격을 꽤 자주 받았어."

키르가 당연하다는 듯이 보고한다.

"왜 나한테는 보고가 안 들어온 거지?"

"다 물리쳐 버린 덕분에, 큰 문제가 되지는 않았으니까. 나오후미도 그동안 바빴잖아?"

"흐음……."

"하지만 그렇다고 묵과할 수도 없는 상황이니까, 뭔가 좋은 아이디어가 없는지 의논하고 싶던 참이었어."

요즘은 상업이 활성화되고 있는 상황이기도 하니까.

영귀(靈龜)에서 나온 소재가 유통되는 것도 있고, 내 부하들이 행상 일에 매진하고 있는 영향도 있어서, 메르로마르크의 경제는 제법 활기차게 돌아가고 있었다.

내가 메르로마르크를 비우고 있었던 탓에, 부하들의 보고가 허술해진 건지도 모르겠다.

습격자들도 이 마을만 공격했었으니까.

예전에 제르토블의 액세서리 상인이 신이 나서 내게 열변을 토한 적이 있었다.

영귀 출현 이후로 전 세계가 파도에 대해 과민해진 바람에, 자기 목숨을 지키기 위해서 온 세계 사람들이 지갑을 열기 시작했다. 그 흐름을 타지 않을 이유가 없다나 뭐라나.

그렇게 활동이 활발해진 상인들을 습격하려는 도적들이 출현하는 건 자연스러운 흐름이라고 한다.

모험가 길드나 상업조합, 기사단, 교회…… 현재는 사성교(四聖敎) 등이, 서로가 서로를 지탱하는 형태로 경제를 떠받치고 있다는 모양이다.

나쁜 놈들이 무리를 지어서 상인이며 마을을 습격, 이득을 취한다.

노예상이나 액세서리 상인에게는 눈꼴사나운 녀석들이리라.

그 녀석들은 권력은 갖고 있지만, 그래 봤자 근본적으로는 속 시커먼 상인들이다. 그러니 무력을 등에 업고 덤벼드는 말이 안 통하는 녀석들과는 상성이 나쁘기 마련이다.

그래도 대책쯤은 세워 두고 있겠지만…… 하는 수 없지.

요컨대 영귀의 출현으로부터 시작된 일련의 흐름 때문에, 현재는 메르로마르크의 치안이 악화되고 있다.

"어쩌면 대대적인 청소가 필요할지도 모르겠는데."

"하지만 무슨 수로?"

"나한테 한 가지 아이디어가 있어."

그날 중으로, 나는 렌과 라프타리아, 그 밖에 교섭에 이용할 수 있을 법한 녀석들을 데리고 짐작 가는 게 있는 곳…… 범죄자 갱생을 위해 만들어진 농촌으로 향했다.

"자, 이번에는 너한테 중대한 임무를 좀 맡길까 하는데."

"시, 싫어! 나는, 죗값을 치르고 나면 마을로 돌아가서 떳떳하게 살기로 결심했단 말이야!"

몇 번이나 나와 조우한 끝에, 지금은 이렇게 렌의 휘하에서 관리 받고 있는 한 도적을 특별히 이번 계획에 동참시키기 위해서 설득하는 중이다.

하지만 도적은 지금까지 해 온 행동들을 반성한 건지, 내 계획에 부정적이었다.

"설마 너한테 거부권이 있다고 생각하나?"

"나는 뭘 해도 있어도 떳떳하게 살기 위해 노력하고 있다! 방해하지 마!"

일리 있는 말이기는 하다. 새 삶을 살고 싶은 기분도 충분히 이해한다.

그렇다고 해서 회유를 멈출 생각은 없지만 말이지.

"자, 자, 진정하고 찬찬히 이야기부터 들어 봐. 나라고 무리한 부탁을 하려는 건 아니야. 너한테도 충분히 득이 될 만한 일이라니까."

나는 그렇게 박살이 나고도 포기하지 않고 도적질을 하던 이 녀석을 높이 평가하고 있다.

불운하기는 해도 죽지는 않은 걸 보면 악운 하나는 강하다고 봐도 될 것이다.

"우선은 특별히 너를 클래스업 시켜 주지. 레벨업까지 포함해서."

참고로 이 녀석에 대해 국가가 내린 형벌은, 레벨 리셋 후에, 개척 사업에 종사하게 하는 형벌이었다고 한다.

다시 말해, 현재 이 녀석은 레벨1이다.

싸울 수단을 상실하고, 노예처럼 일하며 죗값을 치르고 있다.

그야말로 노예와 같은 신세인 만큼, 도망치면 노예문이 발동해서 죽는 페널티를 짊어진 채 생활하고 있는 것이다.

이런 점에서는 내가 살던 세계보다 관리가 용이할 것 같군.

"또, 네 고향이 어디인지는 모르지만 가족들에게 자금도 지원해 주지. 이번 임무에서 너는 국가에 고용되어 일하는 셈이야. 가족들도 자랑스럽게 생각할걸."

"크윽……."

도적 녀석은 내 제안에 말문이 막혔다.

출세할 능력도 연줄도 없는 도적이 국가의 원조를 받는 것이다. 고민하는 것도 당연하다.

"이건 선행이야. 잘만 풀리면 대폭적인 감형도 약속하지."

"나오후미, 너 엄청나게 사악해 보이는데."

"시끄러. 이건 사법 거래라고."

"뭔가 좀 다른 것 같은데."

"그럼 함정수사라고 하지."

"함정이라고?"

렌이 의심 어린 시선으로 나를 쳐다보고 있다.

"그래도 나는──."

"뭐, 그렇게 급하게 생각할 것 없어. 배고프지? 특별히 식사까지 대접해 주도록 하지."

그렇게 말하면서 내가 도적에게 내민 것은, 돈까스 덮밥처럼 생긴 음식이다.

이 세계에서는 재료를 조달할 수 없기에, 생김새만 비슷할 뿐 어디까지나 별개의 음식이다.

"……."

꼬르륵…… 하는 소리가 도적의 배에서 울려 퍼졌다.

내가 내놓은 음식을 보고, 꿀꺽 하고 마른침을 삼킨다.

도적 노릇을 하면서 살던 걸 보면 아마 지금까지 식사다운 식사도 못 한 채 살아왔으리라.

"독은 안 들었으니까 걱정 마. 정 걱정되면 내 노예에게 조금 먹여 볼까?"

돈까스 덮밥 비슷한 음식을 작은 접시에 약간 덜어서, 이러기 위해 데려온 키르에게 먹인다.

"형. 이거 끝내준다! 더 줘!"

"좀 기다려. 이 녀석이 거절하면 줄 테니까."

"그럼 빨랑 거절해. 인상 더러운 형씨."

"키르 군!"

라프타리아가 꾸짖는다.

하긴, 자기가 밥 좀 더 먹자고 이쪽의 의뢰를 거절하라고 도발하다니, 꾸중을 듣는 것도 당연하다.

"머, 먹으면 될 거 아니야! 먹으면!"

후…… 도적은 내가 내놓은 돈까스 덮밥을 먹기 시작한다.

"뭐, 뭐냐 이건?! 세상에 이렇게 맛있는 게 있을 줄이야! 손이 멈추질 않아! 엄마가 만들어 줬던 음식을 먹는 것 같아서 눈물이——."

울면서 돈까스 덮밥을 먹어치우는 도적을 부러움 가득한 시선으로 쳐다보는 훈도시 개, 키르.

렌이 떨떠름하기 짝이 없는 시선으로 이쪽을 쳐다보고 있다. 알 게 뭐야.

"뭐, 굳이 네가 아니라도 상관없어. 네 패거리들 중에도 얼굴을 아는 녀석이 몇 명 있으니까."

돈까스 덮밥을 말끔하게 먹어치운 도적에게, 짐짓 거만하게 말한다.

배를 채우고 안정을 되찾고 나면, 내 이야기를 들을 마음이 생기겠지.

일단 그 단계까지 가면 교묘하게 회유하는 일만 남는다.

이런 교섭도 제법 재미있는걸. 최근에 쌓였던 스트레스가 해소되는 기분이다.

"내 지시대로 일해 주기만 하면, 음식도 좀 만들어서 보내 주도록 하지."

뭐, 교섭 수단은 얼마든지 있다.

아까도 이야기했다시피, 굳이 이 녀석이 아니라도 의뢰를 수락할 녀석은 얼마든지 있을 것이다.

"그래도 나는—— 동료를 팔아먹는 짓은——."

"필로."

이 녀석은 신조(神鳥)—— 즉 필로에게 처참하게 당했던 트라우마를 갖고 있다.

사실 필로는 여기에 없지만 말이지. 필로는 지금 이웃 도시를 통치하고 있는 메르티와 함께 있다.

"알았어! 성공하면 날 자유롭게 풀어 주는 거지?!"

순식간에 꺾여 버렸잖아! 필로가 그렇게나 무서운 거냐?

"물론이지. 약속하고말고."

자유를 되찾을 수 있다면 말이지. 아니, 이 일을 통해서 손을 씻겠다는 결심을 앞으로도 계속 유지한다면 말이지.

"나오후미……."

렌이 뭔가 나에게 할 말이라도 있는 듯 입을 연다.

"왜 그러지? 도적들을 하나씩 일일이 때려잡는 것도 한계가 있을 거 아니야? 그럼 차라리 뿌리부터 뽑는 게 낫지 않겠어?"

"으음……."

지금까지 잠자코 있던 라프타리아도 뭔가 할 말이 있는 모양이다.

"열심히 갱생 중인 사람에게, 또 악행을 시키시려는 거예요?"

"악행이라고 할 만한 일은 아닌데 말이지."

이 도적을 이용해서 이 나라에서 도적이 증가하고 있는 진짜 이유를 조사하고, 동시에 치안 유지를 도모한다.

용사의 영향 때문에 빛이 강해진다면, 당연히 그 빛에서 생겨나는 그들도 관리해야 하는 법이다.

설마 용사가 비밀리에 도적을 부려 먹고 있다니, 이 세계에서 그 사실을 짐작할 수 있는 녀석이 얼마나 되겠는가.

만약에 짐작하는 녀석이 있다고 해도, 사성용사 대부분이 내

휘하로 들어온 마당이니 두려울 건 없다.

생각해 보면 내 입장도 참 많이 달라졌다.

"우선 도적 동료들을 모아들여. 그리고 세력을 확장시키는 거야. 물론 내 휘하에 있는 상인들은 습격하면 안 돼."

"상인을 습격하지 않고 무슨 수로 먹고살라는 거냐! 도적 짓이 만만해 보여?!"

"아주 습격을 하지 말라는 게 아니잖아? 실은 습격해 줬으면 하는 상인이 있거든."

상인조합에 소속되지 않은 채, 구역이나 규칙을 어기는 악질적인 상인 세력이 존재하면서 암약하고 있다.

이번 도적 문제의 원인을 따져 보면, 그런 녀석들과 도적들이 비밀리에 손을 잡고 있다는 모양이다.

그리고 그런 상인과 도적 녀석들을 비호하고 있는 것이, 온건파 반(反) 방패 귀족이라고 한다.

그리고 보니, 그 귀족들이 나를 쏘아보던 모습이 떠오른다.

"규칙을 무시하는 악덕 상인들을 사냥하는 거야. 그러면 내가 원조해 주지."

참고로 여기에 오기 전에 포털을 통해 제르토블로 가서 액세서리 상인과 교섭을 마쳐 둔 상태다.

엄청나게 흥분해서, 나를 꼭 후계자로 삼겠노라고 떠들어 댔었지.

녀석의 속은 통 알 수가 없다.

"그걸 무슨 수로 분간하라는 거냐!"

"걱정 마. 내 수하 상인들이나 습격하면 안 되는 녀석들의 순회 경로는 항상 가르쳐 줄 테니까. 너는 습격해도 되는 마차를 골라서 악덕 상인의 짐만 빼앗으면 돼."

이러면 악인들만 골라 습격하는 정의의 도적이 탄생하는 셈이다.

뭐, 악인이라는 건 방패 용사인 내 입장에서 볼 때의 악인이지만.

이 계획을 실행하면 한동안은 치안 유지가 가능할 것이다.

"그래서? 빼앗은 짐은 어떻게 하면 되지?"

"글쎄. 나한테 가져와도 되지만 그러다가 꼬리가 잡히면 곤란하니까. 반은 부하 도적을 양성하는 데 쓰고, 나머지 반은 은혜를 베푸는 셈 치고 가난한 사람들이나 마을에 뿌려. 그러면 사람들도 너희를 나쁘게 보지는 않을 테니까. 그리고 국가 쪽에서는…… 나를 보면 말 안 해도 대충 이해하겠지?"

"그게 용사가 할 짓이냐……?"

도적 주제에 무슨 건방진 소리를 하는 거냐. 뒤에서 꼭두각시놀음처럼 조종하는 건 거대 조직에서는 당연한 일이다.

이렇게 된 거 아예 여왕과도 손을 잡고 쓰레기를 일소해 버리는 것도 괜찮겠지.

"정말 괜찮은 거 맞아?"

"나중에 용사를 순회시켜서, 도적들을 처분하는 거라는 명목을 세워 주지. 너는 잇속 밝은 뛰어난 보스로 군림하는 거다. 반항하는 부하나 성가신 녀석은 내 부하를 습격하는 일을 시켜. 반격을 빙자해서 처분해 줄 테니까."

"조건은 나쁘지 않군. 거부할 수도 없을 것 같고…… 알았다."

"교섭 성립이군."

이렇게 해서, 나는 도적을 휘하에 거두는 데 성공했다.

"아주 시커멓군. 이츠키가 제정신으로 돌아오면 무슨 소리를 할지 걱정될 지경이야."

"그래서 이런 모습을 안 보여 주려고 이츠키는 마을에 두고 온 거잖아. 어쨌거나 렌, 너는 에클레르와 같이 치안 유지 활동에 종사하고 있으니까 이런 것도 알아 두는 게 좋아."

"알았다……. 돈 버는 것도 참 힘든 일이군……."

"아마 그거랑은 다를 것 같은데요."

라프타리아가 황당해하며 말했다.

뭐, 결과만 따지자면 메르로마르크에 의적 길드라는 일대 조직이 생겨나게 된 것이다.

국가에서 도적을 관리할 수 있다면, 그보다 나은 건 없으니까.

국민들에게는 알릴 수 없는 암부가 하나 더 늘어난 셈이다.

도적과의 교섭을 마치고, 포털을 타고 마을로 귀환한다.

가까운 시일 내에 메르로마르크 여왕을 만나서 보고를 해야겠다. 이런저런 사정이 겹쳐서 한동안 못 만났었으니까.

그렇게 생각하면서, 쿠텐로 공략 기간에 행상을 통해 얻은 수익 등을 적은 장부를 훑어본다.

"헤에……."

……키르가 속한 행상의 매상이 탁월한 수준인데.

응? 키르가 행상 일을 할 때 마차를 끄는 마물…… 커다란 캐터필랜드가 이쪽을 쳐다보고 있잖아?

뭐, 신경 끄고 키르나 칭찬해 주자.

"우리가 마을을 비우고 있는 동안 일을 잘 처리한 모양이군. 키르, 잘했어."

"형?"

"나오후미 님이 뜬금없이 칭찬하기 시작했어요. 조심하셔야 해요."

"응."

내가 칭찬을 할 때는 뭔가 꿍꿍이가 있는 거라는 편견이 있는 모양이다.

……내 평소 행실이 초래한 일이겠지.

"일을 잘했으니까 칭찬한 것뿐이야. 뭔가 상이라도 줄까 싶어서."

"그럼 형이 만들어 준 요리를 먹고 싶어! 아까 먹은 것처럼 맛있는 걸로!"

나한테 받고 싶은 상이 음식이냐? 필로도 음식에 집착하는 경향이 있는데 말이지.

"알았어……. 디저트라도 만들어 주지."

왜 디저트인가 하면, 라트와 함께 연구해서 만든 바이오플랜트의 변이종 중에 꿀을 정제할 수 있는 녀석이 만들어졌기 때문이다.

시식을 겸해서 한번 만들어 보기로 한다.

혹시 망치거든 실트벨트 녀석들이 헌상해 온 고급 감미료를 쓸 생각이다.

핥아서 맛을 보니, 약간 독특한 감이 있긴 했지만 달콤했다.

주방에 서니 키르가 흥분한 기색으로 쳐다본다. 내가 요리를 할 때면 마을 녀석들은 다들 이런 태도를 보인다.

"냄새가 참 먹음직하네요. 아주 맛있을 것 같아요."

"형! 뭐 만드는 거야?"

"잠자코 보고나 있어. 아아, 불은 이 정도로…… 최대한 약 불로 해야겠군."

철판을 데우고, 행상을 하면서 얻은 밀가루에 메르티가 관리하는 이웃 도시 목장에서 구한 마물의 젖을 섞어서 반죽을 만든다.

그 외에 젖의 지방분을 이용한 크림을 만들어서 거품을 만들어 두었다.

거기에 꿀을 넣어서 당도를 추가. 그리고 과일을 준비하자.

요리를 하고 있으려니, 노예들과 마물들이 냄새에 이끌려 모여든다.

……충분하려나?

"그럼 다음은……."

반죽을 최대한 얇게 펴서 철판에 굽고, 곧바로 뒤집어서 구워낸다.

그리고 그 반죽을 다른 테이블에 옮기고 과일을 얹은 후, 마지막으로 크림을 발라서 감싼다.

"다 됐어."

"아아, 역시 크레이프를 만들던 거였군."

완성된 음식을 보고 렌이 중얼거린다.

"그래. 옛날에 푸드코트에서 아르바이트를 했었던 덕분에 만드는 법을 알고 있었거든."

"아르바이트……. 그 단어도 오랜만에 듣는군."

"렌은 해 본 적 없어?"

온라인 게임에만 빠져 살고 지냈던 녀석이니, 과금을 하다 보면 돈은 아무리 있어도 부족했을 것이다.

이런 부류의 게임은 플레이하는 데 돈이 들거나, 돈을 내면 게임을 유리하게 진행할 수 있는 경우가 많다. 그 자금을 용돈의 범위 안에서만 해결하는 건 상당히 버거운 일이다.

마음먹고 제대로 게임을 하자면, 결국은 아르바이트 등으로 자금을 조달하는 수밖에 없다.

"없어. 해 보고 싶다는 생각은 했었지만."

하긴, 렌은 고등학생이고 학교나 부모에 따라서는 아르바이트를 금지하는 경우도 많으니까.

실제로 내 동생이 다니는 학교는 아르바이트를 금지했다.

나? 고등학교 때부터 돈에 눈이 멀어서 아르바이트를 했다. 그 돈을 어디 썼는지는 굳이 말하지 않아도 알 것이라 믿는다.

그렇게 이야기를 나누면서 시제품 1호를 렌에게 건넨다.

일본에서도 널리 보급된 음식이니까. 평가자로서는 렌이 가장 적절하겠지.

"맛있어. 내가 알던 맛과는 좀 다르지만, 신경 쓰일 정도는 아니야."

"어때, 어때, 역시 맛있어?"

키르가 초롱초롱한 눈으로 묻는다.

"자, 이게 원래 내가 살던 세계에 있는 음식 중 하나인 크레이프다.”

다음으로 완성된 크레이프를 키르에게 건넸다.

“크레이프……. 처음 듣는 음식이네. 형네 세계의 음식이라는 거지?”

키르는 냄새를 맡아 보고, 크레이프를 빤히 쳐다보고 있다.

지금은 일단 인간 형태다. 최근은 개 형태로 있을 때가 많지만 말이지.

본인이 말하기를, 변신 중에는 마력이 소모되지만 그 이상으로 감각이 예민해지고 몸이 가벼워져서 생활하기 편하다고 한다.

키르는 우적 하고 크레이프를 베어 문다.

“처음 먹어 보는 맛이네.”

우물우물 연신 크레이프를 씹으며, 키르는 꼬리와 귀를 살랑살랑 움직인다.

“맛있어!”

“그래?”

키르의 말에 마을 녀석들과 마물들이 자기들도 먹고 싶다는 의사 표현을 해댄다.

그래서 할 수 없이 계속 크레이프를 굽기 시작했는데…….

“맛있어! 크레이프 끝내준다아아아아아아아—!”

키르가 그렇게 소리치면서 뛰어다니기 시작했다.

“그러다 자빠진다.”

내가 주의를 준, 바로 그때쯤이었을까.

키르가 자빠졌다!

“저기…… 나 저런 거 어디선가 본 적이 있는데.”

"별일이군, 나도 같은 생각을 하던 참이었어."

게다가 크레이프는 땅바닥에 떨어져서 요란하게 엎어졌다.

"내가 봤던 건 아이스크림이었던 것 같은데."

"내 쪽에서는 빙수였어. 꽤 오래전이었지만, 본 기억이 있어."

VRMMO가 존재하는 미래&이세계의 일본에서도 상투적 장면은 존재하는 모양이다.

키르…… 필수요소 같은 녀석이군.

"우우…… 형이 만들어 준 크레이프가아아아아아아아아앙!"

키르 녀석, 양손으로 머리를 싸쥐고, 바닥에 엎어진 크레이프를 눈물 그렁그렁한 눈으로 응시하며 절규하고 있다.

그, 그렇게 원통하다면 당장…… 재료가 부족한가?

재료의 양을 보니, 마을에 있는 녀석들에게 나눠주기도 버거워 보인다.

"……."

키르는 원통하기 그지없는 눈으로, 땅바닥에 떨어진 크레이프를 쳐다본다.

다른 아인 노예가 일으켜 주려고 손을 내밀어 주지만, 눈에 들어오지도 않는 모양이다.

그러다가 이윽고…… 먹었다?!

무슨 생각을 한 건지, 개로 변신한 키르가 땅바닥에 흩어진 크레이프를 먹기 시작했다.

"키르 군! 지금 뭐 하시는 거예요?!"

라프타리아가 달려가서 꾸짖는다. 마을 녀석들도 놀라서 손가락질하고 있잖아.

"그러다가 배탈 나요!"

"이거 놔! 형이 힘들게 만들어 준 거잖아! 그런 걸 그냥 버릴 수는 없어!"

"안 돼! 땅에 떨어진 걸 먹으면 안 된다고 오빠가 말했잖아."

"그래도 나는 먹을 거야! 비켜! 크레이프를 못 먹잖아! 우와 아아아아아아아아!"

키르 녀석, 제압당한 상태에서도 야성적인 눈빛으로 주위를 견제하면서 땅바닥에 흩어진 크레이프로 손을 뻗는다.

으음…… 내가 실수로 중독성 물질 같은 걸 집어넣었나?

이 꿀은 실패작이라고 라트에게 보고해야겠다.

"좀 진정해! 자, 내 걸 줄 테니까!"

"그래도 돼?!"

"그래."

렌이 자기 크레이프를 키르에게 주고 나서야 간신히 사태가 수습되었다.

키르가 왜 그렇게까지 난리를 피운 건지 도통 이해가 안 된다. 그나저나 렌도 이제 제법 마을에 녹아들었군.

이윽고 렌이 돌아와서, 약간 난처한 표정으로 말했다.

"나오후미는 마을 아이들의 신망이 참 두터운데……."

"아니, 꿀에 마약 성분이 섞여 있었던 거겠지. 제작을 중단해야겠어."

"그게 아닐걸. 그러니까 중단할 필요 없어. 다들 절실한 눈으로 쳐다보고 있어……. 마, 만들어 줘!"

렌은 노예들의 시선을 받고 조바심을 느낀 듯이 말했다. 하긴, 다들 그렇게 쳐다보고 있으니까 그럴 만도 하지.

마약 의혹이 있긴 하지만, 결정적인 부작용이 있는 것도 아니니, 괜찮겠지.

"냄새가 향긋한걸……."

그때 라프타리아의 사촌이 향기에 이끌려서, 윈디아와 함께 나타난다.

윈디아는 가엘리온이라는 드래곤의 보호자다.

마물을 좋아해서, 라트와 함께 마을의 마물 관리를 맡고 있다.

조금 더 보충하자면, 예전에 렌이 처치했던 드래곤의 딸이다. 수양딸 같은 거긴 하지만.

렌에 대해 해묵은 감정이 없는 건 아니지만, 렌이 소극적인 사고에 빠질 때면 기합을 불어넣어 준다는 모양이다.

그리고 라프타리아의 사촌은 얼마 전까지 우리가 머물고 있던 나라, 쿠텐로에서 적대하던 세력의 두목에 의해 본의 아니게 추대됐던 꼬마다.

라프타리아와 동족으로, 어딘지 어린 시절의 라프타리아를 연상케 하는 얼굴이다.

명목상으로는 처형한 것으로 해 두고 우리 마을로 데려왔다.

아직 메르로마르크의 말을 익히지 못한 상태이기에, 기본적으로는, 나나 라프타리아…… 용사나 아인 나라의 말을 아는 녀석들 이외에는 대화를 나누지 못한다는 점이 문제다.

천명이었던 시절에는, 과거의 일본에서 있었던 불살처럼 살생 금지법 같은 것을 반포한 바보 녀석이었고, 이 녀석이 내놓은 정신 나간 법률 덕분에 쿠텐로 공략은 생각보다 빨리 끝났다.

뭐, 진짜 멍청이들은 그 밑에 있던 썩어빠진 정치가 녀석들이었던 것 같지만.

마키나라는, 실트벨트 출신의 이기적인 쓰레기 여자가 쿠텐로의 실권을 장악하고 있었지만 우리의 활약 덕분에 해치우는 데 성공했다.

이야기를 본론으로 돌려서, 라프타리아의 사촌은 마물……필로리알을 예뻐하고 있었다.

하지만 진짜 마물의 무서움을 알고 나서는 스스로의 행실을 반성하고 있다.

그렇지만 마물에 대한 호기심은 여전히 왕성해서 라프짱에 대해 상당한 관심을 보이고 있다.

라프짱을 교묘하게 활용해서 내 파벌로 끌어들일 수 없을까.

"오오, 너희도 먹을 거냐?"

"응."

라프타리아의 사촌은 크레이프를 받아 들고 먹기 시작한다.

그 표정은 어린 시절에 음식을 받아먹던 라프타리아와 빼닮았다.

"왜 그런 다정한 눈길로 보시는 건지 여쭤도 될까요?"

라프타리아가 나에게 태클을 걸 때와 같은 태도로 묻는다.

내가 무슨 이상한 소리라도 한 건가?

"라프타리아의 어린 시절이 생각나서. 자식을 보는 부모가 된 느낌이랄까."

"다정한 표정을 지으시는 이유가 어쩐지 찜찜하네요……. 그런데 나오후미 님."

라프타리아가 사촌의 어깨에 손을 얹는다.

"윈디아 양을 보니까 생각났는데, 이 아이 이름은 제대로 알고 계시겠죠?"

라프타리아가 심문하는 것 같은 얼굴로 물었다.

그 이유인즉슨, 내가 예전에 윈디아를 계곡녀라고 불렀던 것 때문인 모양이다.

일전에 라프타리아에게 그 이야기를 했더니, 그때도 라프타리아는 지금과 똑같은 표정을 지었었다.

참고로 질문에 대한 나의 답은 이렇다.

"몰라."

녀석에 대해 내가 가진 정보는, 쿠텐로의 전임 천명이며 라프타리아의 사촌이라는 게 전부다.

애초에 이름은 물어본 적도 없고 딱히 궁금하지도 않다.

"빨리 이름을 안 가르쳐드리면 이상한 별명이 붙을 거예요!"

"그래! 나는 계곡녀라고 불렸다구!"

라프타리아와 윈디아가 라프타리아의 사촌에게 간절한 태도로 설명한다.

"나오후미 님, 지금 마음속으로 이 아이를 어떻게 부르고 계세요?"

"라프타리아 사촌."

"그냥 그대로잖아요! 빨리 이름을 말하세요! 이러다 조금만 더 있으면 더 단축해서 그냥 사촌이라고 부를지도 몰라요."

"저, 저기…… 루프트밀라……예요."

어쩐지 라프타리아의 이름과 분위기가 닮은 구석이 있군.

국가의 특성 같은 걸까.

"그래? 그럼 앞으로는 루프트라고 부르지."

그냥 사촌이라고 불러도 되는 것 아닌가 하는 생각도 들지만 말이지.

"쿠텐로 녀석들이 있을 때는 가명으로 부르는 게 나으려나?"

"이상한 별명 붙이시면 안 돼요."

라프타리아는 이런 쪽에 있어서는 의심이 너무 많다니까.

"라프~."

제일 먹음직스럽게 구워진 크레이프를 라프짱에게 건네고, 디저트 만들기를 마쳤다.

"아, 맞아. 그 녀석과 가엘리온이 방패 용사를 부르던데."

윈디아가 '그 녀석'이라고 부르는 건 라트티르…… 포브레이에서 온, 마물에 대한 지식이 풍부한 연금술사다. 가엘리온은 아까 설명했다시피 드래곤의 이름이고.

"알았어. 어차피 물자 정리도 겸해서 의논할 게 있던 참이었으니까."

라트는 쿠텐로의 독자적 생태계에 대한 조사를 마치고, 마을에 만든 연구소에서 자료를 만들고 있는 걸로 알고 있다.

"그럼 나오후미, 나는 에클레르 쪽에 사정을 설명하고 올게. 무슨 일 생기면 불러."

"그래, 가는 김에 아트라하고 다른 애들도 좀 보고 와. 이번에는 여러모로 바빠서 훈련할 시간은 없을 것 같지만."

잡무에 쫓기느라 일과 중 하나인 훈련을 할 시간이 날 것 같지가 않다. 그러니까 미리 사정을 말해야겠다.

"알았어. 하지만…… 아트라가 나오후미를 찾아서 돌진해 올 것 같은데."

"하긴……. 그럼 요전에 보인 추태를 훈련으로 극복해 보라고 도발이라도 해 줘."

아트라 일행은 실트벨트에서 약간의 문제…… 어떤 적이 만들어낸 환각에 감쪽같이 속아 넘어가서 별 도움이 되지 못했다.

아트라 본인은 그 일이 영 마음에 걸리는지 나에 대한 애정 공세도 중단하고 훈련에 매진하고 있다. 당분간은 시간을 벌 수 있을 것이다.

"우리가 그 자리에 있었으면 그럴 일이 없었겠지만."

렌 일행은 그 무렵에 이동 중이었다.

다시 불러올 틈이 없어서 말이지. 뭐, 이제 와서 신경 써 봤자 소용없는 일이지.

"어찌 됐건, 그 건에 대해서도 어느 정도 대책을 세워 두긴 해야겠지. 렌이나 이츠키가 없었던 건 딱히 문제 될 것 없었지만."

상대를 놓친 점은 문제이긴 했지만, 장소가 장소였으니까.

방패 용사 이외의 사성용사들은 정세 면에서 불리한 면이 있었다.

"그럼 당장 라트 쪽에 들렀다 오지. 그럼 이만."

이렇게 해서 유라는 렌과 개별 행동을 하기로 하고, 윈디아와 루프트의 안내에 따라 연구소로 향했다.

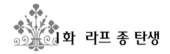# 1화 라프 종 탄생

"무슨 일로 날 부른 거지?"

라트의 연구실 내부의 방……. 늘 그렇듯이 배양용 수조에는 정체불명의 마물이 떠 있다.

"라프?"

라프짱이 배양용 수조 속에 든 마물을 향해 손을 흔들자, 그 마물도 똑같이 손을 흔든다.

"뀨아."

가엘리온도 있군.

"아아, 백작이군. 여러모로 보고할 것들이 있어서."

"뭐지?"

"우선 경과보고. 앵광수(櫻光樹)에 관한 이야기인데, 직접적으로 앵광수 숲을 조성하는 건 역시 실패했어. 원인은 알 수 없지만, 꺾꽂이를 하자마자 시들더군."

"그랬군."

워낙 아름다운 나무라서 마을의 명물로 삼아 볼까 하는 생각에 라트에게 부탁한 일이었다.

앵광수는 원래 쿠텐로의 고유 식물인데, 여러모로 편리한 효과가 깃들어 있다.

쿠텐로에서만 쓰는 건 너무 아깝다는 생각에 도입을 시도한 것이었다.

"바이오플랜트와 교배시키려면 백작이나 다른 용사의 협조가 필수 불가결인데……."

바이오플랜트의 확장기술 중에 '배합'이 존재한다. 이것저것 시도하다 보니 등장했다.

잘만 쓰면 앵광수가 시들지 않을지도 모른다.

"알았어. 그걸 하면 되는 거지?"

"그래. 하지만, 아직 보고할 게 더 있으니까, 그것까지 듣고 해 줬으면 좋겠는데."

"응? 뭐지?"

"──윈디아. 그 애들을 준비시켜."

"──응."

라트가 명령하자 윈디아가 방 밖으로 나갔다.

"흐음──. 드디어 한 건가."

윈디아가 방을 떠나자, 가엘리온이 입을 연다.

"왜 윈디아가 방에 없을 때만 말하는 거야?"

루프트가 고개를 갸웃거린다.

"비밀로 해 줘. 이 녀석 나름의 원칙이라는 모양이니까. 렌한 테도 가르쳐 주지 말고."

"알았어."

"말해 주면 윈디아가 훨씬 더 좋아할 것 같은데 말이죠……."

라프타리아도 루프트도 부모가 없다 보니, 서로 공감하는 점이 있는 건지도 모른다.

하지만 양아버지가 되어 윈디아를 키워 온 가엘리온 본인이,

말을 안 하는 게 결과적으로는 윈디아에게 도움이 될 거라 생각한다는 모양이니 그 방침에 대해 참견하는 것도 내키지 않는단 말이지.

"그래서, 뭔데 그래?"

"용제(龍帝)는 용제의 조각을 얻음으로써 힘이나 지식을 얻을 수 있다는 건 알고 있겠지?"

"그래."

쿠텐로에서 벌어진 일도 그렇고, 가엘리온이 처음 가담했을 때 벌어졌던 마룡 소동 때를 돌이켜봐도, 그 점은 어느 정도 짐작할 수 있다.

"내가 앞으로 더 강해지려면 당연히…… 드래곤을 물리쳐서 그 조각을 빼앗는 과정이 필수적이지만, 그에 병행해서 그대에게 이야기해 두는 게 좋을 것 같은 정보가 있거든."

"뭔데 그러지?"

"레벨 100의 한계를 돌파하는 클래스업에 필요한 지식이 사라진 조각 속에 있을 거다. 그 외에도 이런저런 지식을 제공할 수 있을 거다."

레벨 100의 한계라는 건, 용사를 제외한 이 세계 녀석들이 대체로 레벨 100에서 성장이 멈추는 현상을 가리킨다.

원래 이 세계 녀석들은 레벨 40에서 성장이 멈추고, 클래스업을 거치면 한계치가 100까지 올라간다고 한다. 하쿠코 남매를 구입했을 때쯤에 들었던 기억이 있다. 하쿠코를 비롯한 실트벨트의 아인종 중 일부는 120이 한계선이라는 모양이지만.

만약에 100을 넘을 수 있다면, 그 방법을 모색해 봐야겠다고 생각하던 참이기는 했다.

설마 이런 곳에서 힌트를 얻게 될 줄은 몰랐는데.

"그대가 성가신 문제와 얽혀 있는 바람에 그동안 이야기할 기회가 없었다."

"성가신 문제가 있었던 건 사실인데, 할 이야기는 그게 다야?"

뭐, 까놓고 말해서 그 제한은 나나 라프타리아에게는 해당되지 않는 이야기다.

렌이며 이츠키, 세인 역시 용사의 카테고리에 들어가니 문제없을 것이다.

앞날을 생각하면 얻어 두고 싶은 지식이기는 하지만.

현재 상황에서 시급한 일이라고 하기는 힘들 것이다.

"지금은 필로리알이 근처에 없으니, 우선은 그대의 방패에 걸려 있는 잠금장치를 잠시 해제하도록 하지."

"엉?"

"필로리알 여왕이 걸어 놓은 잠금장치다. 그대도 짐작이 갈 텐데?"

잠금장치라면…… 마룡의 소재를 방패에 넣었을 때 본 기억이 있다.

그걸 말하는 걸까?

응? 설마 드래곤 계열의 방패가 나타나지 않는 게 필로리알의 바보털 때문인가?

피트리아 녀석……. 나에게 의뢰하는 처지인 주제에 무슨 짓을 하는 거냐.

그런 짓을 하면 내 능력에 한계가 생기지 않는가.

자기가 먼저 찜했다는 주장이라도 하고 싶은 건가.

어린애가 음식에 침 발라 놓는 것도 아니고. 젠장.

"방패에는 내 핵이 들어 있지 않은가. 적정 레벨이 되면 드래 곤 계보의 스킬들이 거의 다 갖춰져야 당연한 거 아닌가?"

"아아, 하긴 그렇지."

원래는 레벨이 부족해서 변화시킬 수 없었던 거였다.

드래곤의 핵은 피트리이의 바보털과 같은 범위로 분류되는 건가?

게임으로 따지면, 둘 중에 하나밖에 손에 넣을 수 없다거나 하는── 그런 식이겠지.

요즘 들어 느끼는 거지만, 게임인지 현실인지 좀 더 명확하 게 해 줬으면 싶은 심정이다.

"그대, 방패를 앞으로 내밀어라."

"하아…… 알았어."

가엘리온이 내 방패를 향해 공력 같은 것을 불어넣는다.

파직 하고 방패에서 불꽃이 튄 것 같은 느낌이 들었다.

잠금장치의 일부가 해제되었습니다.

드래곤 레더 실드의 조건이 해방되었습니다.
드래곤 스케일 실드의 조건이 해방되었습니다.
드래곤 미트 실드의 조건이 해방되었습니다.
용 사역자 방패의 조건이 해방되었습니다.
용 사역자 방패 II 의 조건이 해방되었습니다.

수룡 방패의 조건이 해방되었습니다.

수룡의 권속 방패의 조건이 해방되었습니다.

으음, 기본적으로 스테이터스가 높은 편이군. 역시 드래곤은 드래곤인가.

게다가 능력 상승 계열의 배율도 제법 높다.

해방 조건이 레벨 50 정도다.

피트리아…… 감히 나를 물먹였겠다……?

오? 용 사역자 방패에는 '드래곤 성장보정(소)'가 있잖아.

그 말인즉슨, 용제의 조각을 모으면 가엘리온의 능력 보정을 한층 더 높일 수 있다는 거군.

"나는 다른 용사에게도 용제에게서 비롯된 무기를 줄 수 있다. 그걸 위해서라도 용제의 핵석을 모아 주었으면 한다."

"그런 보고는 좀 더 일찍 해 줬으면 좋았을 텐데."

"애초에 나도 마룡 때문에 한동안 상태가 말이 아니었으니까. 지식을 정리하는 데 시간이 걸리더군."

이런 곳에까지 영향이 오는 거냐.

"용맥법(龍脈法)의 가호는 다른 용사들에게 걸 예정이다."

렌과 이츠키에게 용맥법을 습득시키는 게 당면 과제겠군.

나도 힘들게나마 익혀 냈으니, 다른 용사들도 봉황과의 전투 때까지는 익혀 줬으면 좋겠다.

"그러면 내 가호에 의해 클래스업 보정도 어느 정도 들어갈 것이다."

"그 일 말인데."

라트가 우리의 대화에 끼어들었다.

"마을의 마물들이 이제 성장 한계인 레벨 40이 다 됐단 말이지. 내가 개인적으로 정부와 교섭해서 클래스업을 시킬 수도 있었지만, 아무래도 백작의 허가를 받는 게 좋을 것 같아서 말이야."

"하긴."

"백작의 손에 자란 마물들은 강해지고자 하는 욕망도 강한 것 같더라니까. 마을 아이들처럼 특별한 클래스업을 하고 싶어서 안달이 난 것 같더라고."

"안 그래도 필로리알 여왕의 가호를 받는 상태잖아?"

"아아, 필로의 바보털 클래스업 말이지? 그것도 가호라면 가호라고 할 수 있으려나?"

필로리알은 참 많은 능력을 갖고 있단 말이지.

그럴 거라고 예상은 했었지만.

"발동 조건은 잘 모르겠지만, 클래스업에 간섭하는 것 같더군."

때때로 민폐로 느끼는 녀석도 있는 모양이다.

"발동 조건으로는, 용사가 가까이에 있느냐 하는 점이 관련되어 있어. 그 점이 한층 더 대지의 힘에 간섭해서 가능성을 확대시켜 주는 거지."

대지의 힘…… 바꿔 말하자면 경험치다.

거기서 나오는 힘을 이용해서 자신에게, 아니, 스테이터스 마법에 유리한 방향으로 힘을 증가시킨다는 것이다.

"클래스업은 힘의 확장이다. 물론 용사의 가호를 받으면 능력이 한층 더 강화되긴 하지만, 내가 말하고자 하는 건 그게 아니다."

"그럼 뭐지?"

"마물에게는 필로리알의 가호가 듣지 않는다. 당연하지만 필로리알에게만 가호가 통하지. 그 점은 이해하겠지?"

"으음……."

본인이 강해지는 것만을 추구한다면…… 뼈아픈 점이다.

사디나나 아트라, 포울 등은 이미 필로가 있는 상황에서 클래스업을 마친 상태다.

"마물들도 강해지기를 원하고 있다. 이 세상을 지키기 위해서도 그게 유리할 거야. 봉황과 싸울 때 전력으로 삼는 거다."

으음……. 요즘은 돌봐 주는 시간도 별로 없는데, 그렇게까지 의욕을 보이고 있는 건가.

"백작이 그리워서 밤마다 우는 애도 있으니까 말이야."

"그건 또 뭐야."

"전에는 아침마다 돌봐 줬잖아? 다들 백작을 얼마나 좋아하는지 몰라."

"그 기분도 어느 정도는 이해가 가네요……. 나오후미 님은 싹싹하시니까요."

라프타리아가 어쩐지 한탄 섞인 목소리로 그렇게 말한다.

필로를 비롯해서, 가엘리온도 그렇고 묘하게 나를 잘 따른단 말이지.

키즈나 쪽 세계에서는 에스노바르트도 나에게 친근하게 굴었었고.

"라프~?"

"음?"

가엘리온이 라프짱을 보면서 정체불명의 신음을 흘리고 있는데…… 왜 저러지?

"왜 그래?"

"아니……. 아무것도 아니다."

"일단 본론으로 돌아가서, 용건을 한마디로 말하면 클래스업을 도와 달라는 거냐?"

"그런 셈이다. 앞으로 해야 할 일들을 생각하면, 빠르면 빠를수록 좋지 않겠나?"

"하긴."

봉황이 부활하게 되어 있는 날도 이제 얼마 남지 않았다.

마을의 노예들을 키우면서 파도에 대비하는 계획은 라프타리아의 고향 재건을 위해 시작한 일이기도 했다.

그게 성공을 거두어서 일단 실트벨트며 쿠텐로의 증원 부대를 기대할 수 있게 되긴 했지만, 적어도 마을 녀석들을 그들보다 더 강하게 만들어 두고 싶다.

그 '마을 녀석들' 중에 마물이 포함된다고 해도 나쁠 건 없다는 거다.

"그리고 아까 윈디아를 보냈던 건, 클래스업을 원하는 녀석들을 데리러 갈 준비를 시키기 위해서였던 거야."

"그런 거였군."

"백작의 마을은 이동수단이 풍부하니까 클래스업도 금방 마칠 수 있잖아? 앵광수 문제는 그 뒤에 찬찬히 해 보기로 하자."

"알았어……. 그럼 가 볼까. 라프타리아, 너도 준비해 둬."

"알았어요. 귀환의 사본 말이죠?"

"그래. 라프타리아 쪽은 그 점이 참 편하다니까."

키즈나 쪽 세계의 권속기인 라프타리아의 도에는, 귀로의 사본이라는 전이 스킬이 있다.

마지막으로 등록한 용각의 모래시계로 전이하는 스킬이다.

바로 얼마 전에 등록했으니 당장 전이할 수 있을 것이다.

게다가 포털 실드보다 더 많은 인원을 데려갈 수 있다.

"나도 같이 가서 봐도 돼?"

루프트가 걱정 어린 얼굴로 묻는다.

라프짱도 그 품에 안겨서 같이 나를 쳐다보고 있다.

"그래, 마음대로 해."

이제야 조금씩 마물에 대한 진정한 사랑에 눈을 뜬 거겠지.

그렇게 해서, 윈디아가 사전에 준비해 둔 마물 우리로 가서 모두에게 묻는다.

"이제부터 클래스업을 하러 간다! 강해지고 싶은 녀석은 앞으로 나오도록."

"뀨!"

"으르릉……."

"뿅!"

"가르르!"

마물 우리에 있는 마물들 대부분이 앞다투어 한 발짝 앞으로 나섰다.

우와…… 내 말을 완전히 다 이해하고 있잖아.

우사피르까지 앞으로 나오는 지경이다.

참고로 내 마을에 있는 우사피르는 상당히 크게 자랐다. 등에 올라탈 수 있을 만큼 크다.

하나같이 더 강해지고 싶어서 안달이 난 모양이다.

"전력이 쑥쑥 자라겠네요."

"그야 반가운 일이긴 하지만……."

나와는 상관없이 자기들이 알아서 자란 것 같다는 느낌도 든단 말이지.

이 녀석들과의 연계는 어떤 식으로 해야 하지? 그 점에 대해서도 생각해 봐야겠군.

이렇게 우리는 곧바로 출발했다.

마물들을 이끌고 메르로마르크 용각의 모래시계에 도착해서, 관리를 맡고 있는 병사에게 사정을 설명했다.

"생각해 보면 실트벨트로 가는 게 나았으려나?"

용각의 모래시계는 어쨌거나 클래스업이라는 중요한 작업을 수행하는 곳인 만큼, 국가가 허가 인증을 해 준 사람만이 드나들게 되어 있는 경우도 있다.

메르로마르크는 인간 지상주의 국가다.

내 활약 덕분에 어느 정도 완화되기는 했지만, 대량의 마물을 클래스업시키기 위해 다른 모험가나 국가의 병사들을 기다리게 만드는 건 문제가 있는 것 같다는 생각이 든다.

그 점으로 따지자면 실트벨트로 가는 게 나을지도 모르겠다.

실트벨트 쪽에 문제가 있다면, 섣불리 부탁했다가는 그에 상응하는 대가를 요구할지도 모른다는 점이지만.

요전에도 방패 용사의 위광을 보여 달라고 졸라 대는 통에, 쿠텐로에서 돌아오는 도중에 실트벨트 국내 여기저기를 끌려 다니는 신세가 됐었다.

그쪽도 이제 슬슬 봉황과의 싸움에 대비해야 하니 터무니없는 요구는 하지 않을 거라고 믿고 싶지만, 정말 그럴 거라는 보장은 없다.

"문제없습니다."

용각의 모래시계를 관리하는 메르로마르크 병사가 웃으며 대답해 주었다.

"국가정세적으로 말씀드리자면 제르토블 같은 곳에 비하면 마물에 대한 클래스업 인증이 엄격한 편이긴 하지만, 저희 메르로마르크는 용사님에 대한 협력을 아끼지 않기로 방침을 정했으니까요."

흐음……. 뭐, 여왕이 어느 정도 융통성을 발휘해서 협조해 주고 있다는 건 알고 있다.

"그리고 용사님들께서는 국가의 치안 유지에 매진해 주고 계시기도 하고, 국내의 기근도 해소해 주고 계시지 않습니까. 그런 용사님들에 대해 불만을 갖는 자가 있다면, 오히려 은혜도 모르는 놈이라고 해야겠지요."

"그래? 그렇다면 다행이지만……."

"게다가 이제 도적 문제 해결에도 착수하셨다는 소문이 자자하게 돌고 있습니다. 이번 클래스업도 그걸 위한 일 아닙니까?"

라프타리아가 작은 목소리로 나에게 속삭인다.

"뭔가 착각하고 있는 것 같은데, 괜찮을까요?"

아니, 딱히 도적 퇴치 때문에 마물들을 클래스업 시키려는 건 아닌데……라는 생각도 드는 건 사실이지만, 행상이라는 면으로 따지자면 아주 틀린 말은 아니다.

"정정하는 것도 귀찮잖아. 행상 마차를 마물들이 끄는 건 사실인 만큼, 아주 틀린 말은 아니니까 대충 맞장구쳐 주지."

"백작도 여러모로 고생이 많네. 매일같이 수많은 일들에 쫓겨 살아야 하다니."

"그렇게 불쌍해 보이면 좀 더 도와."

"도와주고 있잖아. 그럼 마물들아, 클래스업을 시켜줄 테니까 한 줄로 서렴."

라트가 그렇게 말하자, 마물들은 질서정연하게 순서대로 늘어선다.

놀란 메르로마르크 병사들이 연신 눈을 깜박거리고 있군.

"방패 용사님 휘하의 마물들은 정말 똑똑하군요."

"아…… 그렇지 뭐."

필로와 가엘리온, 라프짱 정도는 아니지만, 말귀를 아주 잘 알아듣는 건 사실이다.

일본 기준으로 비유하자면, 개나 고양이에게 "정렬!"이라고 말하는 즉시, 그 의미를 이해하고 늘어서는 것과 같은 상황이다.

"뀨아아아."

"그럼 가엘리온. 한 마리씩 특별한 클래스업을 해 봐."

"뀨아!"

"부탁할게."

나와 윈디아의 부탁에, 가엘리온은 자기만 믿으라는 듯 가슴을 탕탕 치고 용각의 모래시계 위로 올라간다.

사전에 미리 순서를 의논해 뒀으니까.

마물들도 결의를 품고 임할 모양이다.

노예들 때와 마찬가지로, 클래스업의 방향성은 본인들의 의향에 맡길 생각이다.

"그럼 시작하겠습니다."

병사들의 보조를 받아 가며, 용각의 모래시계에서 클래스업 의식을 시작한다.

첫 타자는 예전에 윈디아가 감쌌던, 가장 큰 캐터필랜드다.

잠재 능력은 비교적 낮아 보인다.

클래스업을 한다고 해서 얼마나 강해질지…….

윈디아의 이야기에 따르면, 습격을 받았을 때 아무것도 못한 채 구경만 하고 있을 수밖에 없었던 것에 대해 울분을 느끼고 있었다고 한다.

생각해 보면 그때 내 쪽을 쳐다보고 있기도 했고, 강해지고 싶은 의지가 있는 건 확실하겠지.

마법진이 빛을 내뿜고, 가엘리온도 용각의 모래시계 위에서 마법 영창을 시작한다.

전에도 몇 번 클래스업에 입회한 적이 있었다.

늘 그렇듯 용각의 모래시계 속의 모래에 어렴풋한 빛이 깃들고, 마법진이 펼쳐져 간다.

마물들의 소유권은 내가 갖고 있다.

그렇기에 마물들의 클래스업을 어떤 방향으로 시킬 것인가 하는 선택지가 내 뇌리에 뜬다.

여기서 내가 선택할 수도 있지만, 내 방침은 본인들에게 맡기는 것이다.

레벨 리셋을 하면 여러 번 도전할 수도 있지만, 그렇다 해도 이건 녀석들의 일생을 좌우하는 요소인 것이다.

뇌리에 떠오른 대상 마물의 가능성을 확인한다.

역시 필로 때와는 여러모로 다른 면이 있군.

……지금 클래스업을 시키려 하고 있는 건 캐터필랜드인데, 꽤 다양한 마물로 변이시킬 수 있는 모양이다.

단순히 캐터필랜드 계열의 상위 마물로 변이시킬 수도 있고, 나비인 버터플랜드라는 마물로 변이시킬 수도 있다.

이건 직계 클래스업 계통이군.

꼼꼼히 확인해 보니 필수자질이라는 스테이터스 항목이 있어서, 그 범위 내의 수치를 충족시키면 클래스업이 가능한 종족이 늘어나는 모양이다.

"뀨아아아."

가엘리온이 힘을 빌려준 건지, 존재하지 않던 항목이 어렴풋이 나타난다.

자세히 확인해 보니 모든 능력이 비교적 높은 편……. 제법 마법 자질이 높은, 완전 상위호환에 해당하는 마물들의 항목이 나타나 있다.

이게 특별한 클래스업이란 말이군.

필로리알의 경우에는 본인의 의지와 상관없이 제멋대로 완전 상위호환이 선택됐었는데, 이쪽은 어떤 식으로 변화하려나.

거부를 선택한다. 그러자 '마물 본체에게 선택을 맡기시겠습니까?' 라는 항목이 나왔기에, 그 항목을 선택한다.

"라프~."

"아."

루프트가 안고 있던 라프짱이 깡충 뛰쳐나왔다.

"어?"

라프짱이 마법진 속으로 들어가서, 가엘리온과 같은 마법을 영창하고 있는 것처럼 보인다.

꼬리가 빛을 내뿜으며 부풀어 오르잖아!

라프짱이 캐터필랜드의 머리 위로 깡충깡충 뛰어 올라간다.

캐터필랜드의 시선이 갈 곳을 모르고 방황하고 있다.

"저기…… 어째 불길한 예감이 드는데요."

"라프짱, 방해하면 안 돼."

"라프~!"

어째선지 라프짱의 전신이 빛을 내뿜기 시작했다.

"우왓!"

눈부셔! 클래스업 때는 대개 다 빛나기는 하지만, 라프짱이 빛나니 제법 놀랐다.

게다가 라프짱과 캐터필랜드를 중심으로 연기까지 발생하기 시작했다.

뭐, 식신 강화로 라프짱의 변이성을 높인 덕분에 레벨 개념이 생겨났고, 쿠텐로와 여러 싸움을 거치면서 상당히 강해지기는 했지만.

그래도 순서는 지켜 가면서 해야 할 것 아니야.

주의를 줘야겠다고 생각한 바로 그 순간…… 연기가 걷히고, 나는 시선을 집중했다.

"" 라프~!""

그 자리에 있던 전원이 아연실색한 표정으로, 뜻하지 못한 광경에 숨을 죽인다.

가엘리온조차도 말문이 막힌 듯 입을 떡 벌렸을 정도이다.

놀랍게도, 라프짱이 두 마리로 늘어나 있었던 것이다.

"이, 이, 이…… 이게 도대체 어떻게 된 거예요?!"

가장 먼저 회복한 라프타리아가 절규한다.

"뀨아아아아?!"

가엘리온도 어쩔 줄 몰라 하면서 소리치고 있었다.

"왜 라프짱이?"

윈디아도 미간에 주름을 지으며 내 쪽을 쳐다보고 있다.

아니, 내가 선택한 게 아니라고!

"뀨!"

"으르르……."

"뿅!"

"가르르!"

마물들이 갈채를 보내기 시작한다.

"어느 쪽이 그 애야?"

윈디아의 말에, 오른쪽의 라프짱 같은 마물…… 어깨 언저리에 곤충의 겹눈 같은 무늬가 살짝 있는 녀석이 손을 든다.

"라~프!"

그리고 깡충깡충 점프하더니 꿈틀꿈틀 몸이 변화하기 시작하고—— 커다란 라프짱, 아니, 애벌레처럼 생긴 꼬리를 가진 라프짱으로 변화한다.

으음, 라프짱+캐터필랜드 같은 살짝 징그러운 마물 형태로 변화한 것 같은데.

"라~프!"

굉장하지! 라고 득의양양하게 가슴을 펴며 내게 어필하는 전(前) 캐터필랜드.

라프짱이 승리의 포즈를 취하면서 캐터필랜드를 가리키는 건 무시하는 게 좋으려나?

스테이터스를 확인한다.

라프짱도 클래스업을 완료한 모양이군.

전체적으로 능력치가 대폭 향상되었고, 더불어 많은 능력을 얻은…… 것 같다.

상세한 사항은 아직 이해가 안 가는 게 많으니, 나중에 확인해야겠군.

"라프~."

라프짱이 나를 향해서 뭔가 마법을 건다.

식신이 변이, 기능이 확장되었습니다!
컴온 라프를 습득!

으음?

뭔가 특이한 스킬을 습득한 것 같은데.

"끝내준다! 라프짱처럼 생긴 게 늘어났어!"

루프트가 눈을 초롱초롱 빛내고, 잔뜩 흥분해서 캐터필랜드였던 것에게 달려간다.

"라~프!"

캐터필랜드였던 마물은 손을 뻗는 루프트에게 안겨서, 쓰다듬는 손길에 얌전히 몸을 맡긴다.

그리고 그 캐터필랜드의 능력치도 살펴봤는데…… 음, 전체적으로 대폭 상승해 있다.

용각의 모래시계를 미끄러져 내려온 가엘리온이 철푸덕, 하고 얼굴부터 땅바닥에 곤두박질쳤다.

"굉장……하다고 해야 하는 건가?"

"라~프!"

전 캐터필랜드는 득의양양한 포즈를 취해 보인 후, 라프짱과 쏙 빼닮은 모습으로 돌아온다.

"저기…… 어떻게 된 거야, 방패 용사?"

"그래요! 나오후미 님, 이건 대체 뭐예요?!"

라프타리아가 파랗게 질린 얼굴로 내 양 어깨를 붙잡고 흔들어댄다.

"나도 몰라. 아마 라프짱이 클래스업에 관여해서 이렇게 된 게 아닐까 하는 짐작 정도는 할 수 있겠지만."

"그런 건 척 보면 알아요! 왜 이렇게 됐는지 묻는 거라구요."

"으음…… 마물의 클래스업은 외형에 큰 변화가 생기거나, 격세 유전을 보이거나 하는 재미있는 일들이 생기긴 하지만,

이건 나도 전혀 예상 못했던 일인데. 백작 곁에 있으면 새로운 발견을 자꾸 해서 놀라는 일이 한두 번이 아니라니까."

라트가 그렇게 말하면서 전 캐터필랜드를 진찰하기 시작한다.

모래시계를 관리하는 병사들도 호기심 어린 표정으로 지켜보고 있다.

그야, 이런 신비한 현상이 일어나면 놀랄 만도 하지!

"으음……."

라트가 캐터필랜드였던 마물의 털을 뽑고, 장비를 꺼내서 조사하기 시작한다.

"커지렴."

"라~프."

라트의 지시에 따라, 전 캐터필랜드가 커다란 라프짱 형태로 변했다.

그 형태…… 괜찮은데.

그리고 촉진과 분석을 몇 번 거듭한 끝에, 라트가 내 쪽을 돌아본다.

라프타리아는 아까부터 심란한 얼굴로 나와 라프짱을 번갈아 쳐다보고 있다.

나아가서, 현실도피라도 하려는 건지 히스테리라도 부리듯 머리를 싸쥔 채 고개를 흔들어 대고 있었다.

"여기는 설비가 충분하지 않아서 딱 잘라 말하기는 힘들지만, 라프짱의 특성이 또렷하게 나오고 있어. 형태가 변하는 것…… 가변형의 성질은 필로리알이나 드래곤에서도 확인되는 성질이야. 그 기능을 갖게 된 거겠지."

"뭐가 어쩌다가 이렇게 된 건지는 모르겠지만, 라프짱이 필로나 가엘리온처럼 클래스업의 변화 패턴에 간섭해서 이렇게 된 거라고 생각하면 되는 거지?"

"라프~!"

내 말에 라프짱이 고개를 끄덕였다.

"이거 혹시, 이 전 캐터필랜드의 의향과 무관하게 저지른 건 아니겠지?"

함부로 그런 짓을 저질렀다면, 아무리 상대가 라프짱이라고 해도 따끔하게 주의를 줘야 한다.

상대의 인생을 그렇게 멋대로 결정해 버리면 안 되니까.

"라프, 라~프!"

전 캐터필랜드가 손을 휘휘 저으며 부정하고 있다.

"네가 원한 거냐? 드래곤에 의한 클래스업이나 라프짱에 의한 클래스업을."

"라~프!"

내 물음에 전 캐터필랜드가 고개를 끄덕인다.

"그랬군……. 그랬다면 다행이다만."

"다행이긴 뭐가 다행이에요?!"

라프타리아가 태클을 걸지만, 두 마리의 라프짱들은 알 바 아니라는 듯 가슴을 좍 폈다.

"라~프!"

"이봐요! 뭘 잘났다고 가슴을 펴는 거예요?!"

"라~프……."

아, 라프타리아에게 꾸중을 듣고 좀 기가 죽었군.

"그 애가 이런 모습이 되다니⋯⋯."

윈디아가 한탄하듯이 머리에 손을 짚고 고개를 푹 숙인다.

뭐, 그렇게 애지중지하던 녀석이, 상상과는 다른 모습으로 성장해 버렸으니 그럴 만도 하지.

하지만⋯⋯.

"근사해."

이건 단순하게 따지면 라프짱이 늘어났다는 거잖아?

물론 오리지널 라프짱을 당해 낼 수는 없겠지만, 그래도 나에게는 좋은 일처럼 느껴지는 건 어쩔 수 없었다.

"굉장해!"

루프트도 나와 마찬가지로 기뻐하고 있다.

오오, 나와 같은 의견인가 보군. 죽이 잘 맞는데.

"훌륭하긴 뭐가 훌륭해요? 어떻게 좀 고칠 수는 없어요?!"

아, 라프타리아가 금방 회복해서 나와 라트에게 묻는다.

"고치긴⋯⋯. 애초에 병도 아니고, 본인이 받아들인 상태라서 말이지. 손쓸 도리가 없어."

"뭐 어때서 그래. 라프짱이 늘어났다고 생각하면 되잖아?"

"싫어요. 라프짱 하나만 해도 거부감이 있는데, 둘로 늘어나다니!"

으음⋯⋯. 라프타리아는 고지식한 면이 있다니까.

뭐, 자신의 분신 같은 생물이 늘어나면, 불쾌한 느낌이 든다는 것도 이해 못하는 건 아니지만.

"뀨!"

"으르릉……."

"뿅!"

"가르르!"

그때 마물들이 수런대기 시작한다. 빨리 자기들도 클래스업을 하고 싶어서 안달이 난 눈치다.

움찔, 하고 라프타리아가 한층 더 파랗게 질린 얼굴로 마물들과 라프짱을 번갈아 쳐다본 후, 나에게로 시선을 보낸다.

"설마 마물들 모두, 이 클래스업을 원하고 있다거나 하는 건…… 아니겠죠?"

"너희는 어때?"

나는 라프짱과 가엘리온을 가까이로 부른 후, 둘을 번갈아 쳐다보고 나서 어느 쪽을 선택할지를 손짓으로 묻는다.

……다들 하나같이 라프짱을 쳐다보았다.

보아하니, 될 수 있으면 라프짱으로 클래스업하고 싶은 모양이다.

"싫어요! 하지 마세요! 죽어도 싫어요! 나오후미 님!"

"아……. 마물들의 자유 아니겠어? 라프짱 쪽 클래스업이 아니면 안 하겠다고 뻗대는 녀석들도 있을 것 같고."

내 목소리에, 마물들도 동의한다는 듯 저마다 울어대기 시작했다.

"나오후미 님이 알아서 정하면 되잖아요!"

"그건 너무 불쌍하잖아. 전례도 있고……."

솔직히 말해서 나는 싫지 않다. 라프짱이 늘어나는 거니까.

"여러모로 편리한 기능을 가진 라프짱이 좀 더 늘어나면 좋을 텐데~ 하고 라프타리아와 이야기한 적도 있었잖아?"

"그야 그랬지만! 막상 눈앞에 나타나니까 어쩐지 싫어요!"

"왜 싫은 건데?"

"라프~?"

루프트와 라프짱이 나란히 고개를 갸웃거리며 묻는다.

"당신은 이해 못 하시겠어요?"

"으음……. 여러모로 왁자지껄해져서, 외로운 기분이 줄어들었어."

"자기랑 쏙 닮은 마물들이 넘치는 광경을 좀 상상해 보세요. 저랑 동족이니까 이해할 수 있겠죠?"

"응, 이해해. 너무 기대되는 거 있지?"

라프타리아가 이마에 손을 짚고 휘청거렸다. 자기편이 아무도 없다는 사실에 절망한 표정이다.

"이럴 수가……. 나오후미 님에게는 안 먹히고, 루프트 군에게도 안 먹히고, 이 자리에 있는 사람들 중에 내 말에 귀 기울이는 사람은 아무도 없어……."

아니, 나는 그렇게까지 융통성 없는 놈도 아니고, 라프타리아를 곤란하게 만들려는 것도 아니다.

"죄송해요, 나오후미 님!"

라프타리아는 라프짱을 탈취해서 용각의 모래시계에 손을 갖다 댄다.

"아, 라프타리아!"

어딜 가려는 거야?!

"나오후미 님, 이것만은 무슨 일이 있어도 저지해야겠어요!

귀로의 용맥!"

"라, 라프타리아, 그렇게까지——."

말을 마치기도 전에, 라프타리아의 모습이 사라지고 말았다.

라프짱을 데리고…… 어딘가 다른 나라로 전이한 거겠지만……. 으음.

그렇게 생각하고 있으려니 시야에 아이콘이 나타난다.

라프짱의 얼굴처럼 생긴 마크…… 식신 항목의 확장 부분이다.

아이콘에 적힌 문자는, 컴온 라프?

"컴온 라프."

"라프~!"

퐁 하고 내 눈앞에 라프짱이 출현했다.

이건 라프짱을 어디서든 소환할 수 있는 스킬이었구나!

"라프!"

탈출 성공을 자랑이라도 하듯, 라프짱이 득의양양한 포즈를 취하고 있다.

그리고 용각의 모래시계에 손을 갖다 댄다.

그러자 용각의 모래시계에 담긴 모래가 어렴풋한 빛을 낸다.

……라프짱을 놓친 라프타리아는 돌아오지 않는다.

라프타리아가 돌아오지 못하도록 손을 쓴 걸까?

귀로의 사본과 귀로의 용맥은 용각의 모래시계를 통해서만 할 수 있다. 그렇기에, 용각의 모래시계를 손보면 사용 제한이 걸린다.

라프타리아는 어디로 간 걸까…… 그때 마물들이 갈채를 보내기 시작했다?!

뒤이어, 마물들이 한데 모여서 일제히 우리 쪽을 응시하기 시작한다.

"……빨리 클래스업 시켜 줘! 강해지고 싶어! 모두 그렇게 말하고 있어. ――어떻게 할 거야?"

윈디아가 내 옷소매를 붙잡고 묻는다.

라트 쪽은 약간 황당해하는 기색으로, '나는 모르는 일이야.'라는 듯 양손을 들고 있다.

루프트는 초롱초롱 빛나는 눈으로 보고 있고, 마물들은 라프짱 같은 식으로 클래스업을 하고 싶다고 조르고 있고――.

거부하고 강제로 평범한 클래스업을 시켰다가는 원한이 남겠는데.

라프타리아에게는 미안한 짓 같지만…… 이러다가는 상황 수습이 안 될 것 같다.

무엇보다, 라프짱 같은 게 늘어나는 건 대환영이다!

"좋아, 다들 잘 들어! 나중에 라프타리아를 차근차근 설득해야 해."

내 말에 마물들이 갈채를 보낸다.

그렇게 해서, 라프타리아가 돌아오기 전에 마물들의 클래스업을 마치는 데 성공했다.

가엘리온은 어떻게 됐냐고? 한쪽 구석에서 토라져 있었다.

하긴…… 자기가 설명해서 이렇게 클래스업을 하게 된 건데, 아무도 클래스업 때 자기를 선택해 주지 않았으니까.

"라프~."

"라~프."

"타~리~."

"리~아~."

"저, 저기……."

클래스업이 끝나고, 라프짱이 용각의 모래시계에 다시 손을 갖다 대자, 라프타리아가 돌아왔다.

그리고 라프짱 같은 모습으로 변한 마물들이 일제히 라프타리아를 둘러싼다. 그리고 필사적인 설득이라는 이름의 떼쓰기가 전개되어 있었다.

라프짱들에게 포위된 모습을 보니 도움의 손길을 내밀어 주고 싶은 충동이 솟구쳤지만, 나에게 불똥이 튈 것 같아서 잠자코 지켜보고만 있을 수밖에 없었다.

"왜 울음소리가 제 이름처럼 들리는 건지는 일단 무시해 두기로 하고, 나오후미 님!"

"마음에 안 드는 건 이해하지만 말이야, 어쩔 수 없잖아."

"아니요, 이게 다 나오후미 님 때문이에요! 내가 못 살아……. 키즈나 씨네 세계로 도망칠까 하는 생각까지 들 지경이라구요."

그렇게까지 싫은 건가.

싫다는 기분은 이해하지만…… 어느 정도는 좀 참아 줘. 내 야망을 위해서.

"그런데 백작. 이 마물들은 어떻게 취급할 거지?"

"취급이라니?"

"마물의 종족명 말이야."

"라트 씨! 지금 그걸 신경 쓸 때예요?!"

라프타리아는 화가 단단히 난 모양이다.

하지만 여기서 물러난다 해도 현실은 달라지지 않는다. 어느 시점에서든 타협점을 찾도록 하는 수밖에 없다.

"그야 이 정도 수면 새로운 하나의 종으로 인정해도 무방할 정도잖아? 임시 이름이라도 정해 두지 않으면 부를 때 복잡하잖아."

"그럼 울음소리에 따라서 라프 종, 라~프 종, 타~리 종, 리~아 종이라고 붙이면 되지 않을까?"

"무슨 소리를 하시는 거예요, 나오후미 님! 제 이야기 아직 안 끝났어요!"

"라프~."

"라~프."

"타~리~."

"리~아~."

라프짱처럼 생긴 마물들이, 하나같이 눈물이 그렁그렁한 눈으로 라프타리아를 쳐다본다.

"우우……."

"아직 종 분류가 확정된 것도 아닌데, 그렇게까지 세분화할 건 없지 않을까?"

"그럼, 첫 번째 개체가 라프짱이니까 라프 종이라고 하면 되겠군."

"그래."

"라프짱이 잔뜩 있어! 방패 형, 한 마리 데려가도 돼?"

"그래, 이렇게 많이 있으니까. 단, 라프짱은 절대 안 돼."

"응!"

"누구 마음대로 결정하시는 거예요?!"

"도대체 어쩌다가 이렇게 된 거지……."

"뀨아아아……."

결국 라프 종이 된 마물들의 애원을 이기지 못한 라프타리아
가 마지못해 결정을 승락했다. 우리는 풀이 죽은 윈디아와 가
엘리온을 무시한 채 마을로 귀환, 다시 한 번 마을에 혼란을 불
러오게 되었다.

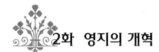

2화 영지의 개혁

"앞으로는 마물도 전력으로서 계산에 넣는다고 치면, 마물
우리가 좁아질 것 같은데."

나는 마을로 돌아오자마자 마물 우리를 확인한다.

"마물을 더 늘리시려구요? 라프 진화는 절대 안 돼요!"

"그 점에 대해서는 윈디아와도 의논했어. 마을의 마물들이
모조리 라프 종이 되면 다양성 면에서 문제가 생기겠지."

"그게 문제인가요?"

마물 우리 한쪽에서 필로의 부하 1호인 필로리알이 바들바들
떨고 있다.

반대쪽에서는 가엘리온이 똑같은 포즈를 취하고 있다.

현재, 마을의 마물 우리는 라프 종에 점거당했다.

서로 모르던 사이는 아니지만, 이 둘은 마물들 사이에서 붕 떠 있다.

필로를 포함하면 세 마리……. 필로는 내가 살고 있는 집에 방이 있어서, 침식을 거기서 해결하고 있다.

……대부분의 시간은 메르티가 있는 곳에서 지내지만.

아니, 지금은 필로가 중요한 게 아니다.

문제는 마물들이다.

이번 일을 계기로, 윈디아는 다양성을 고려해서 마을에서 다른 종류의 마물을 관리하고 싶다는 제안을 해 왔다.

라트도 그 의견에 동조한다고 했다.

라프 종은 재미있는 연구 대상이기는 하지만, 라프 종밖에 없으면 연구가 지체된다고 한다.

그리고 이번 문제에 대해서 이야기를 나눈 결과, 아무래도 내가 돌봐 주었던 게 원인이 아니었을까 하는 추측이 나왔다.

나는 아침에만 좀 돌봐 줬는데…….

어찌 됐건 내가 애지중지하던 라프짱에게 뭇 마물들의 시선이 쏠리게 됐고, 그 마물들은 라프짱처럼 되고 싶다는 생각을 하게 됐다는 것이다.

게다가 잠재적인 힘도 충분하니까 일석이조.

드래곤의 강화는, 원래부터 어느 정도 힘을 갖고 있지 않으면 효과가 희박하다고 한다.

그리고 라프 종들 들 일부가 그렇듯, 몇몇 마물들의 경우에는 드래곤의 요소가 약간 섞이는 경우가 있다고 한다.

권속화 같은 거겠지.

"그래서, 이제부터는 렌이나 이츠키에게도 마물 관리를 어느 정도 맡기고, 마물문을 등록시키겠다나 봐."

"하아……."

"그리고 필로리알의 마물 우리도 만들어야겠군."

라프 종만 우글대는 마물 우리에서 생활하게 했다가는, 스트레스로 죽을 것 같다.

지금 저 모습은…… 떨고 있는 거 맞지?

좌좌좍, 하고, 토양 정리용으로 기르고 있는 지렁이 마물, 둔이 땅속에서 고개를 내민다.

참고로 둔은 이번 클래스업에 참가하지 않았던 덕분에 둔의 모습 그대로다.

보아하니 라프 종 녀석과 이야기를 하고 있는 모양이군.

"허튼 생각 마세요."

아, 라프타리아의 눈총을 받고, 다시 땅속으로 들어갔다.

그랬다가 이번에는 가엘리온 쪽으로 간다.

나중에 윈디아에게 듣기로는, 둔 계열은 예외적으로 드래곤 쪽을 선호한다고 했다.

"어디 보자…… 그럼 바이오플랜트로 가설 마물 우리를 건설해 볼까."

날이 제법 저물긴 했지만, 할 수 있는 일은 시간이 있을 때 처리해 둬야겠지.

결국 물자를 정리할 시간은 없었잖아…….

"그러고 보니……."

"왜 그러세요? 또 라프짱을 이용해서 이상한 짓을 하시려는 건 아니겠죠?"

의혹 가득한 라프타리아의 시선이 따갑다.

뭐랄까, 더 이상 라프짱 이야기로 장난쳤다가는 진짜로 화낼 것 같다.

나도 그렇게까지 독한 놈은 아니다.

라프짱을 좋아하는 것도, 결국은 라프타리아를 딸처럼 아끼는 애정의 또 다른 표현이라고 생각해 주길 바란다.

"실트벨트에서 손에 넣은 수왕(獸王)의 방패에는 수화(獸化) 보조 이외에도, '영지의 개혁'이라는 스킬도 들어 있었거든. 사용하면 지도가 나타나고, 마을 주변이 빛나고 있는 것처럼 보이는데, 이상한 건가?"

"으음……."

내 말에 라프타리아가 고민에 잠겼다.

하긴, 예상과는 달리 라프짱과는 전혀 무관한 종류의 이야기가 나왔으니 당황할 만도 하지.

"어찌 됐건 일단 시험해 보는 게 좋겠지?"

"그야…… 그렇겠죠. 하지만, 왜 하필 지금이죠?"

"깜박 잊고 있다가 이제야 기억이 났으니까. 그동안 마을에 돌아온 건 렌을 데리러 왔을 때 정도가 고작이었잖아. 그 뒤에는 곧바로 실트벨트와 쿠텐로로 정신없이 돌아다녀야 했고."

"하긴, 그러고 보면 시험해 볼 시간이 없었네요."

"그래. 그럼 한번 시험해 볼까."

의식하는 순간, 시야가 상공으로 날아오른다.

그렇다고 나 자신의 시야가 사라져 버린 건 아니고…… 이중으로 보이는 식이랄까.

사람에 따라서는 멀미가 날지도 모른다. 나는 멀미 같은 건 해 본 적 없지만, 이런 식으로 어중간한 시야에서 진행되는 게임을 플레이하다가 멀미를 하는 녀석도 있었다.

"마을의 항공사진 같은 게 나타나는군……."

"가엘리온 씨를 탔을 때처럼…… 말인가요?"

"그래."

"예전에 활의 용사님이, 주위를 탐색할 때 자기 자신을 높은 위치에서 내려다볼 수 있는 스킬이 있다고 말씀하신 적이 있었어요."

이츠키가 그런 이야기를?

뭐, 이츠키는 활의 용사니까 멀리에 있는 마물을 원격으로 확인할 수 있는 스킬이 있다 해도 이상할 게 없겠지. 꽤 편리한 스킬이기도 하고.

다음에 시간 날 때 지도라도 만들게 할까?

"그건 그렇고…… 이게 영지를 개혁하는 스킬인가?"

"뭔가 좀 아닌 것 같죠?"

"그래, 그리고 생각해 보면 이 스킬은 실트벨트의 제일 좋은 방에 있던 방패에서 나온 거야. 방패의 강화 방법으로 미루어 보아, 신앙 같은 것에 좌우되는 것 아닐까?"

"그럴싸하네요……."

이때, 나는 시야에 나타난 항목을 확인한다.

이동, 설치, 제거, 생성, 합성

헌상 포인트

이건 뭐지?

함께 출현한 커서를 이용해서 시험 삼아 이동을 지시해 보니, 건물을 지정할 수 있게 되어 있었다.

지정할 수 있다는 건, 이동도 시킬 수 있다는 건가?

그렇게 생각했지만, '건물에 사람이 있습니다'라는 경고문이 출현한다.

제거도 위험할 것 같군······. 아마, 같은 경고문이 나타날 것 같지만.

그래서 설치를 선택해 본다.

그러자 다른 항목이 나타나긴 했지만, 선택할 수 있는 게 아무것도 없는 것 같았다.

······흐음, 어째 예전에 플레이해 봤던 게임 중에 이것과 비슷한 게 있었던 것 같은데.

생성을 선택해 본다.

그러자 현재 보유한 재료······ 방패에 들어 있는 소재로 만들 수 있는 건축물 일람이 출현했다.

보아 하니 생성을 할 때는 헌상 포인트라는 것도 함께 소비되는 모양이다.

합성은······ 건물 개조와 연관이 있는 것 같다. 그 밖에, 기능계 스킬과도 연관이 있어 보인다.

역시 그렇군.

현재 보유하고 있던 소재로······ 마물 우리 앞에 목재 벤치를 생성해서 설치한다.

펑 하고 터져 나오는 연기와 함께 벤치가 출현했다.

"이, 이건 뭐죠? 느닷없이 벤치가 나타났는데요."

"아마, 영지로 삼고 있는 마을에 건물이나 시설물을 설치할 수 있게 해 주는 기능이었던 모양이야."

이거 마침 딱 필요하던 기능인데.

마물 우리를 증설하고 싶던 참이었는데, 단순히 바이오플랜트로 만드는 것보다 세세한 설정이 가능하다.

이동 같은 꼼꼼한 수정도 식은 죽 먹기, 설치 예측 범위도 지정할 수 있는 것 같다.

내가 세워야 할 건 필로리알 용으로 쓸 범용적인…… 말도 사용 가능한 건물이다.

목장 같은 곳에 가면 있는 축사 같은 거다.

건물의 내부 배치……. 방의 숫자도 어느 정도 지정할 수 있나 보다.

캠핑 플랜트의 설정은 라트에게 맡기고 있었는데, 이게 있으면 편리하겠군.

응? 설명문 같은 게 적혀 있잖아.

중형 지상용 마물 우리(바이오플랜트산)
마물을 사육하기 위한 건축물. 마물에 따라 적절한 환경을 갖춰 줘야 하나, 지상을 걷는 마물이라면 어느 정도 커버할 수 있다.

그것을 확인하고 캠핑 플랜트 씨앗을 방패에 넣은 후, 생성을 지정해서 마물 우리를 만든다.

그리고…… 간단히 그 옆에 마물 우리를 하나 더 설치했다.

오? 쿠쿠쿵 하는 소리와 함께 마물 우리가 지면에서 솟아난다.

좋아, 예상한 그 자리에 생겨났군.

만드는 김에 하나 더 설치해 두자.

"뭐, 뭔가 엄청난 일을 하고 계신 것처럼 보여요."

"나는 방패에 관해서는 뭔 일이 일어나도 안 놀라기로 했어."

바이오플랜트의 식물적 특징을 개조해서, 해는 없고 이익만 있는 걸로 개조할 수 있는 방패 아닌가?

하지만 설치며 이동을 무작정 하다 보면, 헌상 포인트라는 게 다 떨어지고 말 것 같다.

보충 방법을 모르니, 남용은 위험하겠군.

그렇게 생각하면서 합성 항목을 확인해 보니, 식물 개조와 기능적으로 이어져 있다.

몰래 방패에 넣어 두었던 앵광수의 핵과 바이오플랜트를 합성할 수 있게 되어 있었다.

라트가 이야기하길, 심어도 금방 시들어 버린다고 했던가.

바이오플랜트와 합성하면 성장보정이 들어갈 것 같군.

시험 삼아 한번 합성해 보자!

개량형 앵광수(기본)
바이오플랜 등의 요소가 섞여서 생명력이 증가한 앵광수. 용맥과 액세스하고, 지맥의 힘을 끌어올려서, 방벽을 만들어 낸다.

오오……. 뭔가 꽤 편리한 효과가 깃들어 있는 것 같은데.

그렇게 생각하면서, 마을 적당한 위치에 설치를 지시한다.

경고, 설치가 불가능합니다.

역시 쿠텐로에서만 자라는 식물이라 안 되는 건가……. 그렇게 생각하고 있으려니, 경고 문구가 스크롤돼 내려간다.

용맥의 방벽을 설치할 경우, 범위를 둘러쌀 수 있도록 다수를 동시에 설치해 주십시오.

방벽?

"나오후미 님? 뭘 그렇게 곰곰이 생각하세요? 마물 우리 건설은 다 끝난 거 아닌가요?"

"아아, 앵광수를 심을 수 있을 것 같아서 시도하는 중이야."

"확실히 예쁜 꽃이기도 했고, 가져오고 싶다는 생각도 했었지만…… 아까 라트 씨가 말씀하시지 않았나요? 실패했다고."

뭐, 정말 가능할지 어떨지는 하늘에 맡기는 수밖에 없다.

마을을 둘러싸듯이, 그리고 라프타리아 부모님의 묘도 커버할 수 있도록, 다수를 심는 식으로 설치해 본다.

그러자 방패에서 빛이 쏟아져 나오고, 어렴풋한 빛과 함께 앵광수가 조금씩 모습을 드러냈다.

"뭐지? 뭐야?!"

키르를 비롯한 마을 녀석들이 건물에서 뛰쳐나와 떠든다.

"아아, 내가 새로운 힘을 실험하는 중이야."

"라프~."

돋아나는 앵광수를 라프짱이 어루만진다.

그러자 빛이 지면을 타고 라프짱과 라프타리아에게로 흐르고, 앵광수가 꽃을 피웠다.

"예쁘다."

"빛나는 것 좀 봐."

"끝내준다!"

좋아, 마을이 한층 더 밝아진 것 같은 느낌이 드는군.

나는 쑥쑥 자란 앵광수를 확인한다.

바이오플랜트의 영향 때문인지, 심자마자 몇 년은 키운 것 같은 크기로 자라 있다.

일단, 성장은 순조롭게 된 모양이다.

마을을 보호하는 부드러운 방벽 같은 것이 형성되어 간다.

"백작!"

소란을 듣고 라트가 나타난다.

"뭐 하는 거지?"

"아아, 새로운 기능을 좀……. 앵광수는 둘러싸듯이 심으면 성장하는 모양이야."

"그런 거야? ……하루 만에 마을의 모양새가 참 많이 바뀌었는데."

부정할 수 없군.

마물 우리에는 라프 종이 바글거리고, 마을 가장자리에는 앵광수가 돋아나 있으니까.

"나 참, 유익하긴 하지만 변화를 따라잡기가 힘들다니까."

라트가 한숨 섞인 목소리로 그렇게 말하고 연구실로 돌아갔다.

"그럼 당초 예정대로 쿠텐로와 실트벨트에서 얻은 물자를 정리해 볼까."

"여기저기 곁길로 새다 보니까 벌써 밤이 다 됐잖아요."

"너무 그렇게 쪼아 대지 마."

그렇게 말하면서 저녁 식사 준비를 하고, 우리는 물자 정리 작업에 착수했다.

그 작업을 마치고 내 방으로 복귀……. 자기 전에 액세서리 제작 연구를 실시한다.

라프 종의 탄생 덕분에 상태 이상 등에 대한 대책은 어느 정도 해결의 길을 찾게 됐지만, 아직도 산더미처럼 많은 문제가 남아 있다.

현재 당면한 주된 사안은 액세서리를 이용해서 나와 라프타리아, 그리고 렌과 이츠키를 강화하는 방법이다.

그런 연구를 하고 있으려니, 밖에서 라프타리아와 아트라가 공방전을 주고받는 소리가 들려왔다.

"라, 라프타리아 씨. 오라버니, 저는 나오후미 님께 가고 싶은 것뿐이에요! 어서 비키세요."

"안 돼요."

"안 돼."

"""라프~!"""

"라프타리아 씨, 비겁해요! 자기와 동족인 동료를 그렇게 늘리다니!"

"제가 원해서 늘린 게 아니에요! 라프 종이 돼 버린 여러 분…… 여러분은 다 이해하죠?"

"""라프~!"""

……바깥이 시끄럽네.

나도 모르게 좀 재미있을 것 같다는 생각이 들었잖아.

그렇게 생각하고 있으려니, 라프짱이 방을 찾아왔다. 루프트도 함께였다.

라프 종은 수없이 많이 존재하지만, 라프짱은 한눈에 알아볼 수 있다.

"라프~."

"오? 왜 그러지?"

"저기, 방패 형. 그게……."

"아아, 그런 거였군."

외로워서 같이 자고 싶다는 생각, 그리고 라프 종에 대해서 이것저것 듣고 싶은 이야기가 있는 모양이다.

으음, 루프트를 라프짱 동맹으로 끌어들이는 작전은 성공했다고 봐도 되겠군.

"라프~."

아까부터 라프짱이 자기주장을 하고 있다.

뭘 들고 있는 거지? 구슬인가?

천천히 받아 드니, 방패에 집어넣으라는 포즈를 취한다.

시험 삼아 넣어 보았다.

라프 실드의 조건이 해방되었습니다!
타리 실드의 조건이 해방되었습니다!
리아 실드의 조건이 해방되었습니다!
공격형 라프 실드의 조건이 해방되었습니다!
……etc.

시험 삼아…… 라프 실드를 조사해 본다.

라프 실드 0/20 C
능력 미해방…… 장비 보너스, 「라프 종 성장보정(소)」, 「라프 종
공격 지시 1(기간 한정)」, 「라프타리아와 라프 종의 능력 보정(소)」
숙련도 0

……이건 뭐, 어디부터 태클을 걸어야 할지 모르겠다.
기간 한정이라는 건 뭐야?
개인 한정으로 능력치를 상승시킬 수 있다니, 뭐 그따위 성
능이 다 있느냔 말이다.
라프타리아는 내가 가장 의지하는 사람이니 강해지는 것에
대해 불만은 없지만.
금방 해방시킬 수 있을 것 같군.
"어라? 어쩐지 조금씩 힘이 차오르는 것 같은 느낌이……?
어째 불길한 느낌이 드는걸요."
라프타리아가 집 밖에서 뭔가 중얼거리고 있다.
"자, 그럼 무슨 이야기를 해 줄까? 라프짱을 어떻게 했으면

좋겠어?"

"저기, 방패 형이 전에 이야기했었던 것처럼 커질 수는 없을까? 원래 다른 마물이었다가 라프 종이 된 애들처럼."

"너도 제법 눈썰미가 있는 놈이군. 그래, 거대 라프짱이라면 갖고 싶을 만도 하지."

안 그래도 세인에게 봉제 인형 제작을 의뢰해 둔 상태다.

"라프~!"

둘이서 라프짱을 쓰다듬고 있으려니…… 우리의 소원을 이루어 주겠다는 듯이 라프짱이 커졌다!

커다란 필로리알 형태일 때의 필로만큼…… 낮에 본 캐터필랜드와 비슷한 크기다.

그리고 배를 탕탕 쳐서 어필하면서 그 자리에 드러눕는다.

이건 환각인가? ……환각이라도 좋으니 좀 만져 보고 싶다.

"와아."

"좋아, 만져 보자."

"응."

쓰다듬으면서, 라프짱의 배를 베개 삼아 드러누워 보았다.

"라프~."

라프짱도 그에 맞추어서 우리를 쓰다듬어 준다.

아……. 어쩐지 이상하리만치 마음이 편안해진다.

"라프~."

"나오후미 님! 아트라 씨를 포박하는 데 성공했어요. 라프 종도 의외로 제법 편리하네요! 그러니까……."

철컥 하고 방의 문을 열고, 라프타리아가 안으로 들어왔다.

하필이면 나는 루프트와 같이, 거대화 라프짱에게 안겨 있는 참이었다.

"지금…… 뭐 하시는 거예요?"

라프타리아가 황당하다는 듯 나를 쏘아본다. 어쩐지 그 시선이 유난히 싸늘하게 느껴지는데.

"루프트와 같이 라프짱에 관해 의논하고 있으려니, 라프짱이 우리가 이야기한 그대로의 모습으로 변해서 같이 놀고 있었는데……."

"솔직하게 말한다고 될 문제가 아니잖아요!"

"라프~?"

하하하! 커다란 라프짱은 정말 끝내주는데.

침대로 삼아서 배 위에서 자면 아주 재미있을 것 같다.

"그리고 언제 그렇게 루프트 군과 친해지신 건데요?"

"라프타리아도 봤잖아? 라프짱을 좋아한다는 점에서 의기투합한 거야."

"방패 형은 좋은 사람이고, 라프짱이랑 노는 것도 얼마나 재미있는지 몰라."

"우리는 친구니까!"

"응!"

"'응!' 이라고 할 때가 아니에요! 나오후미 님과 친해진다는 게 얼마나 고된 일인지, 알고는 계신 거예요?"

뭘 그렇게 신기해하는 거지?

그러면 내가 친해지기 힘든 놈 같잖아.

마음 맞는 녀석이 나타났으니 친해지는 게 당연한 것 아닌가.

루프트는 정신 나간 천명 소동 때문에 적대했던 적도 있었지만, 라프타리아의 사촌이기도 하고 찬찬히 대화하면 충분히 서로 이해할 수 있는 녀석이라서 이렇게 같이 있는 것이다.

그저 이용당했던 것일 뿐, 이 녀석 자체는 나쁜 놈도 아니고 말귀도 잘 알아듣는다. 라프타리아의 친척이라는 점에서 초반 인상도 좋았다.

게다가 라프짱을 소개했을 때, 라프짱의 귀여움에 대해 공감해 주었다.

내가 아무리 그 점을 역설해도 다른 녀석들은 듣는 둥 마는 둥 했는데 말이지.

그렇다고 아트라 같은 내 신자도 아닌, 그야말로 친구라는 느낌으로 대화할 수 있는 녀석은 얼마 되지 않는다.

"아, 나 참······. 라프 종의 편리한 점을 발견하자마자 이런 광경을 볼 줄이야. 어쨌거나, 라프짱이랑 노닥거리는 건 그만 좀 하세요."

"라프타리아가 그렇게까지 나온다면 하는 수 없지."

다음에 라프타리아가 없을 때 노닥거리도록 해야겠다.

"루프트 군도 마찬가지예요."

"알았어······."

나와 루프트가 떨어지자, 라프짱이 평소의 작은 모습으로 돌아간다.

"아트라 씨를 제압하는 데 성공했으니, 오늘 밤은 안심하고 잘 수 있을 것 같아요."

"그래?"

라프 종은 모두 환각 마법을 쓸 줄 아는 모양이다.

그리고, 아트라는 환각이 잘 통하지 않는 편이지만 숫자로 밀어붙이면 환각을 보게 만들어서 제압할 수 있다는 모양이다.

지금쯤 아트라는 나와 함께 있는 행복한 환각이라도 보고 있는 걸까?

이런 것도 적당히 해야지, 안 그러면 아트라가 불쌍한 것 같기도 하다.

"하지만 아트라 싸라면 언젠가 환각에 대한 대처 방법도 습득할 것 같아서 무섭다니까요."

"하긴, 아트라니까."

천재이다 보니, 같은 공격을 몇 번 쓰면 대책을 세워서 맞선다.

아트라를 상대할 때는 항상 머리를 써야 하다 보니, 상대하는 이쪽까지 저절로 실력이 향상되곤 한다.

그러니 환각 공격도 언젠가 돌파당할 것이다.

"저도 당면 문제인 마법 습득 쪽에 좀 더 힘을 기울이고 싶어요."

"그럼 라프 종과 같이 마법 훈련을 하면 도움이 되지 않겠어? 그 녀석들도 라프타리아와 같은 마법 속성으로 변했으니까."

"우…… 썩 내키지는 않지만, 앞날을 생각하면 부정할 수도 없네요."

"루프트도 이제 슬슬 레벨업을 시작해 줬으면 싶기도 하고."

"마물을 물리치는 거야?"

루프트가 약간 곤혹스러워하며 미간을 찌푸린다.

"그래, 너도 원래는 천명이었으니까 알 거 아니야? 강해지지 않으면 아무도 지킬 수 없다는 걸. 그러니까, 싸움이라는 게 어떤 건지 배워 둬."

"우⋯⋯."

루프트는 라프짱에게로 시선을 보낸다.

역시 아직 마물을 처치한다는 것에 대해 거부감이 있는 것이리라.

"마물도 생물이긴 하지만 인간과 마물에게는 각자의 세력권이 있어. 우리는 인간의 세력권이야. 마물을 좋아하는 네 마음은 이해하지만, 마물을 인간보다 우대하는 건 애석하게도 불가능한 일이야."

"응⋯⋯. 한번⋯⋯ 해 볼게."

라프타리아의 어린 시절 모습을 떠올려 보면, 루프트에게는 쉽지 않은 일이겠지만, 그래도 배워 주었으면 한다.

생명의 무게를. 마물과 목숨 건 싸움을 해 보면, 한층 더 성장할 수 있을 것이다.

"레벨 40이 되면 클래스업도 시켜 줄 테니까."

"응! 클래스업 해 보고 싶어!"

오? 반응이 적극적인데. 이런 면은 그 또래답다고 해야 하나?

그러고 보니, 키르와 마을 녀석들도 클래스업을 할 수 있다는 이야기를 듣고 기뻐했었지.

그런 생각을 하고 있으려니, 루프트가 라프짱을 쳐다봤다.

"라프?"

아아, 그렇구나!

"라프짱의 클래스업을 해 보고 싶어!"

"흐음……. 그거 괜찮은데."

"혹시 불길한 야망 같은 걸 갖고 계신 거 아니에요? 허튼 짓을 했다가는 무슨 일이 생길지 알 수가 없다구요."

"응? 라프짱의 클래스업을 하면 나도 실디나처럼 수인화가 될지도 모르고, 라프짱처럼 될 수 있을지도 모르잖아."

"그거 아주 좋은데!"

정말 그렇게 되는지 루프트로 시험해 보고, 성공하면 라프타리아를…… 아니, 도의 권속기 때문에 레벨 리셋이 어려운 건 말할 것도 없고, 클래스업도 안 되려나?

그나저나 역시 전직 천명은 뭐가 달라도 다르다. 일반인과는 착안점부터가 남다르군.

"좋긴 뭐가 좋아요?! 하지 마세요!"

"라프타리아. 루프트의 미래를 방해하는 건 옳지 않아."

"나오후미 님은 루프트 군이 라프짱처럼 되면 어쩌려고 그러세요?"

"예뻐해야지. 그리고 라프타리아도 그렇게 만들 수 없을지 물어봐야지."

"아, 진짜 괜히 물어봤네요!"

도대체 뭐가 그렇게 싫은 거지?

"좋아! 그럼 루프트의 레벨업에 최대한 적극적으로 매진해야겠군."

봉황과의 전투에 참가시킬 생각은 없지만, 기일까지 루프트의 레벨업을 최대한 응원하고 싶은 심정이다.

"열심히 해 볼게!"

"그러실 건 없어요! 아아, 나 참……. 이럴 때 요령껏 설득할 수 있는 건 사디나 언니뿐인데, 언니는 도대체 언제 마을에 돌아오시는 건지……."

"실디나에게 이 인근 바다를 안내해 주겠다고 그랬었지. 겸사 겸사 비밀기지라는 곳에서 술이라도 마시고 있는 거 아니야?"

그리고 애초에, 사디나라면 이럴 때 설득하기보다는 분위기에 편승할 것 같은데?

"또 실디나 씨를 술에 절여 버리려는 걸까요……."

부정할 수 없군.

자매가 함께 있으면 절대로 지지 않으려 드는 실디나는, 매일같이 술에 절어서 이튿날에는 숙취에 축 늘어져 있곤 한다. 이제 슬슬 자매를 떼어 놓는 게 좋을까?

그런 이야기를 하고 있으려니, 문을 두드리는 소리가 들려왔다. 제법 다급해 보이는 소리다.

"나오후미, 들어간다."

"주인님, 다녀왔어~."

메르티와 필로가 집에 찾아왔다.

"오, 메르티잖아. 오랜만이네."

"정말 꽤 오랜만에 만나네. 나오후미가 만나러 와 주질 않으니까 말이야."

"그동안 여러모로 바빴으니까."

"그건 나도 알아. 검의 용사를 통해서 전달한 안건에 대한 답신을 듣고 약간 황당했었지만."

그렇게 말하고, 메르티는 루프트 쪽으로 눈길을 돌린다.

"아, 안녕하세요."

루프트는 메르로마르크 말로 인사한 모양이었다.

아직 메르로마르크 녀석들과는 인사 정도밖에 못 하니까.

"평안하세요."

응? 메르티는 루프트에게 엄청나게 위화감 넘치는 인사로 대답했다.

"이 아이가 라프타리아 씨와 관계가 있는 분인가요?"

"그래, 루프트라는 녀석이야. 세상 물정 모르는 녀석이지만, 앞으로 이것저것 가르칠 생각으로 마을에 데려왔어. 마침 잘됐군. 메르티, 녀석에게 제왕학이나 지배층에게 필요한 것들을 가르쳐 줄 수 있겠어?"

"응?"

"마물과 싸우거나 여러 친구들을 만드는 것도 중요한 일이긴 하지만, 왕족이 가진 의무에 대한 지식만 따지면 내가 아는 사람들 중에서는 메르티가 가장 잘 알고 있어. 장래를 위해서는 메르티에게 가르침을 청하는 게 제일 빠를걸."

"나오후미는 나를 뭐로 보는 거야?! 나 참……. 뭐, 가르쳐 주는 거야 상관없지만, 그 전에 말부터 배워야 할 것 같은걸."

"하긴……. 알았어. 자, 잘 부탁, 합니다."

루프트가 꾸벅 고개를 숙이자, 메르티가 살짝 흡족해 보이는 미소를 짓는다.

"좋아, 궁금한 게 있거든 언제든지 물어보렴. 힘이 되어 줄 테니까. 그리고 아인 나라의 말은 알아들을 수 있으니까, 이쪽 말에 적응이 될 테까지는 그쪽 말로 이야기해도 돼."

그러고 보니 메르티는 여러 나라의 말을 쓸 수 있었더랬지?

루프트가 놀란 표정으로 고개를 끄덕이고 있다.

"그런데 메르티, 그냥 나를 만나러 온 거야?"

"그것도 있긴 해. 봉황의 습격에 대한 준비 때문에 많이 바쁘신 어머니에게서 받아 온 전언도 있지만, 제일 큰 이유는 그게 아니야."

이야기하면서, 메르티는 필로 쪽으로 고개를 돌린다.

"필로."

"웅! 있잖아~, 아직도 더 기다려야 하느냐면서 피트리아가 단단히 화가 난 거 있지?"

그러고 보니 쿠텐로에 쳐들어가기 전, 실트벨트에 가기 직전에 필로리알의 여왕인 피트리아가 필로와 메르티를 경유해서 뭔가 의뢰를 해 왔었다.

그걸 라프타리아의 일을 우선하느라 뒷전으로 미뤘었다.

자기중심적인 경향이 강한 그 녀석을 화나게 하면 곤란한데……. 우리의 현재 전력으로 이길 자신이 없으니까.

"그러고 보니 그런 일이 있었지. 쿠텐로 공략 때문에 바빠서 깜박 잊고 있었어. 그 일 때문에 왔다는 거지?"

"웅."

"나도 그 안건을 필로에게서 먼저 듣고, 마침 그게 메르로마르크 내에서 벌어지고 있는 문제이기도 해서 물어보러 온 거야."

"뭐라고?"

"있잖아, 요즘 주인님이 있는 나라에 말을 안 듣는 성가신 필로리알이 있다나 봐."

"응?"

그건 또 무슨 이야기지? 그게 의뢰 내용인가?

"마침 나한테에도 비슷한 소식이 들어왔었던 참이라, 필로…… 아니, 피트리아 씨가 나오후미에게 해결을 의뢰하려는 게 이 일인가 하는 생각이 들었거든."

"호오……."

이웃 도시에서까지 유명해졌을 정도면, 그 필로리알은 제법 요란하게 설치고 있는 모양이군.

"정확히 말하자면, 마차에 실은 짐을 빼앗거나 산적행위를 하는 필로리알들이라고 하려나? 검의 용사에게도 이야기했었지만, 산적…… 도적 이야기로만 알아들은 모양이더라구."

"뭐, 개요만 따지자면 틀린 말도 아니네. 산에 출몰하는 도적이니까 산적이지."

렌은 전언 같은 걸 맡으면 착실하게 할 녀석이지만, 방금 그 이야기만 들으면 영락없이 그냥 도적이나 다름없으니까.

"소문으로는, 밤에만 출몰하는 도적이라나 봐. 마차로 행상 일을 하는 상인이나 모험가들이 대결을 요구받고, 패하면 마차를 빼앗긴다는 거야."

"짐을 빼앗긴단 말이지……. 그거 큰일인데."

"그게 아니야. 짐은 그냥 두고 간대. 단순히 마차만이 목적인가 봐."

"뭐어?!"

마차만 노린다니 무슨 소리야. 참 별난 도적도 다 있군.

애초에 밤에 마차를 몰고 다니는 짓부터가 이해가 안 간다.

마차를 좋아하는 건 필로리알의 생태적 특징이니…… 그렇다면 피트리아가 의뢰하는 것도 이해가 간다.

"요즘에는 괴짜 산적으로 어느 정도 유명세를 타고 있어. 가끔 마차가 엉망이 되어서 돌아오는 경우가 있는데, 그 마차에는 보물이 산더미처럼 실려 있어서 피해자가 환호하는 경우도 있어. 요즘은 의도적으로 마차를 끌고 다니는 상인도 있을 정도야."

"아니 잠깐, 뭐야 그게? 게다가――."

그게 피트리아의 의뢰와 같은 안건이라면,

"필로리알은 마차를 두고 쟁탈전을 벌이는 습성이라도 있는 거냐?"

"응, 있다나 봐."

우와아…… 한마디로 마차 쟁탈전에 대한 해결을 내게 또 맡길 심산이라는 거잖아.

뭐, 상대가 야생 필로리알이라면, 어지간해서는 질 일이 없겠지.

"진 쪽은 이긴 쪽에게 마차를 넘겨야 해. 그리고, 사랑의 계절에는 상대를 이기지 못하면 사랑을 성취할 수 없다나 봐~."

무슨 소리게냐?

흐음…… 약속을 했으니 가기는 간다만, 뭔가 속사정이 있을 것 같은 느낌도 든다.

그냥 피트리아가 그 필로리알을 제압하면 그만일 것 아닌가.

……피트리아가 감당할 수 없는 상대인가?

그러고 보면, 야생의 필로리알 퀸이 피트리아 말고도 더 있는 것 아닐까?

다른 필로리알 퀸이 인간형의 형태로 휘하 필로리알들을 지휘해서 영역 확장을 도모하고 있는 건가?

메르로마르크의 여왕처럼, 개인적으로 주의를 주기에는 문제가 있어서 용사를 파견해 제압하려는 걸지도……. 한번 확인해 봐야겠군.

"피트리아의 파벌에 속하지 않은 필로리알 퀸과의 권력투쟁 같은 것에 휘말리는 게 아닌가 싶은 기분이 드는데……."

그러자 필로의 바보털이 쫑긋 움직였다.

"으~음. 틀린 생각은 아니래. 하지만 주인님과 필로가 가면 금방 해결할 수 있을 테니까, 빨리 해결해 줬으면 좋겠대."

"하는 수 없지……. 졸리긴 하지만, 그 녀석들이 밤에 출몰한다면 당장 가 봐야 하려나?"

"이미 시간이 늦었으니까 나가 봤자 조우하지 못할지도 모른대~. 자주 출몰하는 위치를 나중에 보고하겠대~."

"그럼 내일 밤에 가야 하려나……. 어째 시답잖은 싸움에 휘말릴 것 같지만."

"그 정도는 해 주자고요. 쿠텐로에서 필로의 도움을 많이 받았잖아요."

"하긴."

참고로 루프트는 필로에 대해 약간 공포심을 갖고 있어서, 약간 떨어진 곳에서 라프짱을 끌어안고 이야기를 듣고 있다.

필로도 그런 루프트가 마음에 걸리는지, 곤혹스러운 표정으로 보고 있군.

이런 상황에서는 메르티가 도와줘야 하려나?

진짜 필로리알을 좋아하는 메르티와 2차원 속 필로리알을 사랑하던 루프트가 친해질 날은 과연 올 것인가?

후…… 루프트는 이미 라프짱 파벌에 소속돼 있어. 이제 와서 포교해 봤자 늦었다고, 메르티.

"나오후미 님, 무슨 생각을 하시는 거예요? 그 미소, 어쩐지 마음에 안 들어요."

라프타리아의 지적은 무시하자.

"그나저나 피트리아의 의뢰 말인데, 메르티도 올 거야?"

"응? 으음……. 필로의 문제이기도 하니까, 나도 가는 게 좋지 않을까 싶은데."

"알았어. 그럼 내일…… 몇 시쯤이 될 지는 아직 안 정했지만, 메르티, 너도 필로랑 같이 와."

"응."

우리끼리만 가도 되긴 하겠지만, 몇 명 더 데려가는 게 전력 면에서 유리하겠지.

누굴 데려갈까.

세인은 어차피 부르기만 하면 언제든 올 테고…… 렌은 에클레르와 함께 있고 싶겠지.

내일은 메르티가 도시를 비우니까 에클레르에게 영주 일을 대신 맡기는 게 나을 테고……. 뭐, 어차피 에클레르는 아직 메르티에게 일을 배우고 있다. 에클레르는 렌 곁에 배치해 두는 게 좋겠다.

이츠키는 리시아와 한 세트인데…… 그러고 보니, 그 둘은 카르밀라 섬으로 보내서 비문 조사를 맡기기로 마음먹었었다.

이츠키 일행은 카르밀라 섬으로 보내야겠다.

관계가 재구축된 지금, 처음부터 재시작하는 의미에서도 둘이 같이 보내는 게 좋을 것 같다.

……뭐, 출발할 때 근처에 있는 적당한 녀석을 골라서 데려가면 되겠지.

그렇게 해서, 그날은 일단 해산했다.

그럼 이제…… 취침 때까지 액세서리 제작을 계속해야겠군.

그렇게 생각하니, 방문을 두드리는 소리가 울려 퍼진다.

라프타리아는 내일을 위해 이미 잠자리에 든 상태……. 나참, 이 시간에 어떤 녀석이람.

문을 열어 보니, 거기에는 포울이 서 있었다.

"무슨 일이지?"

"너와 둘이서, 하고 싶은 이야기가 좀 있다."

하아……. 뭔가 성가신 문제일 것 같은 예감이 드는데.

둘이 같이 집을 나서서, 마을 광장에 선다.

"그래서? 무슨 이야기지?"

"――이제 좀 위험한 싸움에 아트라를 끌고 들어가지 마!"

포울은 결연한 의지를 깃들이고, 나를 향해 주먹을 겨누며 말한다.

"여기 온 이후로 항상 느꼈다! 무모한 싸움이 너무 많아!"

슬프게도 부정할 수가 없단 말이지.

돌이켜 보면, 이세계에 온 후로 수많은 소동에 말려들고 외줄 타기 같은 싸움에 수도 없이 내몰려 왔었다.

포울처럼 불만을 토로하는 녀석이 언젠가 나타날 거라고, 나 스스로도 생각하고 있었다.

"나는 죽는 한이 있어도 아트라를 지켜줘야 해."

"그 동생은 나에 대해 집착하고 있는 것 같지만 말이지. 네가 말고삐를 제대로 쥐었어야지."

"――아트라한테 관심이 없는 거냐?"

"무슨 대답을 하든 어차피 넌 화를 낼 텐데, 너를 만족시킬 대답이 있긴 한 거냐?"

"윽……."

"벌써 몇 번을 말했지만, 나는 남녀 간의 애정에는 관심 없어. 아트라는…… 그래, 굳이 말하자면 나에게는 자식 같은 녀석이라고 해야겠지."

라프타리아를 딸처럼 여기고 있는 것처럼, 아트라에 대해서도 결국은 막무가내로 들이대는 수양딸처럼 느끼기 시작했다는 자각이 싹트고 있다.

요즘은 마을 아이들에 대해서도 그런 감각을 느끼고 있는 지경이다.

연애 감정이니 뭐니 하는 감정은, 적어도 아직까지는 없다.

"네 경우도 비슷해. 동생을 제대로 지킬 수 있도록, 동생에게 지지 말고 열심히 해 보라고. 뭐, 파도 때 싸우게 할 목적으로 키우고 있는 내가 할 소리는 아니지만."

"네가 말 안 해도 당연히 할 거야! 아트라가 싸울 일이 없도록, 내가 파도든 뭐든 모조리 해치워 주지. 반드시!"

"그래, 그래. 그럼 네 바람대로, 아트라는 파도와의 싸움에 안 데려가면 되는 거지?"

"엉?"

포울이 넋 나간 목소리로 되묻는다.

"뭘 그렇게 어리둥절해하는 거야? 지금 나는 싸울 의욕도 없는 녀석을 전장에 데려갈 생각도 없고, 누군가를 전장에 내보내기 싫어하는 녀석의 말을 안 들어주는 놈도 아니야. 너는 아트라를 위험한 싸움에 끌어들이는 게 싫은 거잖아?"

지금까지 아트라에게 위험한 다리를 수없이 건너게 만들었던 내가 할 소리는 아니다. 그래도 포울이 원한다면, 아트라를 파도와의 싸움에서 제외해 주는 것쯤은 할 수 있다.

"그래도 되는 거야?"

"네가 그만큼 더 애써 준다면 말이지. 아트라가 무슨 소리를 하건 네 힘으로 막아 내. 나는 쓸데없는 참견은 안 할 테니까."

"……."

포울이 입을 다문 채 고개를 푹 숙인다. 그러다가 이윽고 고개를 들었다.

"알았어."

어째 고분고분하게 고개를 끄덕이는군.

"아트라가 너를 그렇게 좋아하는 이유를 조금이나마…… 알 것 같은 기분이 드는군. 그래도 나는 마음에 안 들지만."

"헛소리 마. 그런 소리 하기 전에, 네 동생의 폭주나 막아."

"…………그래, 기필코, 아트라를 막을 수 있을 만큼 힘을 길러 주지. 그때까지는 너에게 맡기겠다."

맡긴다고? 뭔가 엄청나게 불길한 대사처럼 들리는데.

그 후, 포울은 뛰어서 어둠 속으로 사라져 갔다…….

 3화 영귀갑

이튿날, 아침 식사를 마친 뒤.

마을 녀석들에게 지시를 내리고, 오늘 할 일을 정한다.

수행은 어느 정도 진척이 있다. 기를 습득하는 훈련도 순조롭다.

세인이 기에 대해 잘 알고 있기에, 시간이 날 때 아트라와 같이 세인에게서 배우는 식이다.

"나오후미."

식사를 마친 렌이 내게 다가온다.

"왜 그래?"

"나는 대장장이 일을 익히라고 했지? 무기상 아저씨와 스승님을 만나고 싶은데……."

아……. 그러고 보니 쿠텐로에 데려갔을 때 소개해 줬었지.

겸사겸사 아저씨에게 이런저런 의뢰도 했었고.

"그럼 오늘은 쿠텐로에 있는 아저씨를 만나러 가 볼까. 메르로마르크의 가게를 계속 닫아 두는 것도 좀 문제가 있을 것 같고."

최소한 이미아의 숙부 정도는 데리고 돌아와야 할 것 같다.

그러고 보니 이미아에게도 진척이 있었다.

내가 마을을 비우고 있는 동안에 액세서리 상인이 마을에 찾아와 이미아가 만든 액세서리를 보고 지도하고 갔다고 한다.

그 액세서리 상인이 지도해 준 걸 보면, 실력은 쓸 만하다는 뜻이겠지.

이미아가 내 부하라는 것도 알고 있고.

다음에 이미아와 같이 더 좋은 액세서리를 만드는 법에 대해서 이야기해 봐야겠다.

그렇게 해서 우리는, 라프타리아가 가진 귀로의 용맥을 이용해서 쿠텐로로 향했다.

라프타리아는 쿠텐로의 왕에 해당하는 천명이다 보니, 쿠텐로의 수도에서는 마음대로 돌아다닐 수도 없다.

할 수 없이 라프타리아는 성에 남겨두고, 나와 렌이 둘이서 모토야스 2호의 공방으로 향했다.

"오? 형씨들 왔구려."

무기상 아저씨가 맞이해 준다.

모토야스 2호는…… 오? 웬일로 진지하게 대장장이 일을 하고 있다. 이미아의 숙부가 보좌해 주고 있다.

뭔가 대량의 물…… 아니, 성수가 대장간에 잔뜩 있다.

쿠텐로의 성직자가 공방 한쪽에서 주구장창 뭔가 마법을 영창하고 있는 등, 상당히 거창하다.

"요즘 좀 어떻게 지내?"

"스승님 덕분에 제법 실력이 올랐수다."

"그거 다행이군."

"이번에도 여러모로 고맙수. 형씨들에게 또 폐를 끼쳤군."

"항상 우리가 아저씨한테 신세를 졌잖아. 그러니까 신경 쓸 것 없어. 그건 그렇고……."

나는 이미아의 숙부와 모토야스 2호에게 눈길을 돌린다.

"스승님은 검의 형씨에게 주려고, 그 저주 받은 검을 녹여서 새로 만드는 중이라우. 토리와 나는 그 작업을 보좌하고 있고."

"메르로마르크에 있는 가게는 어쩔 거지?"

"으음……."

아저씨는 팔짱을 낀 채 한동안 고민에 잠겨 있었다.

쿠텐로에 있는 공방의 환경이 마음에 들어서 돌아가기를 주저하고 있다……는 건 아닐 거다. 정 여기가 마음에 든다면, 내가 언제든지 이동시켜 줄 수 있다.

"스승님을 풀어 줘도 괜찮을지 고민하는 거 아니야?"

렌의 말에 아저씨가 고개를 끄덕인다.

역시 그랬었군. 아저씨와 같이 데려가면 기다렸다는 듯이 도망칠 것 같다.

"여기에 남겨둔다고 해도 마찬가지일 것 같아서 말이지. 외상으로 놀아 재낄 테니까."

"정말 구제 불능인 녀석이군."

아저씨와 이미아 숙부의 수련이 끝나거든, 어떻게 처우할지를 고민해 봐야겠다.

"뭐, 그쪽은 나중에 생각하지. 어차피 나와 토리의 수행도 아직 안 끝났으니까."

"그래?"

"조금만 더 하면 제법 쓸 만한 수준까지 갈 것 같아. 그 뒤로도 더 수련이 필요하겠지만."

조금만 더 하면 끝난다는 건가. 흐음…….

어찌 됐건 저주 받은 물건들은 정화할 필요가 있다.

"그리고 하나 더, 영귀 소재로 이것저것 무기를 만들어 뒀수다. 형씨들에게는 여러모로 폐를 끼쳤으니까, 가져들 가슈."

"문제가 해결됐다는 거군."

"그렇수다. 스승님에게 물어보니까, 지금까지 고민했던 게 허무하게 느껴질 만큼 손쉽게 해결해 주더군. …… 정말이지, 나는 아직 갈 길이 멀다는 걸 실감했다니까."

그렇게 대단한 실력을 가진 녀석이 성격적으로는 구제 불능이라니 참 아이러니한 일이란 말이지.

"값은 쿠텐로의 중진들이 내 준다니까 신경 쓸 것 없수다."

"그래, 고마워."

그때 이미아의 숙부가 작업 중간의 쉬는 시간을 틈타서 이쪽으로 다가온다.

어째 좀 근육이 붙은 것 같은데?

그리고 아저씨와 같이 공방 안쪽에 있는 방으로 가서, 덜컹덜컹 갖가지 물건들을 가져왔다.

그중에는 방패도 있고, 갑옷도 있다.

"형씨 밑에 있는 드래곤이 핵석을 가져다줘서 말이지. 덕분에 형씨에게 줄 갑옷이 이렇게 완성됐다니까!"

보기에는 전에 장착했던 바르바로이 아머와 별반 다르지 않다.

하지만 기본적으로 소재부터 재구성했기 때문인지, 금속 부분에 반투명한 황색 소재가 추가되어 있었다.

그리고 약간 어둠침침했던 색조가 밝아져 있다.

야만인의 갑옷+3

방어력 상승 / 충격 내성(대) / 참격 내성(대) / 불 내성(대) / 바람 내성(대) / 물 내성(대) / 땅 내성(대) / 번개 내성(대) / 흡수 내성(중) / HP 회복(약) / 마력 회복(약) / SP 회복(약) / EP 회복(약) / 마력 상승(중) / 드래곤 테리터리 / 지맥의 가호 / 용속성 / 사성수의 힘 / 영귀의 힘 / 마력방어가공 / 자동수리기능 / 성장하는 힘

부여된 능력이 너무 많아서 주체하기가 힘들 지경이다.

바르바로이 아머였을 때 걸려 있던 저주가 사라져 있다.

적어도 로미나가 만들어 준 것보다 좋은 물건이라는 건 한눈에 알 수 있다.

아니, 로미나가 손보는 과정에서 기능을 상실했던 물건의 강화가 적용된 거라 할까.

"바로 입어 봐도 될까?"

"물론! 입은 모습 좀 구경해 보자고."

나는 갑옷을 받아 들고, 탈의실에서 갈아입는다.

어쩐지 익숙한 느낌이 들면서도 새로운 감각.

신기한 감각이군. 다만, 색조가 다를 뿐 디자인 면에서 큰 변화는 없다.

"어때?"

"오오, 형씨는 역시 이 모습이지."

"저기…… 저는 잘 모르겠습니다만, 용사님은…… 아무것도 아닙니다."

이미아의 숙부가 말끝을 흐린다.

그야 그럴 만도 하지……. 아저씨는 이렇게 좋아하고 있지만, 나도 처음에는 세기말의 잔챙이 같다고 생각했으니까.

하지만 이걸 입기만 해도 어쩐지 더 강해진 것 같은 느낌이 드는 것도 사실이다.

신뢰하는 아저씨가 만든 이 갑옷이, 나에게는 가장 든든한 갑옷이니까.

라프타리아는 나의 검이 되고 싶다고 했다.

그리고 아저씨는 나에게 갑옷을 주었다.

갑옷은 역시, 이 야만인의 갑옷을 가공한 게 최고다.

"다음은 방패인데……. 복제하고 나서 어떻게 처리할까."

아저씨가 공들여 만들어 준 방패일 테니, 창고에 소중하게 장식해 둬야 하나?

"형씨가 무슨 생각을 하고 있는지 어렴풋이 알 것 같긴 하지만, 내 착각인가? 수집가 귀족 같은 표정인데."

흠칫……. 뭐, 다른 사람에게 주는 게 낫겠다.

그런 이야기를 나누며 방패를 쥐자, 번쩍하는 빛과 함께 웨폰 카피가 작동했다.

웨폰 카피가 발동했습니다!

영귀갑의 조건이 해방되었습니다!

영귀의 마음 방패와 접속합니다!

영귀갑(각성) 80/80 AT

능력 미해방…… 장비 보너스, 스킬 「S플로트 실드」, 「리플렉트 실드」

전용효과 「그래비티 필드」 「C소울 리커버리」 「C매직 스내치」 「C그래비티 샷」 「생명력 향상」 「마법 방어(대)」 「번개 내성」 「SP 드레인 무효」 「마법 보조」 「스펠 서포트」 「성장하는 힘」

특수전용효과 「유성방패(영귀)」

숙련도 100

영귀의 마음 방패와 섞인 건가? 그대로 붙인 듯한 성능이다.

형태도 오리지널과는 달라져서, 영귀의 마음 방패를 섞은 것 같은 형태가 되어 있다.

에너지 블러스트는 사용할 수 없는 것 같지만.

대단한데……. 영귀 방패 계통의 장점들을 모조리 집약시킨 것 같은 능력치다.

마룡 방패보다도 종합적인 성능이 높다. 이쪽을 주력으로 사용해야겠군.

S플로트는 세컨드 플로트 실드를 가리키는 거겠지.

아마 E플로트에서 또 다른 부유계 방패를 만들어내는 세미

패시브 스킬이라고 봐도 될 것 같다.

세컨드 실드에서 두 번째 방패가 나온다거나 하는 식이리라.

리플렉스 실드는 어떤 거지?

단어와 내가 아는 게임 지식으로 미루어 보면, 내가 입은 대미지의 몇 퍼센트를 상대에게 반사하는 기능인 것 같지만, 잔챙이를 상대할 때 이외에는 아무 의미도 없을 것 같다.

그나저나…… 가끔 보이는 「성장하는 힘」이라는 건 뭐지? 잘 모르는 효과가 많단 말이지.

특수전용효과에 있는 '유성방패(영귀)'라는 것도 궁금하다. 예전에 아저씨 앞에서 사용했다가 민폐를 끼친 적도 있으니, 검증은 나중에 해야겠다.

"방패 복제가 끝난 모양인데, 생김새가 꽤 많이 달라진 것 같수다?"

"영귀에서 유래된 방패니까 말이지……. 나에게는 이런저런 보너스가 걸리고, 형태가 바뀌는 모양이야."

오스트의 축복은 아직 남아 있다. 고맙게 사용해야겠다.

"자, 검 쓰는 형씨 것도 있수다. 이쪽은 스승님이 만든 영귀검이라우."

"응? 영귀검? 제르토블에서 본 적이 있었던 것 같은데."

"그거 말인데……."

"뭐지?"

아저씨가 약간 씁쓸한 얼굴로 대답한다.

"형씨가 제르토블에서 봤다는 영귀검은, 아마 스승님이 만든 녀석이었던 것 같수. 전에 스승님이 노자를 구하려고 진귀한 재료로 검을 만든 적이 있었다는데, 그게 아마 영귀 소재였다는 모양이야. 소재를 보더니 자기 입으로 털어놓더군."

뭐가 어째? 경매에 출품된 그 검이 모토야스 2호가 만든 검이었다고?

"적어도 영귀 소재를 제대로 된 무기로 가공할 수 있는 대장장이는 우리 말고는 본 적이 없으니까. 아마 틀림없을 거유."

실력 하나는 확실하니까……. 그나저나, 그 물건은 쿠텐로에서 흘러 나간 거였나……?

더 자세하게 물어봐야겠다는 생각도 들었지만, 모토야스 2호는 집중하고 있으니 방해하면 안 될 것 같다.

"흐음…… 렌, 저주 문제는 괜찮겠어?"

"그래, 너희가 힘써 준 덕분에 제법 많이 풀어졌어. 부러지는 일은 없을 거야."

"스승님도 검의 형씨를 위해서 튼튼히 만들었으니까 아마 괜찮을 거유."

렌은 아저씨의 말에 따라 영귀검을 움켜쥔다.

"오오…… 엄청나게 날카로워……. 게다가 이거, 복제했더니 품질이 너무 좋아서 보너스까지 걸려 있어!"

"뭐야?! 그런 효과까지 반영되는 거야?!"

"그래, 변화에 필요한 레벨이 대폭 하향돼 있는 데다, 절삭력에도 상당히 높은 보너스가 붙어 있어. 사용 편의성도…… 뭐랄까, 다양한 효과를 부여한 주문제작품 같아!"

영귀갑에서는 그런 현상까지는 확인되지 않았는데.

어디까지나 영귀의 마음 방패가 일으킨 특수 변화였을 뿐이다. 그러니 그런 효과는 없다.

아저씨 쪽을 쳐다보니, 쑥스러운 듯 고개를 긁적이고 있다.

"형씨에게 준 영귀갑은 스승님이 만든 것에 비하면 너무 떨어져서 좀 민망하구려."

"흐음……. 그럼 아저씨의 실력 향상을 기대하기로 하고, 영귀갑은 당분간 여기 맡겨 두는 게…… 좋을 것 같군."

영귀갑이 한층 더 강화되면 나도 더 강화될 수 있을 테니까.

"무슨 일이 있어도, 검 형씨가 갖고 있는 검처럼 만들어 줄 테니까 기다리슈."

"그래, 믿을게."

"에…… 스승님께서는 영귀에서 나온 소재로 라프타리아 씨와 세인 씨, 필로 씨, 그리고 리시아 씨와 아트라 씨의 무기를 만들어 주셨습니다."

"그 자식…… 여자들한테 줄 무기만 만들다니, 배짱 한 번 두둑하군."

렌은 자신과 같은 부류일 거라는 냄새를 맡고, 특별히 만들어 준 거겠지.

"그럼, 다음에 또 오슈."

이렇게 해서 우리는 여러 자루의 무기를 갖고 돌아갔다.

그리고 마을에서, 라프타리아에게 줄 도를 살펴본다.

영귀도

……성능이 너무 좋아서, 알아낼 수 있는 게 이름밖에 없다.

이제 슬슬, 안력 스킬을 높여 주는 방패를 구해야겠다.

라프타리아를 통해서 복제하니, 휘두르는 데 필요한 레벨과 스테이터스가 백호의 태도(太刀)보다도 낮고, 강력한 보너스가 걸려 있어서 가볍게 휘두를 수 있는 모양이었다.

무슨 대장장이의 신이라도 되는 건가, 모토야스 2호는.

나는 죽어도 싫다고. 모토야스 2호의 눈치를 살피면서 무기 제작을 구걸하는 건!

리시아는 무기가 반투명하고 복제도 작동하지 않아서, 써먹을 길이 없다.

아저씨의 대장간에서 받아온 무기…… 팔면 엄청난 금액에 팔릴 것 같다.

쿠텐로 공략 보상이라고 생각하면 나쁘지 않겠군.

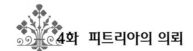

4화 피트리아의 의뢰

그렇게 해가 뉘엿뉘엿 기울기 시작했을 무렵.

"그럼, 피트리아의 의뢰 때문에 오늘은 마을을 떠나 있어야 하는데……."

내용에 대해 일말의 불안감이 있다.

이 상황에서 누구를 데려가야 하려나.

피트리아가 이야기하기로는, 나와 필로만 있으면 금방 해결될 수 있을 거라고 했다.

그 정도라면 굳이 멤버 구성에 연연할 필요는…… 없는 건가? 불안은 남아있지만.

"나오후미 님! 저도 함께 가고 싶어요."

"라프~!"

라프짱은 확정이라고 치고…… 그렇게까지 위험한 임무는 아니라니까 아트라는 데려가도 되겠지.

아드라를 데려가면 포울도 세트로 따라올 것 같지만.

"그럼 아트라와 포울은 데려가기로 하고……."

"포울 군은 외출 중인데요?"

"네, 오라버니는 아침 식사 후에 변환무쌍류 노사님과 함께 외출했어요."

"뭐라고? 동생이라면 환장을 하는 그 녀석이 동생을 두고 나갔다고?"

"네. 어젯밤에 저와 라프 종 분들이 아트라 씨에게 압승을 거둔 걸 보고 안심했는지, 스승님에게 변환무쌍류의 극의를 배우러 떠났어요."

그 단순무식한 오빠가 대체 무슨 수작을 꾸미고 있는 거지? 설마…… 어젯밤에 한 이야기가 이것 때문이었나?

동생을 이기는 데에만 정신이 팔려서, 소중한 걸 까맣게 잊어버린 건 아닐까?

뭐, 없다면 없는 대로 상관없다.

가엘리온은…… 필로리알 관련 의뢰에 데려가면 삐칠 것 같으니 마을에 남겨 둬야겠지.

윈디아도 마찬가지다.

키르를 비롯한 마을 녀석들을 데려가는 것도 한 방법이지만…… 뭐, 그렇게 대규모로 갈 정도의 사태는 아니라고 믿고 싶다.

"범고래 자매가 있으면 좋을 텐데……."

"외출해서 아직 안 돌아왔어요."

"자매끼리 어디서 표류라도 하고 있는 거 아니야?"

그 범고래 자매, 실은 제법 사이좋은 거 아니야?

약속도 있고 하니…… 아트라는 마을에 남겨야 하나?

"그럼 아트라는 마을에 남아 있어."

"싫어요. 무슨 일이 있어도 따라갈 거예요."

……여기서 아트라를 그냥 두고 왔다가는, 제멋대로 쫓아올 것 같기도 하다.

할 수 없다. 이 정도 임무라면 데려가도 별문제 없겠지.

"세인은 어디 갔지?"

"낮에 아트라 씨를 상대하느라 피곤했는지, 이미 잠들었던데요?"

기를 가르쳐 주는 일이 부담이 컸는지, 세인도 피로가 쌓여 있는 모양이다.

데려갔다가 쓰러지기라도 하면 곤란하다.

봉황과의 싸움도 얼마 남지 않았으니, 지금은 휴식을 취하게 하는 편이 낫겠다.

뭐, 어차피 일어나면 나에 대한 감시를 시작할 테고.

"그럼 이 멤버로…… 가 볼까."

메르티가 필로와 함께 루프트를 데려왔다.

루프트는…… 후후, 필로리알의 야만적인 모습을 보여 줘서 완전히 라프 종 파벌로 만들어 버릴까.

"나오후미 님, 왜 루프트 군을 보면서 의미심장한 웃음을 지으시는 건데요?"

라프타리아의 지적은 무시하자.

이렇게 해서, 나 · 라프타리아 · 라프짱 · 아트라 · 필로 · 메르디 · 루프트를 데려가게 되었다.

도주 생활을 하던 시절보다 살짝 나아진 정도의 구성이다.

정말 이 멤버로 충분할까 하는 불안은 남아 있지만 말이지.

"어디쯤이지?"

시각은 밤, 웬만하면 이동하고 싶지 않은 시간대에 다다라 있었다.

하늘에는 달이 떠 있다.

위치는 메르로마르크 산악지역, 산길이 많은 구역이다.

필로가 끄는 마차를 타고 덜컹덜컹 산길을 나아가고 있다.

참고로 마차는 마을에서 사용하는 평범한 녀석이다.

필로가 갖고 있는 마차는 모토야스에게 빼앗겼으니까.

실트벨트나 쿠텐로에서 소지하고 있던 마차는 너무 커서 가져올 수 없었다.

분리해서 용사들이 나눠서 갖고 돌아오면 못 가져올 것도 없지만…… 생각해 봐라. 귀찮지 않겠나?

"나오후미 님이 그 갑옷을 착용하고 계신 걸 보니까, 이제야 본래 컨디션이 돌아오셨다는 게 실감이 나네요."

"그래?"

라프타리아가 내 차림새를 칭찬한다. 그러자 루프트도 동의하듯 고개를 끄덕였다.

"멋있어."

혹시 귀족들은 이런 차림을 좋아하나?

"그나저나 필로리알까지 나에게 의뢰를 하다니, 나를 무슨 청부업자쯤으로 아는 거 아니야?"

"그렇게 미뤄 놓고, 또 투덜거리는 거야?"

메르티에게 한 소리 들었다. 뭐…… 이제 더 이상 미룰 수 없는 일이긴 하다.

"여기서 필로리알을 해치운다는 거죠?"

"해치우는 게 아니라 혼내 주는 거라고."

살벌한 소리를 하는 아트라에게 주의를 준다.

이 녀석은 항상 뭘 상대로 싸우고 있는 거야?

"라프~."

"아마 마차들끼리 충돌한다거나 뭔가 대결이 벌어지게 될 거야. 혹시 몰라서 너희를 데려온 거고."

"무기 성능이 너무 좋아서, 오히려 일이 엄청나게 커지는 게 아닐까 하는 불안감이 드는데."

"그만큼 여유가 있다면 문제없어."

이 정도 멤버가 모여 있으면 식은 죽 먹기라 믿고 싶다.

범인이 세인의 적이나 윗치라면 일이 복잡해질 것 같지만.

뭐, 피트리아의 의뢰이니 그럴 가능성은 낮을 것……이라고 생각한다.

그렇게 한동안 산길을 따라 나아갔는데…….

"아무 일도 안 일어나네요?"

"그러게 말이야. 우리 쪽에서 도적을 찾아다니고 있는 상황이니 어쩔 수 없겠지."

이 부근에서 나온다고 들었는데. 오늘은 안 나오는 건가?

"아지트 같은 건 없어? 필로리알의 둥지 같은 거."

"거기까지는 모른대~."

도움이 안 되는 정보로군.

그나저나 여기서 출몰하는 건 필로리알이라고 했지?

그렇게 생각하고 있으려니, 멀리서 횃불 같은 물체가 흙먼지를 피워 올리며 다가온다.

두두두 하고 제법 빠른 속도로, 저 멀리 있는 산에서 이쪽을 향해 오고 있는 것 같다.

녀석들이다. 횃불까지 들고 있다니 친절한 놈들이군.

우리도 알아보기 쉽도록 램프를 들고 있었으니, 그걸 표적 삼아 달려오는 것이리라.

자, 어떤 녀석일까?

……뭐, 뭐지?

나는 산적을 보고…… 미간에 주름을 지으며 생각에 잠겼다.

흙먼지가 걷히고 나타난 것은 산적이니 필로리알이니 하는 소문 속의 집단…… 아니, 번쩍번쩍한 금도금 위에 필로의 일러스트가 그려진, 오타쿠들의 캐릭터 도색 차량 같은 마차였다……. 무슨 원리인지, 데코레이션 트럭처럼 빛나고 있다.

척 보기에도 위화감이 넘친다. 이런 건 이세계에 온 후로 처음 봤다고.

비유하자면 판타지 세계에서 UFO를 본 것 같은 위화감이라고나 할까.

그 오타쿠 마차를 끌고 있는 녀석들이 우리 앞을 막아섰다.

마차를 끌고 있는 건, 홍, 청, 녹…… 낯익은 날개가 달린 여자아이들.

마차의 운전석에는──

"오랜만입니다, 장인어른. 폭주족 모토야스입니다."

창에 깃발을 매달고 폭주족을 자처하는 창의 용사가 있었다.

 **5화 폭주족**

엉? 뭐? 폭주족?

이 바보가 지금 무슨 소릴 하는 거지?

폭주족이라니── 그 정도면 아예 용사도 아니잖아. 게다가 황당할 정도로 산뜻한 미소.

"저, 저건 대체 뭐예요?!"

"필로의 마차가~!"

"취향이 지저분해도 어쩜 저렇게 지저분할 수가! 그 마차는 대체 뭐야?!"

"아니, 잠깐, 필로. 저 마차── 우리가 쓰던 마차였어?!"

전에 모토야스를 만났을 때도 마차를 내놓으라고 쫓아갔었는데, 그때는 이렇게까지 마개조된 상태는 아니었었다.

"응…… . 필로가 낸 흔적이 남아 있어! 으아앙!"

이게 무슨 짓이람. 구입한 뒤로 이런저런 사정 때문에 자주 타지는 못했지만, 적어도 필로의 보물이었던 마차란 말이다. 필로가 틈만 나면 열심히 닦곤 하던 모습이 기억에 남아 있다.

그 마차가…… 저런 식으로 변해 버리다니, 그야말로 말문이 턱 막힌다.

"참혹하네요…… . 우리가 쓰던 마차가 저런 꼴이…… ."

"라프라프."

라프짱이 울고 있는 필로의 어깨 위로 이동해서 머리를 쓰다듬어 준다.

하긴 동정심이 들 만도 하다.

"어때요, 필로. 당신이 남기고 간 마차를, 내가 가진 모든 사랑을 동원해서 튜닝해 봤는데."

재수 없다. 격렬하게 재수 없다.

튜닝 좋아하시네. 마개조라고 하시지.

나도 모르게 한 대 후려치고 싶어지는 얼굴이다. 하지만 그보다는 얽히고 싶지 않다는 심정이 더 앞선다.

피트리아 녀석…… 나를 이런 함정에 빠트리다니!

확실히 안전하고 금방 해결할 수 있는 일인지도 모르지만, 이 녀석과 대결하게 될 내 입장도 좀 생각해 보란 말이다!

소라게들이나 할 것 같은 마차 싸움이라고. 이긴다고 해도 저딴 마차는 필요 없어!

아니, 애초에 저건 원래 우리 마차였단 말이다!

메르티가 이야기했던, 빼앗긴 마차는 어떻게 된 건데?!

게다가 상대가 모토야스라는 걸 숨기기까지 하다니!

아니, 전조는 있긴 했었지만! 눈치 못 챈 내가 바보였어!

맛이 간 모토야스를 상대하는 건, 절대로 사양하고 싶단 말이다!

안 그래도…… 나는 모토야스의 막무가내 행동에 질색을 하던 마당이었다.

일단 진실을 깨닫고 내 편이 되어 주기는 했었지만, 그 본질인 색골 기질은 변한 게 없다.

내가 필로의 주인이니까 내 편이 된 것뿐이잖아!

렌과의 싸움 때는 자기 멋대로 우리를 도운 후에, 자기 마음대로 사라져 버렸다.

그 결과가 우리의 마차에 대한 마개조……였다는 거잖아?

나는 무심결에 방패로 손을 가져가서……

"포털……."

"아니, 잠깐, 돌아가려구?!"

"저 꼬락서니를 본 마당에, 돌아가는 것 말고 다른 선택지가 있다는 거야?"

다른 선택지가 더 있다면, 오히려 그걸 알고 싶을 정도다.

"나오후미 님의 심정은 이해하지만……."

"이거 피트리아 씨의 의뢰잖아."

"그랬었지! 감히 나한테 이런 안건을 떠맡기다니!"

진심으로 살의가 솟구쳐 오른다.

물론, 이런 정신 나간 바보를 상대하는 건 누구나 싫을 테지.

지금까지 기다린 피트리아도 참 용하다. 아니, 기다려도 별 문제는 없었던 거겠지.

그나저나 모토야스 녀석, 위기 때면 달려오겠다고 호언장담해 놓고 코빼기도 안 보인다 싶더니, 이런 곳에서 폭주족 짓을 하고 있었던 거냐! 지금 장난하자는 거냐?!

"좋아, 필로! 모토야스를 해치우고 와!"

필로라면 어떻게든 처리해 줄 거다. 나는 그렇게 믿고 있다.

뭐, 내가 믿는 게 무슨 의미가 있겠느냐만.

"싫어~!"

"사사건건 필로에게 떠맡기지 말라구!"

메르티가 씩씩거리며 화를 내기 시작했다.

시끄러. 나는 될 수 있으면 모토야스 녀석과 얽히기 싫다고.

"그나저나, 필로에게서 조금 이야기를 들은 적은 있지만, 실제로 보니까, 보기만 해도 골치가 아파지는걸."

"망가졌다는 건 알고 있었지만……."

"확실히 괴인이네요. 기묘한…… 광기 어린 사랑의 감정이 느껴져요. 이건…… 방심할 수 없겠는데요. 저렇게 누군가에게 열중할 수 있다니, 저도 질 수 없어요."

"지금 무슨 소릴 하시는 거예요, 아트라 씨?!"

"저 사람, 뭔가 이상한 것 맞지?"

"아주 정확한 인식이다, 루프트."

제법 눈썰미가 있는 녀석이군.

"저 사람, 왜 저렇게 이상해진 거야?"

"이 녀석의 언니가 망가뜨리고, 필로가 완전히 이성을 날려 버렸지."

메르티를 가리키자, 메르티는 하늘을 향해 절규한다.

"언니!"

"검의 용사님이나 활의 용사님처럼 어떻게든 갱생시킬 수 있으면 좋을 텐데요."

"본인이 원하고 있잖아."

"그나저나 나오후미, 장인어른이라는 건 누구지?"

"아마 날 가리키는 말일 거야."

"아니, 도대체 왜?!"

"장인어른이라……. 아버지 같은……."

"루프트 군, 나오후미 님을 아버지라고 부르면 안 돼요."

"왜?"

"애초에 왜 그렇게 부르고 싶은 건데요?"

"같이 있으면 믿음직하고, 나한테 이것저것 가르쳐 주니까."

"확실히 아버지 같기는 하네요. 하지만 저를 위해서라도 제발 그렇게는 부르지 마세요."

라프타리아는 또 무슨 소리를 하는 거지?

아아 참, 설명하기도 귀찮다. 한시라도 빨리 내빼고 싶다.

정말 이렇게 쓸데없는 짓을 벌이다니.

"필로 집에 가고 싶어……."

"그래……. 나도 집에 가고 싶어."

"라프~."

필로는 모토야스를 껄끄러워하니까. 나도 라프짱을 쓰다듬어서 간신히 짜증을 해소한다.

"돌아간다고 해서 일이 해결되지는 않아요, 나오후미 님."

"무력으로 해결하는 건 제 힘으로는 버겁겠네요. 그만큼 강한 힘을 갖고 있어요. 이기려면 나오후미 님이나 검, 활의 용사 정도의 실력이 필요할 것 같네요. 하지만 물러나지는 않아요."

아트라의 분석은 옳다. 지금의 모토야스는 분명 그만큼의 힘을 갖고 있을 것이다.

저주받은 무기는 그만큼의 성능을 갖고 있으니까. 아마도 모토야스는 그걸 소지하고 있을 것이다.

요령껏 설득하면 싸우지 않고 끝낼 수 있다.

그 점으로 보자면 간단한 임무라 할 수 있다. 모토야스도 우리에게 적의는 갖고 있지 않다.

"저기…… 모토야스, 무슨 짓이지?"

"폭주족입니다."

"그걸 대답이라고 하는 거냐!"

이거 완전 틀렸다. 대답이 불충분해도 너무 불충분하다.

"……왜 폭주족 짓을 하고 있는 거지?"

"이 애들이 하고 싶다고 그래서, 마음대로 하게 해 주고 있는 겁니다."

"아아, 그래. 마음대로 구는 건 네놈인 것 같은데."

필로리알은 마차를 갖길 원하고 소라게처럼 쟁탈전을 벌이는 습성도 있는 것 같은데, 그걸 마음대로 하도록 방치하다니.

그게 대체 무슨 짓이란 말인가.

애초에 필로리알이라는 단어가 등장했을 때부터 알아챘어야 했다.

피트리아라는 이름과 산적이라는 단어에 속았다.

아니, 모토야스에 대한 생각을 머릿속에서 내몰았던 상태라고 해야 할까.

"응?! 왜 장인어른이야?!"

"필로를 키워 준 아버지라서 그렇다나 봐."

주인=부모라는 식의 인식인가?

필로는 내 부하이지, 자식이 아닌데 말이다.

애초에 백 보 양보해서 정말 필로가 내 자식이라는 걸 인정한다고 쳐도, 모토야스는 나보다 더 나이가 많지 않은가.

내가 왜 나보다 더 나이 많은 놈에게 장인어른 소리를 들어야 하느냔 말이다.

"자, 필로, 나와 당신의 아이들을 소개해 주겠습니다!"

"아이들이라고?!"

물고 늘어지는 모토야스를 산에 버렸을 때, 일을 한 번 저질러서 자식을 낳고 도망친 건가!

"아니야! 아니야, 주인님. 필로는 그런 짓 한 적 없어!"

"필로가 그런 짓을 할 리가 없잖아! 아무 소리나 막 하지 말라구!"

모토야스는 희희낙락하며, 궁금하지도 않은 이야기를 늘어놓기 시작했다.

"우선 빨간 애의 이름은 크, 이름의 유래는 크림슨입니다. 다음으로 파란 애의 이름은 마린, 이름의 유래는 아콰마린입니다. 그리고 마지막으로 이 아이는 미도리, 이름의 유래는 '녹색'을 뜻하는 일본어입니다."

"""자식은 아니지만, 잘 부탁해~!"""

세 마리가, 약간 불만 섞인 표정으로 고개를 꾸벅 숙였다.

자식이 아니라고 하잖아!

이 녀석들……. 모토야스 녀석은, 전에도 윗치를 포함해서 세 명을 데리고 다녔었고, 변태로 변한 뒤에도 여자들에 둘러싸여 있는 건 그대로군.

뭐, 이번에는 셋 다 모토야스를 좋아하는 것 같지만.

어쨌거나 이 세 마리가 지금 모토야스를 따르고 있는 녀석들인가.

맛이 간 것처럼 보이지만, 따지고 보면 예전과 달라진 게 없는 놈이군.

"그나저나 장인어른 주위에는 돼지들이 많군요."

"사람이 이야기하면 좀 들어! 그나저나 돼지는 또 뭐야?!"

"돼지? 웬 뚱딴지같은 소리를 하는 거지?"

"말 그대로 돼지 말입니다. 돼지를 좋아하십니까?"

……으음, 모토야스 녀석, 전에도 숙소에서 여자를 돼지라고 모욕했었지.

라프타리아를 보고도 너구리 돼지라는 식으로 이야기했었다.

혹시…….

"어이, 모토야스. 네 눈에는 이 녀석이 뭐로 보이지?"

메르티를 가리키며 모토야스에게 묻는다.

"파란 아기 돼지군요. 꿀꿀거리면서 떠들어대는 게 여간 시끄럽지 않습니다. 징그럽……군요."

"뭐가 어째?! 돼지라니, 설마 날 보고 하는 말이야?! 헛소리하면 가만 안 둬!"

"포기해. 네 언니 탓이야."

"언니 바보!"

하긴, 돼지라는 소리를 들으면 아무리 메르티라도 참기 힘들겠지.

그나저나 역시 그랬었군.

모토야스 녀석, 커스 시리즈에 점령당해서 여자가 다 돼지로 보이게 된 모양이다.

게다가 메르티의 말에 반응하지 않는 걸 보면, 목소리도 안 들리는 거 아닐까?

뚱딴지같은 소리를 해서 우리를 혼란시키지 말란 말이다!

그런데, 필로리알들은 어디서 구한 거지?

짚이는 게 있다면…… 그러고 보니 모토야스와 다시 조우하기 얼마 전에, 노예상의 상태가 뭔가 좀 이상했었다.

나와 눈을 마주치지 않으려고 했었다. 그건 이것 때문이었나?

노예상! 두고 보자고!

"그럼 장인어른, 대결을 시작합시다."

"무슨 뚱딴지같은 소리야?!"

"여기부터 저 앞쪽 고개에 있는 골인 지점의 횃불까지 달려서, 먼저 도착하는 사람이 상대의 천사를 한 명 가져가는 규칙인데 괜찮겠죠?"

"안 괜찮아. 누구 멋대로 정하는 거냐!"

"못쿤, 아직 시작 안 해~?"

"이제 슬슬 시작할 거야."

못쿤은 또 뭐야? 설마 모토야스의 애칭인가?

그나저나 저 세 마리, 색깔이 적, 청, 녹이라니, 무슨 육성 게임의 초기색 같군.

여기에 황색만 더 들어가면 다 모이는 셈인데……. 아아, 인간형일 때 필로의 머리가 금발이니 황색이긴 하군.

"그럼 대결을 시작하겠습니다!"

"어, 어이! 말을 하면 좀 들어!"

내가 소리치면서 제지하기도 전에, 모토야스는 자신이 온 길을 되짚어 내달리기 시작했다.

두두두 하고 세 여자아이가 신이 나서 떠들며 달려가는 모습은, 참 못 볼 꼴이군.

내 세계였다면 100% 감방행이다.

그나저나 저 녀석…… 레이스를 참 좋아하는군. 전에도 그랬었고.

그때는 기룡에 타고 있었지만.

아니, 윗치의 지시에 따라서 했던 거였나?

어떤 의미에서는 재대결인 셈이다.

어찌 됐건 모토야스와 필로는 결국 레이스를 벌이게 될 운명인지도 모르겠다.

"어, 어떻게 할 거야?"

"……무시하고 돌아가지."

"그러면 우리가 진 셈이 되는 거 아니야?! 의뢰는 어떻게 할 건데?"

"그렇겠지. 하지만 알 바 아니야. 여기서 대화를 하긴 했으니

보상은 받아 두지.”

피트리아 녀석…… 이 빚은 필로와 메르티를 강하게 만들어 준 것 정도로 갚을 수 있는 수준이 아니라고. 더 보상을 요구하지 않으면 수지타산이 안 맞는다. 전력도 부족하다.

일시후퇴해서 렌이나 이츠키를 데려와야겠다.

“으응? 무슨 뜻이야?”

“있잖아, 필로, 저 창의 용사에게 지면 필로는 창의 용사 게 된다는 이야기야.”

“그런 것 같아요. 필로 씨, 지금까지 고마웠어요.”

“아트라 씨, 당신 정말…….”

“뭔가 좀 무서워.”

말다툼을 지켜보던 루프트가 라프짱을 끌어안고 고개를 푹 숙인다.

그렇게 겁먹을 거 없다고.

“에?!”

필로는 뒤늦게나마, 밑도 끝도 없는 대결에 대한 상세한 정보를 이해한 모양이다.

“싫어~!”

“우와…….”

필로가 지지 않겠다는 듯 폭주하기 시작했다.

“꺄아아아아아아아아아아아아아아아악!”

메르티의 절규가 메아리 쳤다……. 필로가 해 볼 생각이라면 할 수 없다.

하지만 스타트 대시의 차이 때문에 한참이나 뒤처져 있다.

코스는 어떤 식이지?

모토야스에게 유리해도 너무 유리한 거 아니야? 이 산은 저 녀석의 앞마당이잖아?

으음, 지도를 꺼내서…… 덜컹덜컹 흔들려서 제대로 볼 수가 없잖아!

어쨌거나 지도를 펼쳐 보긴 했는데…… 이건 무슨 레이스 명소인가 싶을 만큼 구불구불 뒤틀린 산길이 이어지고 있다.

길은 벼랑을 따라 만들어져 있는 곳이 많고, 내 세계로 따지면 고개 같은 곳이다.

……승부욕도 생긴 것 같으니까, 일단 지원 마법을 걸까.

마법을 쓰면 안 된다는 조항은 없었으니까.

하지만…… 쯔바이트 아우라로 따라잡을 수 있으려나?

젠장, 사디나가 없으니까 뇌신강림도 못 쓰잖아.

여기에 있는 멤버들로 쓸 수 있는 대체 마법이 없을까?

메르티는…… 물 계열이니 비슷한 마법을 쓸 수 있을지도 모른다.

라프타리아와 라프짱은 계통이 전혀 달라서 가능성이 없어 보인다.

아니, 잠깐…… 요전에 아우라를 영창하려 했을 때, 오스트와 같이 영창했을 때와 같은 느낌이 들었던 것 같은데.

나는 심호흡을 하고 마법 영창을 시작한다. 지금의 나라면, 오스트에게 배운 걸 쓸 수 있을 것 같은 느낌이 들었다.

머릿속으로 알고 있는 것을 복창하고, 반추한다.

용맥법은 힘의 매체로부터 힘을 받아서 영창한다.

이번 경우에는 외부의 기가 매체가 된다. 더불어…… 방패의 힘인 SP도 같이 끌어낼 수 있다.

그리고 마법은 내부의 마력……을 다른 용기에 비축한다.

기를 끌어내고, 힘을 통해 인도해서 퍼즐을 불러낸다.

동시에 마법 영창문을 연상한다.

만들어야 할 퍼즐이 세 개 나타난다.

이 감각이다! 좀 더, 좀 더 많은 마법 지식을 얻고 싶다.

"나오후미 님? 뭔가…… 나오후미 님에게서 고도의 힘이 흐르는 게 느껴져요. 혹시──."

보아하니 라프타리아가 뭔가를 알아챈 모양이다.

"나오후미 님에게서 따뜻한 힘이 쏟아져 나오고 있어요! 이건── 엄청난 일이 일어날 거예요!"

"그건 알 바 아니고, 이 진동 좀 어떻게 해 줘!"

"와, 와, 와아아아악!"

"라프~!"

슬쩍 눈을 떠서 루프트와 라프짱을 본다.

라프짱이 커져서, 마차 안에서 나뒹구는 루프트를 꼭 붙들어 주고 있었다.

『나, 방패 용사가 하늘에 명하고, 땅에 명하고, 이치를 끊고, 연결하여, 고름을 토해 내게 하노라. 용맥의 힘이여, 내 마력과 용사의 힘을 동시에 이루어, 힘의 근원인 방패 용사가 명한다. 다시금 삼라만상을 깨우쳐, 저자에게 모든 것을 주어라!』

지금까지의 경험을 반추해 본다. 용맥법을 이용하다 보니, 보통 마법과의 구조적 차이가 조금씩 이해되기 시작했다.

근원적으로는 더없이 닮아 있지만, 난이도가 한참 다르다.

자신의 힘에 마법문자를 새겨서 발동시키는 마법은 발동의 용이성에 중점을 두었기에, 상위 마법을 익히려면 처음부터 자기 자신 안에 등록을 해 두어야만 한다.

간단한 반면, 상대의 마법을 방해하는 데 필요한 마법을 읽어내는 데 시간이 걸린다.

반대로 용맥법은 근처에서 힘을 끌어내기에 식을 계산해야만 한다.

그렇기에 같은 식은 쓸 수 없다.

매번 같은 원소로 영창하는 게 아니기에, 조립하는 조각도 매번 달라지기 마련인 것이다.

국어와 산수의 차이라고 비유하면 될까?

화염을 내쏘는 마법을 영창할 때, 일반적인 마법이라면 단순히 화염이라는 문자를 읽기만 하면 된다.

다만 '불' 이나 '업화' 는 글자가 다르다. 그렇기에 따로 익혀야만 한다.

하지만 용맥법은 '=화염' 이라는 계산으로 발동시킨다.

그 도중의 계산식은 '불+기름=화염' 일 수도 있고, '업화+불' 이라도 좋다.

그렇기에 아마 방해하기도 상당히 쉬울 것이다.

상대가 읽어내려는 마법에 대해 먼저 추리해서, 우격다짐으로 해답을 이끌어내는 것도 가능하니까 말이다.

합창마법에 도움이 되는 것도 납득이 간다.

퍼즐을 완성할 때 꼭 혼자 힘으로만 해결해야 하는 건 아니기 때문이다.

그리고 조금 전의 경험을 통해, 보통은 이 두 가지를 섞어서 영창할 수 없다는 걸 알았다.

마법과 용맥법은 지극히 비슷한 원리를 갖고 있으면서도 물과 기름처럼 상성이 나빠서, 본래는 서로 섞이지 않는다.

하지만 SP와 기——EP가, 물과 기름인 두 가지 마법을 섞일 수 있게 해 주는 것이다.

——다시 말해, 이 마법은 용사만이 쓸 수 있는 것이라는 이야기가 된다.

좋아, 완성된 이 힘을 발동시켜 보자.

"레벌레이션 아우라!"

오스트, 드디어 나는 이 마법을 혼자서 쓸 수 있게 됐어!

절대로 네 의지를 헛되이 하지 않겠어!

그래 봤자, 상대는 모토야스고 사용 대상은 필로인 상황이니, 이 정도로 오스트에 대한 보답이 될 수는 없겠지만.

"가라! 필로!"

필로를 향해 레벌레이션 아우라를 지시한다.

드디어, 커다란 대가 없이도 쓸 수 있게 됐어!

"간다~!"

필로가, 종전보다 몇 배는 더 빨리 내달리기 시작한다!

"필로! 마차의 중심을 이용하면서 커브를 돌아서 속도를 유지해."

"응!"

내가 그렇게 제안하자, 필로 녀석은 마차로 드리프트 했다.

어떻게 방향을 꺾고 있는 거야? 바퀴가 망가지지 않을지 걱정될 지경이다.

하지만 그건 모토야스도 마찬가지다. 벼랑길 저 앞쪽, 하늘이라도 날지 않는 한 따라잡을 수 없는 거리에서 질주하고 있는 모토야스의 마차도 드리프트를 하면서 방향을 꺾고 있다.

속도 자체는 필로 쪽이 더 빠른 것 같지만, 상대는 코스를 숙지하고 있고 처음 스타트가 뒤처진 것도 있어서 따라잡을 수 있을지 자신이 없다.

"오른쪽! 왼쪽! 그 갈림길은 왼쪽으로 가는 게 더 빨라!"

나 참, 지도를 한 손에 들고 달리는 것도 참 못 할 짓이군.

뿐만 아니라, 우리의 마차는 목제인 데다 인원도 제법 많이 타고 있다.

더 속도를 내려면 탑승자를 줄이는 게 나을 테지만.

"이봐, 필로."

"왜애?"

덜컹덜컹 흔들리는 마차 속에서, 다른 녀석들은 마차에서 떨어지지 않도록 죽을 둥 살 둥 매달리고 있다.

"상황이 상황이니, 아예 마차를 두고 쫓아가는 건 어때?"

"안 돼!"

"왜지?"

"이건 필로의 대결이잖아? 그럼 마차는 두고 가면 안 돼."

"헤에…….."

본능에 새겨져 있는, 필로리알의 승부라는 건가?

……곰곰이 생각해 보면 일부러 모토야스에게 져서 필로를 모

토야스에게로……가 아니라, 필로는 나에게 충성을 맹세했으니 그렇게까지 할 수는 없다고 말하고, 필로를 당근으로 이용해서 모토야스를 부려먹는 방법도 있지 않을까?

"주인님, 뭔가 이상한 생각 하고 있는 것 같아~!"

"나오후미, 뭔가 무례한 꿍꿍이를 할 때마다 짓는 그 표정 좀 어떻게 해 보라구!"

이런, 아무래도 다 간파당한 모양이다.

"나오후미 님! 필로도 좀 진정해!"

나는 충분히 진정하고 있는데 말이지.

그나저나 라프타리아의 목소리에 초조한 기색이 가득해 보이는데…….

참고로 요 앞에는 덩굴로 만들어진 줄다리가 있다는 모양이다.

"자, 잠깐, 나오후미! 저 앞은 줄다리인데!"

"그러게 말이야. 하지만, 지금의 필로라면 어떻게든 이겨 낼 수 있을 거야."

레벌레이션 덕분에 경이적인 가속 능력을 보유하고 있다.

스킬도 있는 만큼, 충분히 해결할 수 있다.

실패해서 낙하하면 포털을 통해 귀환하면 그만이다.

마차는 알 바 아니고.

"우우우우우우우우우우우우!"

필로가 주저 없이 줄다리로 돌격.

줄다리 바닥의 덩굴이 타닥타닥 끊어지는 소리가 들려온다.

"꺄아아아아아아아아아아아아아아아아아아아!"

메르티도 참 시끄럽게 절규하는군.

"나오후미 니이이이이이이이이이이이이이임!"

라프타리아까지 절규하다니, 너무 심하게 놀라는 거 아니야?

두 사람의 절규에, 아트라는 두리번두리번 주위를 둘러보면서 내 옷소매를 붙잡았다.

"꽤, 괜찮은 거 맞죠, 나오후미 님?"

"그래."

"그, 그렇군요. 저 두 분은 왜 저렇게 비명을 지르시는 거죠?"

"그러게 말이야. 좀 더 필로를 믿어 주면 좋을 텐데."

"꺄아아아아아아악!"

내 말에 분노를 느꼈는지, 메르티가 비명을 내지르면서 내 몸을 마구 흔들어댄다.

"틀렸어요! 떨어질 거예요! 도망가요!"

"우~!"

빠득 하는 소리를 내면서, 줄다리를 매달고 있던 굵직한 덩굴이 끊어진다.

"끊어졌다아아아아아아아아아아!"

라프타리아도 의외로 돌발 상황에 약하단 말이지.

가속한 필로가 마차에서 이탈하는가 싶더니 어마어마한 속도로 줄다리의 덩굴을 붙잡고, 뒤쫓아 온 마차를 걷어차서 계곡 건너편으로 날려 버렸다.

"흐엑——."

마차에 타고 있던 우리는, 마차의 벽에 격돌해서 하나같이 호된 맛을 보았다.

"토옷!"

그리고 필로가 덩굴을 놓고 강력한 다리 힘을 이용해서 마차를 따라잡아 다시 출발했다.

"우우…… 목숨이 몇 개가 붙어 있어도 모자라겠어."

"별일이군. 나와 똑같은 생각을 하다니."

"그런 생각을 했다면 코스에 대해 생각을 좀 해!"

"이 코스를 이용하지 않고는 못 이겨!"

여기서 상당히 시간을 단축했다. 이 정도면 제법 따라잡지 않았을까.

덜컹덜컹 흔들리는 마차 안에서 지도를 확인한다.

으음, 모토야스는…… 횃불의 불빛으로 보아, 아직 한참 벌어져 있군.

초반에 거리가 얼마나 벌어져 있었던 거냐.

이 정도면 폭주족을 자처할 만도 하다. 아니, 몰래 거리를 단축하는 모종의 방법을 쓰고 있는지도 모른다.

"다음은 악몽의 5연속 헤어핀이야. 조심해."

한 발짝이라도 잘못 디뎠다가는 낭떠러지로 곤두박질, 그야말로 공포의 커브다.

……나는 언제부터 레이싱 게임의 세계로 들어온 거지?

"응!"

필로는 점프해서, 한 발짝 뛸 때마다 5연속 커브를 하나씩 건너뛰었다.

응. 이 움직임은 차로는 절대 못 하겠지.

마차가 덜컹덜컹 흔들리고, 라프타리아를 비롯한 멤버들이 마구 뒤섞인다.

"으웩—— 끄윽——."

"으윽…… 라프!"

"라프?"

뒤흔들리는 마차 안에서 대형화한 채로 루프트를 끌어안고 요령껏 자세를 유지하고 있던 라프짱이, 꼬리로 라프타리아를 붙들어서 구조했다.

그나저나…… 방금 라프타리아가 한 말이 마음에 걸리는데.

궁지에 몰리면 '라프'라고 우는 건가?

……설마 그건 아니겠지. 아마, 라프짱에게 도움을 청한 것 뿐이리라.

라프짱은 마차 안에서 이리저리 나뒹그라지는 메르티도 구하려 하고 있지만, 메르티는 너무 격하게 튀어서 구해 주기 힘든 모양이다.

그럼, 두 장째 플로트 실드를 만들어서 붙잡을 수 있게 해 주면…….

"으윽!"

아, 메르티에게 맞고 말았다. 잘 붙잡고 있으라고.

"대단하네요."

아트라는 어떻게 저렇게 내동댕이쳐지지 않고 착 달라붙어 있는 걸까.

나는 운전석에 있는 덕분에 비교적 멀쩡하지만.

마력이나 기 덕분인가? 아니, 그렇다면 라프타리아도 괜찮아야 정상이다.

나도 도와주고 싶지만, 고삐를 손에서 놓았다가는 나 자신이 내팽겨질 가능성이 있는 상태다.

나는 방어력이 높으니 마차에서 떨어져도 괜찮긴 하겠지만…… 낙마하면 패배라고 우겨댈지도 모른다.

"라프짱의 도움을 받을 줄은 꿈에도 생각 못 했어요."

"라프~."

루프트를 배로 끌어안은 채, 라프짱이 라프타리아를 향해 살짝 V자를 그린다.

"우우……. 죽을 거야. 이러다간 죽을 거야."

플로트 실드에 매달린 메르티가 오랜만에 어린애다운 나약한 소리를 한다.

불을 붙인 건 너였잖아. 좀 참아.

이렇게 몸을 부딪치고도 목숨이 붙어 있으니까, 태어난 세계와 피트리아의 축복에 감사하라고.

"그게 싫다면, 모토야스에게 가라고 필로에게 말하는 수밖에 없겠지."

"싫어……."

"친구를 더 우선하는 걸 보면, 넌 좋은 여왕이 될 수 있을 거야."

"하나도 안 기뻐. 지금 그런 소리를 들어도 안 기뻐……."

완전히 시체의 밭이군. 윈디아나 가엘리온을 데려올 걸 그랬나.

이 녀석들을 내려 주고…….

"그러고 보니 내리면 그만인 거 아니야?"

"무슨 수로 내리라는 건데?!"

"마법을 쓰면 되잖아."

"이런 상황에서 어떻게 마법을 쓸 수 있다는 거야?!"

"못 쓸 것도 없을 텐데. 그래, 물 마법을 연속으로 쏴서, 반작용을 이용해서 도약하면 되는 거 아니야?"

"헛소리 마!"

"나는 지극히 진지하게 이야기하고 있는 건데?"

메르티가 쓸 수 있을 법한 최대한의 탈출방법이다.

"그 눈매는…… 진심으로 하는 소리야?! 그런 짓까지 해야 하는 거야? 세상을 구하기 위해서?"

"필요한 일인지를 묻는 거라면, 나도 잘 모르겠는데."

죽지 않고 마차에서 내리는 방법을 모색했을 뿐이니까.

"나오후미 님! 적당히 좀 하시고――."

그래도 제법 따라잡은 건 사실이란 말이지.

하지만 골인 지점도 얼마 남지 않았다.

이대로 가다가는 패배한다.

아, 낭떠러지 앞쪽에 모토야스의 횃불이 보이기 시작했다.

이쪽에서 거기까지 가려면 크게 커브를 돌아야 한다.

아아, 이 커브를 무시하고 그냥 뛰어넘을 수 있으면 느긋하게 이길 수 있겠지만, 그렇게까지 기대해도 소용없는 일이다.

"필로, 저쪽 벼랑에 있는 불빛이 점점 가까워지고 있지? 저기서 내려간 곳이 골인 지점이야. 이대로 가면 지게 될걸."

"싫어~!"

필로가…… 코스를 벗어나 낭떠러지로 내달렸다!

"낭떠러지! 낭떠러지! 필로, 우리는 못 날아! 떨어진다아아아아아아아아아아아아아아아!"

타이밍이 중요한 상황인데, 필로가 감을 잡을 수 있을까?

"토~옷!"

필로가 마차 지붕에 매달려서, 날갯짓을 한다.

엄청난 바람이 일어나고 있군.

부우우웅! 하는 소리가 날 정도다!

필로, 너 설마 날 수 있는 거였어?

그러고 보니 가엘리온에 지지 않겠다고 펄쩍펄쩍 점프해 대던 게 기억난다.

애초에 키즈나 쪽 세계에서는 날 수 있었고.

오? 어느 정도 체공하고 있잖아.

"와우우우우우우우우우우……."

여기가 무슨 아일랜드냐?

먹보 캐릭터라는 점에서는 닮은 구석이 있다고 할 수도 있겠군.

이대로 천천히 거리를 단축시킬 생각인가?

하지만 이 작전이 순조롭게 풀릴지는 도박이다. 실패의 가능성이 높다. 서서히 떨어지고 있다.

필로의 몸은 기본적으로 날기에 부적합한 구조이다.

무게? 따지고 보면 가엘리온의 체격으로 날 수 있다는 게 더신기하다. 이세계 만세다.

그런데도 필로리알은 날 수 없다니…… 실디나는 날았었지?

수화한 사디나도 날았었다.

필로리알도 어떻게 보면 참 가엾은 생물이군.

조금 힘을 빌려주자.

"에어스트 실드! 세컨드 실드!"

사정거리 가장자리에 걸쳐서 두 개의 방패를 교대로 불러낸다. 목표는 낭떠러지 건너편이다.

그리고…….

"체인지 실드!"

선택한 방패는 로프 실드. 전용효과에 '후크'가 있다.

이건 각성했을 때 추가된 것이었다.

이 후크는, 방패에서 끈을 내뻗어서 대상을 끌어당기는 효과가 있다.

키메라 바이퍼 실드에도 있지만 그쪽 후크는 사거리가 짧다.

다시 말해, 로프 실드는 멀리 떨어진 실드로부터 후크를 내뻗고, 그걸 이용해서 마차를 끌어당길 수 있는 것이다.

그리고 진자운동처럼 세컨드 실드 쪽으로 옮겨 탄다.

"실드 프리즌!"

그리고 실드 프리즌을 마차 밑에 출현시키고,

"필로!"

"응!"

필로가 마차를 박차고 낭떠러지 건너편에 도착. 프리즌을 발판 삼아서, 다시 내달린다.

"모, 목숨이 몇 개라도 모자라겠어……."

메르티가 마차에 드러누워서 축 늘어져 있다.

동감이다. 이제 필로의 마차로 레이스 같은 건 두 번 다시 하고 싶지 않다.

다음에 레이스를 하게 되면, 필로를 그 자리에 두고 포털 실드로 내빼야겠다.

"이러다 죽겠어요! 나오후미 님, 이러다가는 우리 모두! 정말로 다 죽고 말 거예요!"

"교황이나 영귀, 쿄와의 지긋지긋한 싸움도 극복해 온 우리라고. 이 정도는 별것도 아니잖아."

"별것도 아니긴요! 이러다 죽어요, 너무 위험해요!"

라프타리아가 우는소리를 해댄다.

실은 꽤 위험한 상황인가?

게이머의 감각으로 레이스 게임이라도 하는 것 같은 기분에 빠져 있었는데…… 어느 정도는 자중해야겠군.

뭐, 낭떠러지 밑은 새까매서, 아무것도 안 보이지만.

"걱정 마. 이제 다 끝났어."

"스릴 넘치는 좋은 놀이기구였어요."

"우리가 무슨 떠돌이 서커스단인 줄 알아요?!"

놀이공원이라고 하지 않는 게 이세계답군. 오락 중에 그런 게 있는 건가.

어쨌거나 거리를 대폭 단축했으니 모토야스는 따돌렸을 것이다.

우리는 목적지인 횃불을 지나서 멈춰 섰다.

"이겼군."

스타팅 대시가 늦은 탓에 승리는 절망적일 줄 알았는데, 역시 필로는 대단하군.

하강 곡선을 그리던 불운을 완전히 떨쳐낸 느낌이다.

모토야스의 세 마리도 인간형으로 변한 걸 보면, 필로리알 퀸이 되긴 한 거겠지.

……바보털은 없었지만 말이지.

"우우……."

"사, 살아남았어……. 지금까지 겪은 일 중에 제일 스릴 넘쳤어요."

"그랬나?"

"라프타리아 씨, 정진이 부족하네요."

"부족해도 상관없어요. 이걸 겪고도 태연하다면, 그건 인간적인 무언가가 날아가 버린 거라구요."

뭐, 라프타리아의 말이 맞겠지.

"이겼다~!"

필로는 승리의 춤을 추면서 마차 지붕 위로 올라가서 노래하기 시작했다.

이건 대체 무슨 의식이야?

하지만 이쪽의 마차는 고철이 되기 직전이다. 넝마쪼가리 리어카 수준으로 전락해 있다.

이런 마차로 이긴 게 용하군.

새로 발주해야겠는데. 원래 목제였으니 저렴하게 구입할 수 있으려나?

라트에게 바이오플랜트로 만들자고 제안해 보거나, 아니면 실트벨트에 요청해서 배로 갖다 달라고 해 볼까?

"필로가 이겼다! 필로가 최고, 필로가 제일 빨라~. 가엘리온 따위는 상대도 안 돼~."

"흥분하는 건 좋지만 정도껏 해."

"알았어~! 그치만 필로가 이겼다~!"

그나저나, 가엘리온이 그렇게까지 싫은 거냐?

그리고 얼마 되지 않아서, 모토야스와 시끄러운 세 마리가 폭주하듯 달려왔다.

"지, 진 겁니까……?"

모토야스는 우리가 먼저 도착한 걸 확인하자마자, 손으로 땅을 짚으며 털썩 주저앉았다.

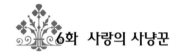

6화 사랑의 사냥꾼

"그나저나…… 승리한 쪽이 패배한 쪽의 필로리알을 한 마리 빼앗기로 했었지?"

딱히 필요한 건 아니지만, 규칙이 그랬었으니까. 애초에 모토야스를 포박하는 게 목적이었고.

외모로 보아, 다루기 쉬워 보이는 건 녹색인 '미도리' 군.

"좋아, 거기 그 얌전해 보이는 녀석…… 미도리를 내놔."

"안 돼애애애애애애! 미도리는 안 돼에에에에에!"

모토야스가 세 마리를 끌어안고 보호하듯 감싼다.

"이봐, 너 말이야……."

자기가 대결을 제안해 놓고, 자기가 지니까 규칙을 엎어 버리는 거냐.

솔직히 필요 없긴 하지만.

필로 하나만도 감당하기 벅찬 마당에 두 마리는 필요 없다.

나는 마을에 있는 필로리알처럼 그냥 평범한 필로리알이 좋단 말이다.

……아니, 이제 라프 종으로 클래스업하는 기능이 추가된 마당이니, 필로리알 종은 더 이상 필요 없다.

"후후후후후후……."

만약에 클래스업을 시킨다면 라프 종 성분을 섞어 주마.

"나오후미 님, 그 표정 좀 짓지 마세요. 불길한 예감이 들잖아요."

벌써 몇 번씩이나 듣는 라프타리아의 지적은 무시한다.

내 부하가 된 그 순간부터, 필로리알은 라프 종이 될 운명이란 말이다.

"못쿤!"

"모―군!"

"모토야스 씨!"

호칭 좀 통일해!

뭐, 굳이 그렇게 따질 생각은 없다. 괜히 시끄러워질 것 같고, 나도 여러 녀석들에게 여러 호칭으로 불리고 있으니까.

세 마리 모두 하나같이 모토야스에게 매달려, 한 덩어리가 돼서 울고 있다.

"다 필요 없으니까, 앞으로는 민폐나 끼치지 마."

좋아, 이제 내 임무는 종료. 모토야스를 포획하고 다 끝내자.

"장인어른!"

젠장, 여전히 맛이 가 있잖아.

그리고 모토야스는 정중한 경례를 붙이더니 내게 고개를 숙이며 말했다.

"따님을 제게 주십시오."

"또 그 소리냐!"

나 원 참……. 성가셔서 못 해 먹겠군. 대결에서 져도 욕심을 안 버리다니.

"우우…… 이제야 속이 좀 진정된 것 같아요."

"제가 한발 앞섰네요."

"뭘 앞섰다는 건지……. 아트라 씨는 멀미를 잘 안 하시나 보네요."

"좀 어질어질하긴 했지만, 그 정도는 끄떡도 없다구요."

"멀미가 나도 참았다는 거잖아요! 원래 병약했던 덕분인가요?!"

라프타리아와 아트라는 뭔가 콩트라도 하듯이 대사를 주고받고 있다.

"고마워, 라프짱."

"라프~."

루프트는 라프짱의 도움 덕분에 별문제는 없는 모양이군.

아니, 표정을 보니 속이 울렁거리기는 하는 모양이다.

"으우…… 속이 뒤집히겠어."

메르티는 말할 것도 없겠지.

"""우우……."""

모토야스의 패거리들이 필로 같은 소리를 내고 있다.

어차피 근본은 다 같은 필로리알이라는 건가.

"싫어~! 졌으면 돌아가!"

필로가 소리 높여 쏘아붙인다.

"하지만 순순히 돌려보낼 수는 없단 말이지…….."

일단 포획, 아니 연계를 할 수 있도록 해 두고 싶으니, 불러도 안 오게 되는 건 더없이 곤란하다.

"웬일로 마차 돌려 달라는 소리를 안 하네?"

"저 모양이 된 건 이제 필요 없는걸……. 우…….."

이기기는 했지만, 필로는 오타쿠 마차가 돼 버린 자신의 마차의 모습을 보고 한탄하고 있다.

뭐, 자기 물건을 다른 사람이 멋대로 사용한 데다, 저런 꼴로 개조했으면 아마 나라도 울었을 것이다.

"필로에게 전해져라! 내 마음이여!"

밑도 끝도 없이, 모토야스가 별안간 창을 휘둘러대며 포즈를 취한다.

이 분위기…… 설마!

"템테이션!"

처척, 하고 모토야스를 중심으로 결계 같은 무언가가 전개되는 것을 느꼈다.

이건 전에도 보았던 기억이 있다.

렌을 포획할 때 모토야스가 사용했던 스킬이다.

그때 상황을 떠올려보면, 라프타리아와 나, 아트라에게는 딱히 문제가 없었던 기억이 난다.

……모토야스가 평소보다 더 굉장한 꽃미남으로 보여서, 그

모습에 약간 가슴이 두근거린다는, 무시무시한 효과만 견뎌 낸다면 말이지.

그 경험에 비추어보아, 지금 위험한 건 메르티와 루프트다!

"메르티! 괜찮아?!"

메르티와 루프트 쪽으로 눈길을 돌린다.

"아, 응. 괜찮아……. 저 사람이 멋있다는 생각이 살짝 들긴 하지만 괜찮아. 그보다 속이 매슥거려……."

메르티도 한계가 머지않은 것 같군.

"그건 괜찮은 상태가 아니라고 말해 주고 싶지만, 얼굴 하나는 잘생겼으니 부정할 수도 없단 말이지."

"슬픈 사실이네요……."

그렇다, 모토야스는 남자가 보기에도 잘난 얼굴인 건 사실이다. 얼굴만 따지면 말이지.

내면이 맛이 가 버렸지만 말이다.

믿음을 준 상대가 하필 윗치가 아닌 다른 여자였더라면, 동료에 대한 두터운 믿음을 가진 열혈 호색한 정도로 끝날 수 있는 녀석이었을까 하는 생각이 들기 시작했다.

이건 너무 많이 변한 모토야스에 대한 동정일지도 모른다.

메르티는 힘겹게나마 견뎠으니, 그렇다면 문제는 루프트 쪽인데…….

"루프트! 괜찮아?!"

"라, 라프짱…… 사랑해."

"라프~?"

루프트가 휘청거리면서 라프짱을 끌어안았다가, 퍼뜩 정신을 차린 듯 주위를 두리번거린다.

"어라?"

라프타리아는 버렸지만 루프트는 못 버렸다……. 단순히 레벨이나 능력 때문일까?

라프짱 덕분에 상태 이상은 해제된 것 같긴 하지만.

"무슨 일이 있어도, 저에게는 오로지 나오후미 님밖에 없어요."

기묘한 분위기를 파악한 아트라가 소리친다.

매료 스킬의 효과가 없는 건 아니겠지만, 평소의 언동이 워낙 과격하다 보니 점수를 따려는 수작으로만 느껴진다.

"환장하겠네."

하여튼, 모토야스…… 이 자식, 다짜고짜 무슨 짓이냐.

렌 때부터 수상쩍다 싶었지만…… 이번에는 나에 대해 고분고분하게 구는 것 같으니, 이 기회에 물어봐야겠다.

"너 말이야…… 그 창, 뭐지?"

"러스트 스피어Ⅳ입니다, 장인어른."

Ⅳ! 도대체 얼마나 타락한 거야.

그리고 애초에 꼬박꼬박 대답하는 것부터가 더 재수 없어!

러스트라니…… 라스트랑 비슷한 발음이지만 아니겠지. 색욕이란 단어겠지. 틀림없다.

"장인어른! 필로가 원하면 저와의 혼약을 허락해 주셔야 합니다."

"너는 필로를 매료 스킬로 세뇌하려는 꿍꿍이 아니야?"

"그럴 리가 있겠습니까! 제 마음이 불러낸 '사랑'을 필로에게 전하는 스킬이란 말입니다!"

"하지만 다른 여자들도 유혹하고 있잖아. 남자한테도 걸리는 건 좀 너무한 거 아니야?"

뭐, 도망치려던 렌을 붙잡아 준 편리한 스킬이긴 하지만. 세인의 숙적 녀석들을 상대할 때도 그랬었고.

……이게 전개된 이상, 세인은 오고 싶어도 못 오겠지.

어쨌거나, 네가 세뇌 스킬을 익혀서 어쩌자는 거냐.

예전에는 내가 세뇌의 방패를 갖고 있을 거라고 박박 우긴 주제에, 네놈이 그걸 쓰면 어쩌자고.

망가지기 전의 모토야스는 사사건건 세뇌 타령을 해 댔으니까 말이지.

"필로의 사랑과 필로리알 종 이외에는 필요 없습니다만."

"어련하시겠어."

대단한 놈이야. 그냥 내가 진 걸로 칠게. 빨리 집에 가고 싶다.

그나저나…… 필로가 어째 조용한데. 저번에도 이 스킬에 걸려들었었고.

"필로?"

"하아…… 하아…… 앙…….."

이 거친 숨결, 걸려들었군. 그래…… 사랑이 이루어진 셈이네. 모토야스는 좋겠군.

끝났다. 이제 그냥 포기할까.

"주인님, 먹고 싶어."

……모토야스가 아니었던 거냐. 그러고 보니 전에도 거친 숨을 몰아쉬면서 나를 쳐다봤었다.

"라프~."

거대화한 라프짱이, 루프트를 업은 채로 필로의 이마에 손을 댄다.

"후냐?"

매료 상태였던 필로가 제정신으로 돌아온다.

"라프라프."

"어라…… 뭔가 좀 무서워."

라프짱이 루프트를 필로의 등에 태우고 나서, 퐁 하고 원래 모습으로 돌아왔다. 그리고 필로와 루프트에게 접촉할 수 있도록 필로의 등에 올라탄다.

"피일—로! 나는 여기 있어!"

"""우우우우우우우우우우우우우우우우!"""

질투에 불타는 적청록 세 마리를 제쳐두고, 모토야스가 소리 높여 외치면서 팔을 활짝 벌린 채, 필로가 오기를 기다린다.

창의 힘으로 상대를 유혹하는 게 정녕 사랑이냐?

"싫어~!"

아, 역시 거부당했군.

"필로는 주인님이랑 같이 있는 게 좋다구~!"

"어이, 쓸데없는 소리 하지 마!"

모토야스는 깃발 끄트머리를 입에 넣고 있는 힘껏 물어뜯으면서, 질투에 찬 눈으로 나를 쏘아보고 있다.

"애초에 네 잘못이잖아! 뭘 그렇게 부러운 눈으로 쳐다보는 거냐!"

"안 됩니다, 장인어른! 부녀지간에 그런 짓을 하는 건 범죄란 말입니다! 저는 질투 같은 걸 하는 게 아닙니다!"

"허세 부리지 마, 얼간아아아아아!"

"왜 이렇게 긴장감이 없는 건지 모르겠다니까요……."

"필로 씨, 빨리 나오후미 님을 포기하세요!"

"아트라 씨는 또 무슨 소리를 하시는 거예요?!"

라프타리아의 의견에 동의한다. 무슨 소리를 하는 거람, 아트라는.

"부러워부러워! 그렇게 필로의 사랑을 받다니 부러워!"

"시끄러! 솔직히 말하면 장땡인 줄 아는 거냐!"

왜 이렇게 긴장감이 없는 거냐!

"피일—로!"

모토야스가 온몸을 내던져서 필로에게 정면으로 달려든다.

눈으로 따라잡지도 못할 속도였다! 저주받은 창의 힘인가?!

"싫어~! 주인님, 메르, 살려 줘~!"

필로는 위기에 빠지면 늘 이 소리라니까.

메르티가 구해 준 적은…… 아아, 그러고 보니까 있긴 했지. 마룡 사건 때는 같이 있기도 했고.

"메르티는 아까 그 레이스 때문에 녕마가 됐어! 따지고 보면 너 때문에 제대로 서지도 못하게 됐다고!"

"으음?! 메르는 또 누굽니까?"

뭐야? 모토야스가 반응했잖아!

"우…… 뭐야?"

메르티는 모토야스의 술수에서 벗어나려고 연신 고개를 젓고 있다.

나는 모토야스가 알아볼 수 있도록 메르티를 가리켰다.

"이 녀석이 바로, 필로가 메르라고 부르는 인간, 즉 메르티다."

"……뭔데, 또?"

"필로! 약혼자인 나와 함께 있으면서 그 녀석의 이름을 부르는 겁니까?!"

약혼자라니, 네가 언제 필로의 약혼자가 된 건데?

"으음? 자세히 보니 너는 빨간 돼지의 여동생…… 파란 돼지 같기는 하지만, 필로가 도움을 청하는 걸 보면 돼지가 아닌가 보군요!"

으음? 필로와 얽히면 돼지가 아니게 되는 건가?

빨간 돼지라는 건 윗치를 가리키는 말이겠지. 그 녀석은 머리가 빨간색이니까.

이 점에 대해서는 좀 더 검증해 봐야겠군.

키스에 침식당한 상태라, 무슨 짓을 저지를지 짐작을 할 수가 없다.

내가 지킬 수 없을 정도는 아니지만, 그래도 최대한 만전을 기해야겠지.

섣불리 자극하는 건 위험하다.

"모토야스, 원래는 이야기할지 말지 망설였지만…… 실은 필로에게는 약혼자가 있어."

"저를 말씀하시는 거군요, 장인어른."

"아니야."

"네……?"

여유를 보이던 모토야스의 표정이 무너져 버렸다.

자신이 필로의 약혼자라는 걸 믿어 의심치 않았던 네놈이 문제라고.

누가 약혼자로 정했다는 거냐.

"그 이름은 바로 메르티 메르로마르크. 이 나라의 차기 여왕이자 필로의 약혼자지."

"억……."

"잠깐, 나오후미? 어째 엄청나게 불길한 예감이 드는데."

지금의 모토야스가 선악을 분간할 능력을 갖고 있는지 어떤지는 모르겠다.

최대한 자극을 주지 않도록 주의하면서, 메르티를 공격 대상에서 제외시켜야 한다.

"저기…… 저희는 어떻게 하면 될까요?"

라프타리아와 아트라가 방치당하는 것 같은 느낌도 들지만, 뭐…… 괜찮을 거라 생각하고 넘어가는 수밖에 없다.

이 틈에 몸 상태나 회복시켜 두라고.

"이럴 수가! 필로는 장인어른에 대한 사랑만이 아니라, 여성에 대한 애정까지 갖고 있다는 말씀입니까! 역시 사랑의 천사입니다!"

언제부터 필로가 사랑의 천사가 된 건가 하는 점은 그냥 넘어가자.

어쩌면 모토야스가 좋아했다던 게임 속 캐릭터의 이름이 그런 거였는지도 모르겠다.

"하지만 이 녀석은…… 그 빨간 돼지의 동생 아닙니까?"

"그래, 하지만 무능한 윗치와는 완전히 정반대지! 유능한 동생이자, 이 나라의 정당한 후계자. 나도 메르티에게라면 필로를 맡겨도 될 거라 생각하고 있어. 네가 그런 녀석을 이길 수 있을 것 같아?"

"나오후미! 그만 좀 해! 이런 식으로 흘러가면 결국 내가 창의 용사에게 죽게 되잖아!"

"걱정 마. 나도 다 생각이 있어."

"그게 제일 불안하단 말이야."

불안해하는 메르티의 말을 건성으로 흘려듣고, 다시 모토야스 쪽으로 돌아선다.

"모토야스, 메르티를 없애겠다는 식의 생각은 접는 게 좋을 걸. 그런 짓을 했다가는 불길과도 같은 분노에 휩싸인 필로가 너를 증오할 테니까!"

"우! 메르한테 무슨 짓이라도 하면 절대 용서 안 해!"

"필로, 제발 부탁이니까 창의 용사를 자극하지 마!"

"그, 그럴 수가……."

이 말이 모토야스의 폭주를 멈출 수 있으면 좋으련만…….

"부러워부러워! 필로의 사랑을 받다니, 어떻게 이렇게 부러울 수가아아아!"

모토야스가 어린애처럼 필로에게 달려들면서 응석을…… 아예 발을 동동 구른다.

나잇살이나 먹어서 뭐 하는 짓이냐.

"우! 이거 놔~!"

"그래, 떨어져! 하다못해 라프짱과 루프트라도 풀어 줘!"

"필로는 괜찮다는 거야?"

"모토야스라면 필로를 다치게 하지는 않을 테니까."

"라프?"

"저기…… 라프짱이랑 떨어져야 해?"

"라프라프."

라프짱이 필로의 등을 다독다독 두드린다.

지금 떨어지면 필로가 매료당할 가능성도 있겠군.

"주인님! 메르!"

또 필로가 도움을 청하고 있다.

상태 이상에 대비하기 위한 액세서리는 아직 완성되지 않았단 말이지.

한시라도 빨리 완성시켜야겠다고 생각하다…… 퍼뜩, 한 가지 사실을 깨달았다.

"필로는 위기에 몰리면, 나와 메르티의 이름밖에 안 부르네."

"이런 상황에서 무슨 태평한 소리를 하는 거야? 나오후미, 빨리 구해 줘야지!"

"모토야스를 강제로 포박하려고 했다가는 필로와 라프짱, 루프트가 위험해져. 그러니까 최대한 자극하지 않으려고 애쓰고 있는 건데, 좀 신경이 쓰여서 말이야."

생각해 보니, 필로는 위기 상황에 처하면 나와 메르티에게만 도움을 청한다.

고락을 함께해 온 동료라는 점으로 따지면, 나와 메르티 이외에 다른 이름도 나올 법한데 말이지.

"왜 라프타리아의 이름은 안 부를까, 하는 생각이 들어서."

"나오후미 님, 괜히 저한테 불똥이 튀게 만들지 마세요."

"라프타리아 언니 살려 줘!"

"필로, 기다렸다는 듯이 부르지 마세요!"

"필로, 방금 저 돼지를 라프타리아 언니라고 부른 겁니까?"

"우~ 말 걸지 마!"

필로에게 부정당한 모토야스는 메르티에게 눈길을 돌린다.

"어이, 거기 약혼자! 필로가 정말로 언니라고 부른 겁니까?"

"누굴 보고 약혼자라는 거야?! 나오후미의 헛소리를 아직도 믿고 있는 거야? 애초에 이 대화 계속할 거야?"

"나오후미 님, 앵천명석의 도로 싸우면 제압할 수 있지 않을까요?"

중재자의 능력을 쓰면, 모토야스에게 커다란 대미지를 줄 수 있을지도 모른다.

하지만, 지금은 아직 모토야스와 대화를 해 보는 단계니까……. 좋아, 메르티에게 눈짓으로 신호를 보내 본다.

그러자 메르티는 한숨을 한 번 쉬고, 고개를 끄덕였다.

"방금 그 질문 말인데, 맞아. 라프타리아 씨는 필로의 언니에 해당하는 인물이야."

"이야기를 제 쪽으로 돌리시는 거예요?!"

이런! 메르티가 라프타리아가 지키는 골문으로 멋진 자책골!

이라고 말하고 싶은 생각이 드는 폭탄 발언을 던졌다.

"그, 그렇단 말입니까! 필로의 아름다운 언니!"

──후안무치하게도, 조금 전까지 돼지라고 욕지거리를 퍼부었던 라프타리아를 칭찬하기 시작했다.

혼란에 빠져도 단단히 빠진 모양이군.

이제 슬슬 대화를 중단하고 모토야스를 강제로 때려눕혀서 끌고 가야 할까?

으음? 라프타리아가 뭔가 아이디어라도 떠올랐는지 모토야스에게 말을 건다.

"그럼…… 창의 용사님, 필로를 놓아 주세요. 당신의 사랑은 상대를 속박하는 건가요?"

"하아! 무슨 말씀을 하시는 겁니까!"

모토야스가 필로를 옥죄고 있던 손을 풀고, 제정신으로…… 돌아온 건가?

오오, 라프타리아, 굿 아이디어.

모토야스의 속박으로부터 필로를 구해 냈잖아.

필로는 자유를 되찾기가 무섭게 메르티와 내 쪽으로 와서, 내 뒤에 숨듯이…… 숨기에는 몸이 너무 컸지만, 어쨌거나 몸을 움츠린다.

"언니 고마워~."

"이런 때만 고맙다고 하는 소리를 하는 필로에게 이것저것 따지고 싶은 기분이긴 하지만요."

"메르~! 우……."

필로가 울먹이다시피 하며 메르에게 몸을 비볐다.

모토야스는 울분 가득한 눈으로 그 모습을 쳐다보고 있다.

응? 창에서 뭔가 조금 전보다 훨씬 더 밀도가 높은 검은 연기가 흘러나오는 것 같은데?

"모토야스, 빨리 그 창을 다른 걸로 바꿔!"

"무슨 소리를 하시는 겁니까, 장인어른. 필로에 대한 사랑 때문에 출현한 이 창을, 제가 다른 걸로 바꿀 리가 없지 않습니까."

그러자, 필로가 다시 내게로 몸을 기대고 몸을 숨긴다. 완전히 겁에 질린 어린애 같은 태도다.

생김새는 필로리알 퀸 형태지만 말이지.

"안 돼애애애애! 필로오오오오오옹!"

별안간, 모토야스가 비명에 가까운 고함을 치르며 달려든다.

"지금이에요!"

이번에는 아트라가 기다렸다는 듯이 나에게 달라붙는다.

어이! 꼭 미리 짠 것처럼 일제히 달려들지 마!

"아트라 씨! 지금 뭐 하는 짓이에요?!"

라프타리아가 아트라를 꾸짖지만, 문제는 그게 아니다.

모토야스가 나에게서 필로를 보호하듯이 앞을 막아섰다.

그리고 필로와 마주 서서 소리친다.

"안 됩니다, 필로. 근친상간은 안 된단 말입니다!"

"친자식이 아니라고! 몇 번을 말하면 기억하는 거냐, 이 멍청이는!"

이 상황, 이제 좀 끝나 줬으며 좋겠다.

"그냥 확 베어 버릴까요?"

라프타리아도 한계에 달한 듯 칼집에서 도를 뽑는다.

"글쎄……."

"필로! 안 됩니다!"

"싫어~! 메르!"

"이번엔 나야?!"

"우웃! 그래도 나는, 당신이 악의 길을 가는 건 기필코 막아내고 말 겁니다!"

좋아, 이제 그만 모토야스를 베어 버리고 철수하자.

"끄으으으으윽! 장인어른, 부럽습니이이이이이다아아아아아! 필로에게 사랑받는 약혼자가 얄밉습니이이이다아아아아! 라고, 생각합니다."

"좀 닥쳐! 네놈의 그딴 행동 때문에 필로가 널 싫어하는 거야!"

"해치울까요?"

"네, 마음이 잘 맞네요."

라프타리아와 아트라가 나란히 자세를 가다듬는다.

결국, 이렇게 되는 건가.

"부러워어어어어어어……."

뭐지?!

모토야스의 창에서 검은 아우라가 분출된다.

분출된 아우라가 검은 안개 같은 상태가 되어, 창의 날 끝부분을 점점 가려 간다.

전에 만났을 때부터 모자이크가 걸린 것처럼 보였었는데, 그게 한층 더 커진 느낌이다.

"어…… 도……."

목소리에 고개를 돌려 보니, 메르티의 얼굴이 새빨갛게 달아올라 있다.

"도대체 창 모양이 왜 그 모양이야?! 아니, 그러고 보니 오늘밤 처음 만났을 때부터 그런 형태였던 것 같아! 거기까지는 자세하게 안 봐서 못 알아챘던 거였어!"

메르티의 째질 듯 날카로운 목소리가 메아리 쳤다.

"저기…… 메르티 눈에는 보이는 거야?"

"나오후미한테는 안 보여?!"

"지난번에 만났을 때부터 창의 날 부분에만 모자이크가……
뿌옇게 보여서 말이지."

그때보다도 형태가 한층 더 과격하게 변한 것 같기도 하다.
모자이크가 걸려 있어서 잘 모르겠다.

"왜 안 보이는 건데?"

"알 게 뭐야. 라프타리아, 너한테는 어떤 모양으로 보이지?"

보이지 않으니 도리어 흥미가 솟는다. 애초에 왜 내 눈에만
안 보이는 거지?

그러자 라프타리아가 말없이 시선을 회피했다. 기분 탓인지,
얼굴이 빨개진 것처럼 보인다.

"그거 성희롱이야! 나오후미가 아니라 다른 사람이 물어봤다
면 엄벌에 처했을 거라구! 아니, 실은 안 보인다는 걸 핑계로
날 놀리려는 꿍꿍이지?"

"성희롱이라……."

도대체 어떤 모양이기에 그러지?

루프트를 보니, 나와 마찬가지로 눈을 비비고 모토야스의 창
을 연신 쳐다보고 있다.

남자들은 확인할 수 없는 건가?

가능성을 생각해 보자면…… 텔레비전 방송에서 모자이크가
걸리는 것.

혐오스러운 장면……은 아니겠지. 그렇게 따지자면, 마물을 해체할 때도 모자이크가 걸렸어야 했다.

*엘리자베스 가마처럼 생긴 녀석일지도 모르겠다.

'남자의 찌르기'라는 창이 나오는 게 무슨 게임이었더라?

여자를 상대할 땐 2배의 대미지가 들어가는 창.

모토야스가 들고 있는 창의 형태를 다시 한 번 확인한다.

자부 부분에 전갈과 뱀 모양의 살벌한 장식이 달려 있다.

창의 날 부분에는 여전히 모자이크가 걸려 있다.

"장, 인어른……."

이 상태가 된 마당에도 이 녀석은 아직 나를 장인어른이라고 부르는 건가.

커스 시리즈에 침식된 상황에서, 지치지도 않는군.

도리어 감탄스러울 지경이다. 그냥 내가 졌다고 쳐도 될 것 같은 기분이다.

모토야스…… 이제 나는 널 미워하지 않아.

단호하게 말하지. 너무 불쌍해서 차마 눈 뜨고 볼 수가 없다고.

그러니까 돌아가 줘.

"당신의, 딸을, 빼앗아 주지. 이 러스트 엔비 스피어 Ⅳ로."

……하아. 내가 우울감에 침식당할 것 같단 말이다.

"필로! 나는, 너를, 막고, 순백을 빼앗겠다!"

척 하고, 모토야스가 필로를 창으로 삿대질한다.

"싫어!"

---

* 엘리자베스 가마 : 카나가와 현 카와사키 시에 있는 카나야마 신사에서 축제 때 들고 행진하는 가마. 남근의 형태를 하고 있다.

……어디로 삿대질을 하는 거냐. 하반신 쪽을 겨냥하지 마.

"어쨌거나 라프타리아, 아트라! 모토야스를 틀어막자!"

"네!"

"알았어요!"

결국 싸우게 되는 건가.

이렇게 해서, 모토야스를 포획하기 위한 전투태세에 들어간 직후!

"발사! 르상티망!"

또다시 무언가가 주위를 통과해 지나간다.

템테이션은 나도 걸릴 뻔했었다.

하지만, 이번 스킬은…… 흐음, 어쩐지 함정에 빠졌을 때의 일, 그때의 모토야스와 윗치가 떠오르는군. 하지만 이런 건 일상적인 원한의 감정일 뿐, 배신당해서 나락에 떨어진 모토야스를 봐 봤자, 아무런 감정적 영향도 받지 않는다.

애초에 감정적 영향이 나오기도 전에 라프타리아의 얼굴이 떠오른 덕분에 아무 일도 일어나지 않았다.

무슨 스킬을 쓴 거지?

"우우…… 머리가 이상해질 것 같아."

"라프타리아 씨…… 오라버니…… 부러워요. 나오후미 님의 총애를 받다니 용서 못해요!"

"큭…….."

필로의 부축을 받고 있는 메르티가 머리를 싸쥐고, 아트라는 뭔가를 중얼중얼 뇌까리기 시작한다. 라프타리아도 가슴을 부여잡고 고통스러워하고 있다.

"괜찮아?!"

"괘, 괜찮긴 하지만…… 이건, 좀 버겁네요. 매료 스킬보다 더 성가신 것 같아요."

"무슨 일이 일어난 건데?"

"아마, 질투의 감정을 유발하는 스킬인 모양이에요."

라프타리아가 신음하면서 대답한다.

이런 유형의 상태 이상에 대한 내성을 가진 라프타리아가, 이 정도까지 대미지를 받았다는 건가?!

그럼 필로나 라프짱, 루프트는 괜찮은 건가?

"라프~."

"메르! 괜찮아?"

"난 괜찮아. 그러니까 걱정할 것 없어, 필로."

"바, 방패 형, 뭔가 내가 할 수 있는 일이 있을까?"

"없으니까, 라프짱과 필로 곁을 떠나지 마."

라프짱 덕분인지, 문제는 없는 것 같다.

그나저나 상태 이상이 이중으로 걸린 필드를 만들어 내다니, 최대한 빨리 모토야스를 처치하는 게 좋겠어!

누구든 질투의 감정이 한둘쯤 있다 해도 이상할 게 없으니까.

역시 정신공격이었잖아.

이 녀석은 왜 그런 스킬들을 이렇게 쏘아대는 거냐!

"내 마음이, 힘을, 끌어올린다."

아아, 질투의 힘으로 자기 자신을 강화한 건가.

"전해져라! 나의! 사랑의 마음!"

모토야스는 창을 드높이 치켜든다.

"하아아아아아아앗!"

그런 혼미하기 짝이 없는 상황에서…… 별안간 아트라가 무엇에 홀렸는지 라프타리아를 공격했다.

"위험해!"

라프타리아는 아트라의 지르기 공격을 가볍게 회피한다.

"이게 뭐 하는 짓이에요, 아트라 씨!"

"나오후미 님의 총애를 독점해 버리다니……. 저는 아무리 애써 봤자 나오후미 님의 방패가 돼 드릴 수 없어요……. 라프타리아 씨가 있으니까……."

아트라는 비틀거리는 발걸음으로, 라프타리아에게만 의식을 집중한 채 공격해 간다.

모토야스 때문에 질투의 감정이 촉발된 건가?!

젠장, 아트라까지 흥분에 맛이 가 버렸나!

"라프~!"

라프짱이 어떻게든 구해 주려고 했지만, 필로에서 떨어지면 이번에는 필로가 매료당해서 폭주할 가능성이 있는 상황이라 움직일 수 없었다.

일이 엄청나게 성가셔졌잖아!

"라프타리아 언니! 아트라! 우…… 창 든 사람, 비켜!"

필로가 모토야스의 가슴을 걸어찬다.

"큭…… 필로의 발차기, 이렇게 기쁠 수가…… 가슴이 찢어질 것처럼, 가슴 속에 울려 퍼져……."

모토야스는 걸어차이고도 희열에 찬 표정으로 황홀경에 빠져 있다.

방금 필로의 발차기를 맞았을 때 근육이 완전히 작살이 나는 소리가 들렸는데.

게다가 레벌레이션 아우라까지 걸려 있는 상태였고.

필로에 대한 모토야스의 애정은 도대체 얼마나 격화된 거냐.

그리고…… 사태는 한층 더 안 좋은 방향으로 흘러가고 있는 것 같다.

"죽어————————!"

지금까지 잠자코 구경만 하고 있었던, 모토야스의 부하 세 마리가 필로를 향해 공격을 재개한 것이다.

"어—— 어째서, 진정해!"

모토야스가 필로를 보호하듯 앞을 막아선다.

세 마리 필로리알들은 그럼에도 필로를 공격한다. 각각 발차기, 마법, 그리고 인간형으로 변해 배틀액스를 들고 덤벼든다.

발차기를 한 것이 '크', 마법을 영창한 것이 '마린', 그리고 인간형 형태로 도끼를 짊어진 채 덤벼든 것이 '미도리'다.

하나같이 눈매가 기괴하다.

"얄미워……. 못쿤의 사랑을 독점해 놓고, 다른 남자를 유혹하는 저 애가 미워!"

"모—군은, 우리 거야……."

"응…… 저딴 녀석, 인정 못해!"

"아, 안 돼! 얘들아!"

"""못쿤(모—군)을 먹고 싶어! 그런데 저 암컷이 방해돼!"""

모토야스가 필로를 지키기 위해 세 마리와 싸움을 벌이기 시작했다.

각 필로리알들의 움직임이, 필로보다는 못할지언정 상당히 빨라져 있다.

색욕 때문에 발정한 데다, 질투심까지 곁들여진 상황인가.

그런 녀석들이 세 마리나 덤벼드니, 제아무리 모토야스라도 필로를 지키자면 방어 일변도가 될 수밖에 없다.

소중한 여자들이니까. 필로를 상대할 때와 마찬가지로, 함부로 손을 댈 수도 없을 것이다.

"아트라 씨! 제발 정신 좀 차리세요!"

"라프타리아…… 씨. 무녀복……. 제가 제 종족 의상을 입어도, 나오후미 님은 저를 쳐다봐 주지 않았는데……."

"그건 제 의도와는 상관없이 다른 분들이 유혹당한 것뿐이에요!"

"나, 나오후미! 어떻게 해야 하는 거야?!"

"그건 오히려 내가 더 궁금하다고!"

메르티가 물었지만, 상황이 이 모양 아닌가.

라프타리아는 맛이 간 아트라와 전투 중, 모토야스는 어찌 된 영문인지 필로가 아니라 원래는 자신의 백업 역할이었던 부하 필로리알들과 전투 중, 필로는 라프짱과 루프트를 보호하며 내 쪽으로 다가온다.

짧은 시간 안에 왜 이렇게 정신없이 상황이 돌변한 거야?

"끄윽! 우오! 천사들! 멈춰! 우오오오오오오오오오오! 필로와 장인어른을 기필코 지켜 드리고 말겠습니다!"

모토야스가 귀가 따갑도록 떠들어 댄다.

"못쿤은 내 거——."

"아니, 모—군은 내 거예요——."

"아니에요. 모토야스 씨는 내 거——."

""""저 암컷에게는 못 넘겨!""""

저 녀석들도 참 사이가 좋군. 계속 그러고 있으라고!

하나같이 필로와 닮았지만, 바보털이 없다.

'크'는 발톱 공격이 기본이지만, 때때로 불을 토하기도 한다.

필로리알은 다들 불을 토하나? 마법의 일종일지도 모른다.

마린은 마법이 기본이지만, 이따금 깃털을 뽑아서 던진다. 페더 샷 같은 공격이다.

미도리는 계속 인간 형태. 날개가 돋은 인간 같은 모습으로 도끼를 휘두르고, 마법을 내쏜다. 가장 아인(亞人)스러운 전투 방식이라 할 수도 있겠다. 생긴 건 얌전한데 공격은 참 호쾌하군.

그나저나 하나같이 필로와는 전투 방식이 다르군.

필로리알의 개성인가? 사실 썩 알고 싶지도 않지만.

"큭——, 아트라 씨가 지금껏 본 적 없는 속도로 공격해요!"

"내가 도와줄까? 지원 마법 정도는 걸어 줄 수 있는데."

"아니요, 나오후미 님은 빨리 창의 용사님을 저지해 주세요! 저 창을 제압하지 못하면 문제를 해결할 수가 없어요!"

"하아아아아아아아아아아아앗!"

아트라의 맹공을 도로 흘려 보내면서, 라프타리아는 힘겨운 목소리로 말했다.

이걸 어쩐다?

저대로 방치하면 모토야스 패거리는 밤낮으로 싸울 것 같다.

아트라의 폭주를 막으려면 우선 모토야스를 저지해야 한다.

어쩌다가 상황이 이 지경이 됐는지 궁금할 지경이다.

이 모든 일의 원흉은 모토야스다. 그리고 모토야스를 완전히 파괴해 버린 필로의 책임이기도 하다.

어떻게든 저 창을 다른 것으로 바꾸도록 모토야스를 설득해서, 스킬의 효과를 끊어야 한다.

모토야스가 들을지 어떨지는 모르지만, 일단 시도해 봐야겠지.

"필로."

"왜~애?"

떨떠름한 표정을 짓는 필로를 타이르듯이 말한다.

"내가 시키는 대로 모토야스에게 말해."

"에…… 싫어!"

이런 상황에서도 거부하는 거냐. 분위기 파악 좀 해.

이 상태를 수습할 수 있는 건 너밖에 없단 말이다.

모토야스를 물리적으로 잠재우는 것도 가능하긴 하지만, 그런다고 해서 스킬의 효과가 사라진다는 보장은 없으니까…….

조금 더 필로를 설득해 봐야겠다.

"안 그러면 모토야스가 무슨 짓을 저지를지 모른다고."

모토야스의 창이 한층 더 강력한 커스를 끌어낼 가능성이 있다는 건 사실이다.

최대한 신속하게, 원만하게 저지하는 게 최선일 것이다.

"맞아, 필로. 부탁이니까 나오후미 말을 따라 줘."

메르티도 내 말에 동의하며 필로를 타이른다.

"우우……."

"라프~."

"용사라는 것도 여러모로 힘든 일이 많구나."

"그렇지 뭐……."

라프짱과 루프트는…… 싸움에서 한 발짝 물러서 있지만, 상황 파악은 되는 모양이다.

어쨌거나 문제는 필로다.

"잘 들어, 필로. 지금은 평행선을 달리고 있지만, 언제 모토야스가 폭주할지 알 수 없는 상황이야. 필로, 그렇게 되면 네가 어떻게 될지도 장담할 수 없다고. 모토야스의 창에 관통당하고 싶어?"

"관통당한다……. 어째 좀 의미심장한 표현이네, 나오후미."

"문제될 건 없잖아."

뜨뜻미지근한 시선을 보내며 황당한 듯 말하는 메르티.

모토야스가 노리는 게 무엇인지를 어렴풋이 짐작한 거겠지.

"싫어!"

"그럼 고분고분 내기 시키는 대로 말해. 라프타리아도 아트라와 싸우느라 고생이 이만저만이 아니니까."

필사적으로 아트라의 공격을 쳐내고 있는 라프타리아를 곁눈질로 슬쩍 쳐다보며, 계속 필로를 설득해 나간다.

어쩌다 이렇게 된 거지. 원래는 좀 더 멀쩡한 의뢰였던 것 같은데, 언제부터 이런 사태가 벌어진 거야.

피트리아, 이 빚은 비싸게 받을 줄 알라고.

사사건건 이 일을 빌미로 트집을 잡아 주마.

뒤로 미뤄 두기를 잘했어!

"그만두십시오!"

모토야스는 끈질기게 부하들을 설득하고 있다. 애초에 네가 원흉이라고.

보아하니 그 부하들은 너를 좋아하는 것 같고, 필로에게 질투하고 있단 말이다.

하지만 내가 그렇게 따져 봤자 듣지도 않을 것 같으니, 필로를 통해서 설득해야 한다.

"있잖아~! 창 든 사람, 좀 들어 봐!"

필로의 목소리에, 모토야스가 돌아본다.

"네―에! 왜 그러십니까, 필로!"

"있잖아, 필로는 플라토닉한 사람이 좋아. 세계가 진정한 평화를 되찾을 때까지 그런 건 생각 안 하기로 했는걸~. 그리고 말이야, 뭐였더라? 그게 있지, 성실하고, 사람들을 다정하게 대하고, 꼼수 안 쓰고, 내기를 할 때는 정당한 조건을 걸어야 해. 그리고 있지, 약속은 표면상으로만 지키는 게 아니라, 제대로 지켜야 해~."

기회를 틈 타, 필로의 입을 통해 모토야스에 대한 불만을 늘어놓는다.

이 말을 듣고 개선되면 좋으련만……. 더불어, 방금 말한 필로의 취향은 순 거짓말이다.

필로가 좋아하는 건 메르티겠지. 기본적으로 항상 메르티와 붙어 있으니까.

아까 모토야스의 스킬 때문에 매료 상태에 걸릴 뻔했었는데,

만약에 라프짱이 막아 주지 않았더라면 필로는 메르티를 덮쳤을 것이다. 틀림없다.

"나오후미, 나중에 그 시선의 의미를 좀 물어봐야겠어."

"알 게 뭐야?"

그리고 필로, 설명은 아직 안 끝났다고.

이런 것도 깜박하는 거냐.

"이! 미지막으로 말이야, 남들 말을 제대로 들어야 해~. 특히 주인님의 명령은 꼭 들어야 해. 그리고 말이야, 세계가 진정한 평화를 되찾을 때까지 필로를 쫓아다니지 마!"

마지막 건 내가 말한 내용에 없었는데…… 엉뚱한 곳에서 잔꾀를 부리는군.

"그, 그렇습니까?! 필로!"

좋아, 좋아, 모토야스를 회유하는 데 성공했다. 필로, 이제 녀석의 창을 다른 걸로 바꾸기만 하면 돼.

"그러니까……."

필로가 어쩔 줄 몰라 하며 내게로 시선을 보낸다.

가르쳐 준 건 잊어버리지 좀 마. 쓸데없는 건 끈질기게 안 잊어버리는 주제에.

"앗, 그래, 그래, 그 창을 다른 걸로 바꾸지 않으면 미워질 것 같아! 특히 그 창은 절대 안 돼!"

"그, 그럴 수가! 알겠습니다! 이 모토야스, 다시는 이 창으로 안 바꾸겠습니다!"

필로의 말에, 모토야스는 냉큼 창을 다른 창으로 바꾸었다.

고분고분한 녀석이군……. 허무할 정도다. 그나저나 그렇게 손쉽게 바꿀 수 있는 거였냐.

모토야스가 창을 바꾸는 순간, 부하들은 전지가 떨어진 로봇처럼 땅바닥에 고꾸라진다.

"우…….."

"지금이에요!"

아트라의 움직임이 멈춘 잠깐의 틈을 찔러서, 라프타리아는 아트라의 명치를 칼자루로 찍어서 실신시켰다.

"라프~."

"응."

필로와 루프트가 모토야스의 스킬에 영향을 받지 않는 걸 확인하고 나서, 라프짱이 루프트와 함께 필로의 등에서 내려온다.

그리고 필로는 인간형으로 변신했다.

그것을 확인하고 나서, 나는 모토야스에게로 시선을 돌린다.

"이번엔……."

나는 다음으로 이야기할 내용을 필로에게 가르쳐 준다.

"으~음…… 필로는, 세계를 위해 싸우는 용사가 좋아~. 그치만 계속 자기가 히어로라는 착각에 빠져서 다른 용사들이랑 따로 노는 사람은 싫어~! 주인님이 시키는 대로 행동해~."

"알았습니다!"

창은 변했는데도, 한 번 이상해졌던 모토야스 본인의 말투는 원래대로 안 돌아오는군…….

커스 시리즈의 영향이 아니었나?

내가 미각 장해를 겪었었던 것처럼, 시력과 청각에 장해가 발생한 건가?

그래도 필로가 이렇게까지 구원의 손길을 내밀었으니, 슬슬 나을 때도 된 것 같은데…….

"장인어른, 이제부터 저, 키타무라 모토야스는 진정한 세상의 평화를 위해서, 필로를 위해서, 마음을 쏘는 사랑의 사냥꾼이 되어 공헌할 것을 맹세하겠습니다."

또 무슨 영문 모를 소리를 하는 거냐…….

"그럼, 정식으로 장인어른의 영지에서 신세를 질 테니, 짐을 준비해서 가겠습니다."

"웬만하면 안 왔으면 좋겠지만…… 멋대로 아무 데나 싸돌아다니면 그것도 곤란하겠지."

"나오후미 님, 표현에 주의하지 않으면 더 고생할 것 같은데요."

라프타리아의 지적에 고개를 끄덕이지 않을 수 없었다.

"알았어. 최대한 빨리 준비해."

"그럼 준비가 갖춰지는 대로 달려가겠습니다! 자, 갑시다! 나의 천사들! 포털 스피어!"

"어, 어이!"

모토야스 일당은 순식간에 사라졌다.

"마차를 두고 갔잖아……."

모토야스 일당이 두고 간, 데코레이션 트럭처럼 번쩍번쩍 빛나는 오타쿠 마차가 더없이 강렬하게 자기주장을 하고 있다.

"만세! 창 든 사람이 사라졌다! 그치만 필로의 마차가……."

"이건…… 취미 참 고약한걸……."

든 물건이 돼 버렸으니까, 이거라도 이용하기로 할까."

그렇게 해서, 모토야스가 마개조한 마차를 이용하기로 했다.

으…… 뭐야 이건? 마차 바퀴 밑에 이런저런 가공이 돼 있어서, 별로 안 흔들린다.

"모양새는 끔찍하지만, 타기는 편하게 개조돼 있네요."

"용사의 지식으로 개조한 걸까?"

"이 완성도로 봐서는, 돈을 들이부어서 자기가 아는 상인을 통해 개조했을 가능성도 있겠군."

"글쎄……. 어쨌든, 끔찍한 생김새만 무시하고 넘어가면, 필로도 쓰기 편할 것 같은데?"

"우……."

이렇게 해서, 우리는 떨떠름하기 짝이 없는 표정의 필로가 끄는 마차를 타고 마을로 돌아왔다.

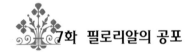

7화 필로리알의 공포

마을을 스윽 둘러본다.

좋아, 모토야스 녀석은 아직 안 온 모양이군.

언제 올지는 모르지만 격리 시설을 마련해 두는 게 좋겠지.

그나저나…… 모토야스 녀석, '준비가 갖춰지는 대로' 라니, 무슨 짓을 할 셈이지?

"후아아암…… 졸리네요."

"그러게 말이야. 이제 슬슬 해가 뜰 시간이고 말이지."

그리고, 마을에 도착하자 필로의 바보털이 쫑긋쫑긋 움직이기 시작했다.

"에? 응. 알았어. 주인님~."

"왜 그래?"

"피트리아가 말이야, 오늘 일의 보상으로 필로한테 생추어리라는 마법을 가르쳐 줬어. 이길로 드래곤이 싫어하는 영역을 생성할 수 있대~."

"그거, 무슨 도움이 되는 거야?"

"으음…… 잘 모르겠지만, 주인님 마을을 필로리알의 영역으로 설정해서 마물들이 쳐들어오지 못하게 하자는 건가 봐."

"라프~?"

라프짱이 필로와 함께 고개를 갸웃거리고 있다.

상대는 피트리아니까. 뭔가 다른 꿍꿍이가 있을 수 있다.

"안 돼. 애초에 이 마을은 마물로 따지자면 라프짱의 영역이라고."

"나오후미 님? 뜬금없이 무슨 말씀을 하시는 거예요?"

라프타리아가 잠든 아트라를 등에 업고 날카로운 눈매로 내게 묻는다.

"필로리알과 드래곤이 마을에서 영역 다툼을 시작할 것 같아서, 사전에 못을 박아 둔 거야. 만약에 정말로 구역 싸움이 벌어지면, 라프짱을 대표로 삼는 수밖에."

"라프~!"

자기만 믿으라는 듯이 라프짱이 울었다.

그리고 라프타리아가 황당한 표정을 지었다가, 한숨을 푹 내쉬었다.

"하긴, 나오후미 님과 라프짱 때문에, 이미 라프 종이라는 마물이 생겨났으니까요……."

"그래."

"자랑할 일이 아니에요. 일단 아트라 씨를 데려가서 집에 재우고 올게요."

"알았어."

라프타리아는 아트라를 업은 채, 포울과 아트라의 집으로 향했다.

"일단 이 오타쿠 마차는 마을 창고에 집어넣어 둘까. 나중에 무기상 아저씨한테 보여 주고 개장을 부탁해야겠다."

다 같이 오타쿠 마차에 올라탄다.

"뭔가 엄청 피곤해."

메르티도 지친 기색이군.

나도 피로를 풀려면 잠깐이라도 눈을 붙여야 할 것 같다.

"라프~."

"이게 필로리알과 용사의 일이야?"

루프트의 대사에, 나는 머리를 싸쥐고 싶은 심정이었다.

아주 틀린 말은 아니었기에 어떻게 대답해야 할지 고민한다.

"어, 어쨌거나, 앞으로 모토야스가 오면 더 바빠질 거야……. 렌과 이츠키 때처럼 집도 마련해 줘야겠지."

뭐, 방패에 있는 기능으로 해결할 수 있겠지만.

"응?!"

"어? 필로?!"

그리고 오타쿠 마차를 창고에 가져가려 했을 때, 필로가 마차에 타고 있던 메르티를 업더니 쏜살같이 마차를 버리고 도망쳤다.

"어디 가는 거야, 필로?!"

"주인님! 뒷일은 부탁할게!"

모래 먼지를 일으키며 달려간다. 도대체 왜 저러는 거야?

"라프~."

그러자 라프짱이 할 수 없다는 듯 거대화해서 필로 대신 마차를 끌고 창고로 가져간다.

나와 루프트는 마차에서 내려서, 마차를 창고에 집어넣는 라프짱을 지켜보고 있었다.

시간은 새벽……. 마을 녀석들은 아직 잠들어 있다.

깨어 있는 건 꾸준히 아침 훈련 삼아 검을 휘두르는 렌 정도일까?

어찌 됐건 극히 일부 녀석들만 깨어 있는 이른 아침……. 평소 같으면 내가 마물들에게 먹이를 주고 마물 우리 청소를 할 시간이다.

"어이, 나오후미."

렌이 늘 하던 아침 훈련을 하지 않고 내 쪽으로 찾아왔다.

"왜 그래?"

"그게 말이야, 나오후미가 만든 예비용 마물 우리에서 뭔가 목소리가 들려서 말이지. 확인해 볼까 하고 생각하던 참에 마침 나오후미가 보이기에 뭔가 아는 게 있지 않을까 싶어서 온 거야."

"목소리?"

"그래, 제대로 확인한 건 아니지만, 그거…… 모토야스의 목소리 같던데? 모토야스도 설득한 거야?"

"……"

아직 몇 시간밖에 안 지났잖아? 준비를 하고 바로 출발한 거라고 생각하면…… 맞는 건가?

필로가 메르티를 데리고 도망친 건 모토야스의 기운을 감지했기 때문……이었겠지.

뭐, 이미 와 있다면, 오타쿠 마차를 내버려 두고 간 것에 대해 한마디 해 줘야겠다.

"어쩔 거지?"

렌이 걱정 어린 얼굴로, 평소에 들리던 라프 종 등의 목소리와는 다른 목소리가 들려오는 예비용 마물 우리를 가리켰다.

"일단, 내가 한번 확인해 보고 오지."

"괜찮겠어?"

루프트가 걱정스러운 얼굴로, 내 갑옷 틈새로 손을 넣어 옷소매를 붙잡고 묻는다.

"아마도."

이제 이야기가 통할 것이다. 모토야스가 왜 마물 우리에 침입한 건지를 물어봐야 한다.

"무서워……. 뭔가 일이 터질 것 같은 불길한 예감이 들어."

"별일이군. 나도 똑같은 예감이 드는데."

나는 루프트와 함께 머뭇머뭇 마물 우리로 다가가서, 커다란

문으로 손을 가져간다.

문 안쪽이 뭔가 소란스럽다.

내가 알기로, 여기에는 필로의 부하 한 마리만 살고 있었다.

차후에 좀 더 늘려 갈 예정이긴 했지만.

모토야스가 키우고 있던 세 마리의 필로리알……이라고 생각하기에는 목소리가 많은 것 같은 느낌이 든다.

창문을 통해 상황을 확인해 보고 싶었지만, 안쪽이 아직 어둠침침해서 잘 보이지 않는다.

뭐지? 온몸에서 불길한 식은땀이 빗발처럼 흐른다.

이 문을 열어서는 안 된다고 본능이 내게 속삭인다.

하지만 문제를 뒤로 미뤄 봤자 일이 해결되는 것은 아니다.

나는 용기를 내서 문을 열었다.

"뭐야――?!"

우리 안은 새까만 어둠에 잠겨 있었다.

아니…… 그게 아니다. 필로리알이 너무 많아서, 어둡게 보인 것뿐이다.

"아아, 필로리알 님의 향기……. 킁킁."

시선 너머에 보이는 건 모토야스가 필로리알 한 마리를 끌어안고 냄새를 맡고 있는 모습.

그 앞쪽에는 대량의 필로리알 무리.

내가 낸 소리를 듣고 일제히 이쪽을 쳐다보는, 그 수많은 눈들.

"""누구?"""

"아, 모토 군이 이야기했던 주인님인 모양이야."

"그런 것 같네. 눈매가 좀 험상궂지만, 착해 보여."

"응. 분명 그럴 거야. 옆에 있는 남자애도…… 뭔가 좋은 냄새가 나는걸~."

"나도, 나도. 어쩐지 보기만 해도 기운이 샘솟는 것 같아. 같이 놀아 달라고 하면 놀아 줄까?"

"맞아, 맞아. 모토삐보다 저쪽이랑 더 같이 있고 싶은걸. 열심히 한 번 해 보고 싶은 의욕이 생긴다고나 할까?"

응? 모토야스 녀석, 아까 그 세 마리만 있는 게 아니었던 거냐?!

이렇게 많은 필로리알들을 기르고 있었던 거냐!

온몸에 닭살이 돋는 게 느껴졌다.

아니, 지금은 그러고 있을 때가 아니다.

"우와아아아아아아아아아아아아아아아아아아아악!"

""주인님! 놀아줘~!"""

쾅!

나는 있는 힘껏 문을 닫는다.

"도망치자!"

"응!"

나는 루프트와 함께, 목청이 찢어질 것 같은 목소리로 소리쳤다.

""누구 없어?! 살려 줘어어어어어어어어어어어!""

그리고 몇 초 뒤, 문을 열어젖히고 필로리알 무리가 우리를 향해 돌진해 왔다는 건, 말하는 것조차 끔찍하게 느껴지는 사실이다.

이런 거였군. 피트리아가 주의를 줄 정도의 필로리알 파벌이 정말 있었던 거구나.

이 점에 대해서는 피트리아가 사전에 알려 줬었다. 알아채지 못한 내가 나빴던 건지도 모른다.

하지만 제대로 설명을 해 줬어야 할 거 아니야!

"꺄아아아아아아아아아아아아아아아아아아아아아아아아아!"

루프트가 필로리알에게 붙잡혀서 절규했다.

필로에게 잡아먹힐 거라고 생각했을 때의 공포가 되살아난 것이리라.

"이, 이게 대체 뭐야?!"

렌이 상황을 알아채고 소리친다. 왜 이제야 온 거야! 빨리 구해 달라고!

"모토야스으으으으으으으으으으으으으으으으! 네놈 대체 무슨 짓을 하는 거냐! 끄아아아아아아아아아!"

내 절규가 메아리친다.

필로리알들 사이에서 짓이겨져서, 중간부터 의식이 날아가 버린다.

그 후 소란을 듣고 깨어난 세인, 라프짱과 라프 종들이 필로리알들과 교전해서 의식을 잃은 나와 루프트를 구조해 내는 데 성공하긴 했지만.

나는…… 이때의 기억에 충격을 받아서, 그날은 루프트와 함께 넋 나간 얼굴로 거대 라프짱의 품에 안겨서 보냈던 모양이다.

"라프~."

정신을 차리고 고개를 드니, 라프짱의 푹신푹신한 털이 있었다.

라프짱이 다정한 눈으로 나를 쓰다듬고 있다.

"우…… 여기는 어디지?"

"나오후미 님 방이에요."

라프타리아가 걱정 어린 눈길로 나를 쳐다보고 있었다.

주위를 확인한다.

루프트도 나와 마찬가지로 라프짱의 손길을 받으며 떨고 있군.

그리고…… 세인이 가져다준 커다란 라프짱 봉제 인형이 놓여 있다.

"중간부터 기억이 하나도 없는데……."

되새기기도 두려운 경험을 한 것 같은 기분이 든다.

"네……. 확실히 의식을 잃어도 이상할 게 없을 광경이었어요. 나오후미 님과 루프트 씨를 둘러싸고 필로리알과 라프 종이 항쟁을 벌이는 상황이 벌어졌죠. 짧은 시간이나마 아트라 씨를 재우려고 나오후미 님 곁을 떠났던 제 잘못이에요……."

"우우…… 무서워, 필로리알 무서워……."

충격으로부터 벗어나지 못하는 루프트를 보며, 나는 그 생각에 동의한다.

"왜 일이 이렇게 된 건지도 모르겠어요. 창의 용사님은 대체 왜 나오후미 님에게 이런 트라우마를 심어 놓는 건지……."

"그러게 말이야."

"게다가 이번에는 악의가 있어서 벌인 일이 아니라는 게 오히려 더 악질적으로 느껴지더라니까요…….

"지난번에도 그랬지만, 모토야스 자신에게는 악의가 없어……. 그 점은 나도 알아."

윗치에게 속았을 때도 여자를 지나치게 믿었을 뿐 악의는 없었다. 이번에도 그렇겠지.

"하지만…… 장래를 생각하면, 창의 용사님과도 찬찬히 이야기를 해 봐야겠죠."

"될 수 있으면 얽히기 싫지만…… 하는 수 없지. 하아…….

그렇게 생각하면서, 나는 라프짱이라는 치유의 동산에 다시 얼굴을 묻었다.

"라프~?"

이날만은 라프타리아도 강하게 나를 질책하지는 않았다.

하여간에…… 필로리알은 무시무시한 생물이라는 생각이 내 마음속에 깊이 아로새겨졌다.

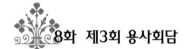

8화 제3회 용사회담

그 후로 며칠이 지난 저녁, 라프타리아와 필로를 데리고 온천욕을 하러 카르밀라 섬을 찾았다.

쿠텐로에도 온천이 있긴 하지만, 거기는 라프타리아가 가시방석에 앉은 기분이라고 한다.

마을로 돌아온 이츠키와 리시아도 함께 데리고 왔다.

목욕을 마치고 나오면서, 자신에게 걸린 저주의 상태를 확인한다.

"저주는 풀린 것 같군."

"잘됐네."

같이 목욕을 하고 나오던 렌이 대답한다.

"……저도 제법 많이 풀렸어요."

이츠키도 전투 면에서는 문제가 없는 모양이다.

그래도 여전히 말수가 적고, 멍한 얼굴로 지내는 때가 많다.

"거기 계신 건 장인어른 아닙니까!"

……모토야스가 탈의실에 나타났다. 세 마리의 필로리알을 거느리고 있다.

"……무슨 일이지, 모토야스?"

"등이라도 밀어 드릴까요?"

"필요 없어. 애초에 이제 목욕 다 끝나고 나가려던 참이야."

이런 식으로 모토야스의 제안을 거절한다. 앞으로는 될 수 있으면 모토야스에 대해 무시해야겠다.

"그나저나, 렌, 비문은 읽어냈어?"

"그래, 그 점 때문에 그런데, 앞날에 대비해서 이런저런 정보들을 정리해 두고 싶어. 목욕이 끝나거든, 용사들끼리 모여서 회의를 하는 게 어때?"

목욕을 하면서 할 만한 이야기가 아니라는 얘긴가.

"흐음……. 알았어. 모토야스, 너도 빨리 마치고 나와."

"알겠습니다, 장인어른. 참고로 저도 비문은 읽었습니다."

"뭐라고? 모토야스는 이 세계 문자를 읽을 줄 모르는 거 아니었어?"

적어도 나는, 모토야스는 이 세계 문자를 읽을 줄 모른다고 알고 있었다.

"네, 장인어른이 하시는 말씀, 하시는 행동들은 절대적입니다. 그래서 저는 매일같이 노력해서 장인어른께서 필로의 마차에 남기시고 간 해독표를 보고 익혔습니다."

그러고 보니…… 그래, 예전에 내가 만들었던 문자표가 있긴 했었지.

그걸 참고로 해서 익혔다는 건가.

딱히 그러라는 의도로 남겨두고 간 건 아니었지만……. 뭐, 따지는 것도 피곤하니까 무시하자.

"이 모든 게 다 필로를 위한 일, 저는 노력하고 있습니다."

"……아, 그러셔."

필로가 있는 세계의 문자라서 빨리 익혔다는 건가?

바보의 집념 같은 걸까. 어쨌거나 의욕은 있는 모양이군.

"그럼 빨리 목욕하고 와."

"알겠습니다!"

"""와!"""

내 지시에 따라 모토야스가 세 마리 필로리알을 거느리고 온천 쪽으로 달려갔다.

……저 필로리알들은 그냥 무시하자. 렌과 이츠키도 귀찮아하는 것 같으니까.

"그럼, 지금부터 제3회 용사 회의를 시작하도록 하지."

렌이 손을 들고 선언했다.

목욕을 마치고 온천에서 나와서 잠시 시간이 흐른 후, 용사들끼리 이야기를 하기로 한 우리는 예전에 이 섬에 왔을 때 대화를 나누었던 방에 모였다.

마을 녀석들과 아트라, 필로 등은 라프타리아에게 맡겨서 다른 방에서 쉬도록 해 두었다.

아트라가 날뛰지 않으면 좋으련만. 포울이 빨리 좀 돌아와 주면 좋을 텐데……

"사회자가 없으니, 일단 내가 대표로 이야기하지."

"알았어."

렌은 요즘 들어 이야기를 할 때마다 의욕이 넘쳐 보인다.

파도에 맞선다는 사명감에 불타오르는 느낌이다.

나는 살아남는 걸 우선시하는 놈이니까. 이렇게까지 성실하게 임할 수는 없을 것 같다.

자기 자신에게 도취되어 있다는 점에서 보면, 렌은 전과 썩 달라진 게 없는지도 모르겠군.

뭐, 예전에 비하면 훨씬 좋은 경향이라고 생각하긴 하지만.

"그래서? 무슨 이야기를 하고 싶은 거지?"

"이제 곧 봉황이 나타날 거 아니야? 용사들끼리 각자의 강화 방법을 맞춰 보거나, 진행 상황에 대해 이야기해 보는 게 좋을 것 같아서."

"하긴. 하지만 설명은 이미 했잖아?"

내가 발견한 강화 방법은 모두 공유했고, 쿠텐로에서 찾아낸

것들 역시 모토야스를 비롯한 모두에게 설명해서 실증까지 마친 상태다.

"그것만이 아니야. 새로 얻은 무기나 스킬에 대해서도 이야기해 봐야지."

"흐음…… 하긴."

이야기해 둬서 나쁠 건 없다.

"우선 사전 확인부터 하겠는데, 다들 이미 강화한 것 맞지?"

"네."

"다 했습니다!"

이츠키와 모토야스가 대답한다.

그리고 에너지 부스트를 실제로 사용해 보였다.

"기도 이제 어느 정도 쓸 수 있게 됐어요."

이츠키가 멍한 얼굴로, 에너지 부스트와는 다른 기의 운용법을 조금 선보였다.

"이런 것 말입니다!"

모토야스는 이츠키보다 더 많이 연습한 것 같다.

마을에 오는 건 제일 늦었는데도 벌써 이렇게 잘 쓰다니…… 어떻게 된 거지?

"장인어른이 하신 말씀은 절대적이지 않습니까. 그리고 장인어른께서 기를 익히라고 지시하셨으니, 그걸 익히는 건 당연한 일입니다."

모토야스가 주먹을 움켜쥐며 역설한다.

"이 모든 게 다 장인어른을 위한 일입니다."

"……이야기가 좀 샜지만, 기를 충분히 습득했다면, 다음

은 용맥법을 습득…… 레벌레이션 클래스를 익힐 차례라는 거
군."

"그건 다 함께 연습 중이야. 그래도 나오후미 덕분에 요령은
대충 파악했어. 조금만 더 있으면 익힐 수 있을 거야."

최근 들어, 나를 중심으로 야간 단련이라는 형식으로 마법을
가르치고 있다.

봉황과의 싸움이 얼마 안 남았으니까.

가엘리온이 용사들에게 용맥법의 가호를 걸어 주려 했을 때,
모토야스가 엄청나게 싫어하던 모습이 기억에 생생하다.

필로리알의 적은 모토야스의 적이며, 그런 적의 가호는 죽어
도 받을 수 없다는 태도였다.

장래를 위해, 결국 내가 명령을 내려서 가호를 받게 했지만.

"네……. 분명 앞으로 찾아올 싸움에서 큰 도움이 될 거예요."

"그렇습니다!"

이상하리만치 이야기가 순조롭게 진행되는군.

경악을 감출 수 없을 지경이다.

"그럼 이야기는 이제 다 끝난 건가?"

예상보다 허무하게 끝나는군. 그렇게 생각했으나, 렌이 고개
를 가로젓는다.

"아직 안 끝났어."

"응? 뭐가 더 있는 거야?"

렌이 검의 형태를 바꾸어서 내게 보여 준다.

끈과 끈을 이어서 만든 것 같은, 특이한 형태의 검이다.

솔직히 썩 강해 보이지는 않는다.

"뭐야, 그건?"

"동료의 검이라는 이름의 검이야. 습득할 수 있는 기능 중에 '동료의 성장보정(소)'이라는 게 있었어."

"해방 조건은?"

"……모르겠어. 나도 모르는 사이에 해방돼 있었어."

"흐음……."

동료의 성장보정(소)이라……. 내가 가진 노예의 성장보정과 같은 계통이리라.

"게임 감각으로 말하자면, 해방 조건은 동료에 대한 진심 어린 신뢰 같은 건가?"

무난한 설을 들이밀어 본다. 그러자 렌은 고개를 끄덕였다.

"아마도……."

렌은 씁쓸한 표정으로 뇌까린다.

"역시 나는 예전 동료들을 진심으로 믿지는 않았었던 모양이야. 이 검이 더 빨리 나왔더라면 그 녀석들이 죽는 일은 없었을지도 모르는데."

"그럴지도 모르지. 하지만 그렇다고 그게 무의미했던 건 아니야."

"나오후미다운 소리군. 이렇게 새로운 발견을 한 게 있으면 이야기를 해야겠다고 생각했어."

"맞아, 렌. 에클레르의 머리카락도 넣어 봐. 동료의 검이 이미 나왔으니, 동료의 검Ⅱ 같은 게 나올지도 몰라."

"에클레르가 뭐라고 할지……."

하긴, 볼멘소리 정도는 각오해야 할 것 같다.

아니…… 하지만 렌이 에클레르의 머리카락에서 새로운 검을 만들면 어떻게 될까?

궁금해지기 시작했다.

"장인어른, 나도 모두의 깃털을 창에 넣어서 시험해 보겠습니다."

"나는 필로리알 계통은 이미 전부 완성했어."

"역시 장인어른이십니다! 어떻게 모으신 겁니까! 가르쳐 주시길 바랍니다!"

"모토야스, 시끄러워. 네가 알아서 생각해."

가르쳐 줘서 피트리아를 골탕 먹여 줄까? 아니, 협박용으로 쓸 수 있도록 남겨 두자.

다음에 또 이상한 임무를 의뢰하면 모토야스를 보내겠다는 식으로 말이지. 그때의 보상으로 가르쳐 주면 된다.

"그러고 보니 나도 새로운…… 아니, 장인어른은 알고 계실 강력한 스킬을 습득했습니다!"

"알고 있는 스킬?"

그러자 모토야스는 창을 변화시켜 보였다.

어라? 사디나가 본가에 쳐들어가서 손에 넣었다고 자랑하던 창과 비슷하게 보이는데?

수룡의 작살이라고 했던가?

"장인어른의 따님인 언니의 언니가, 복제할 수 있도록 빌려 주셨지 뭡니까."

사디나 녀석, 어느 틈에 마을에 돌아와서 모토야스에게 무기를 준 거냐!

라프타리아에게서 들은 건가?

"그래서, 무슨 스킬을 익힌 거지?"

"브류나크입니다."

브류나크라면 삼용교 교황이 사성무기의 복제품을 이용해서 내쏘았던 스킬의 이름이었던 것 같은데.

그건 복제품이었으니, 그것의 오리지널을 익혔다는 건가?

"놀랍게도, 기나 에너지 부스트 등을 사용하면 충전 시간을 대폭 감소시킬 수 있다는 게 판명됐습니다."

"호오……."

"굉장한데…… 모토야스."

렌이 솔직한 칭찬의 말을 건네고 있다.

이츠키는 멍한 표정으로 모토야스를 쳐다보고 있다.

어찌 됐건 모토야스가 상당히 강력한 스킬을 얻게 됐다는 이야기군.

"렌 쪽은 어떻지? 쿠텐로에 있는 모토야스 2호가 만들어 준 무기를 받았었잖아?"

"나 2호라니, 어떤 사랑의 사냥꾼입니까?"

"모토야스, 넌 좀 닥치고 있어."

설명하기 귀찮다. 사랑의 사냥꾼은 무슨. 절조도 없는 놈이.

"아직 정화 중이야. 조금만 더 있으면 다 끝날 거라고 했어."

"그랬군……."

"다만, 지금 쓰고 있는 영귀검과 영귀도와는 차원이 달라. 훨씬 더 강력한 무기라서, 지금 내 실력으로 제대로 사용할 수 있을지 걱정될 정도였어."

워낙 강력한 저주가 걸려 있으니까……. 최대한 빨리 입수할 수 있기를 기도하는 수밖에 없겠군.

"무기상의 스승도 제대로 사용할 수 있도록 개조해야 한다고 이야기했었으니까, 조금 더 기다려 줘."

"알았어. 일단 제대로 사용하게 될 수 있게 되기만 하면, 그 다음부터는 한결 편해질 거야. 기대하면서 기다리는 수밖에 없겠지."

아니면 정화가 끝나고 나서, 핵이 되는 돌을 가엘리온의 먹이로 줘야 할까?

가엘리온을 강화하는 것, 그리고 렌 이외의 장검 사용자에게 주는 것 이외에는 딱히 써먹을 길이 없는데…… 동료들 중에 장검 사용자가 있었던가?

에클레르는 소검이었잖아? 라프타리아는 도였고.

실다나 정도는 쓸 수 있으려나?

혼에 난 구멍을 치유한 영향인지, 그 녀석은 신탁의 힘이 약간 저하됐다는 모양이다.

적어도 다른 사람으로 위장하는 건 불가능하다고 한다.

하지만 기능의 모사 같은 건 할 수 있다고 했다.

"봉황과의 전투를 고려하면…… 나는 방어하면서 지원 마법을 지속적으로 사용하는 게 현실적이겠지."

온라인 게임으로 따지자면 버프 같은 요소다. 모든 능력치를 향상해 주는 레벌레이션 아우라를 쓸 수 있는 나는, 동료들에게 지원 마법을 걸어 주는 것이 가장 효과적으로 싸우는 방법일 것이다.

모 아니면 도라는 식으로 수화 보조가 나오면 더 효율적으로 싸울 수 있겠지만.

"마력은 루코르 열매로 회복하면 되겠지……."

"아아, 루코르 열매라는 건, 이 세계 녀석들이 나오후미에 대해서 이야기할 때 빼놓을 수 없는 얘깃거리니까."

"맛있는데 말이지."

모토야스가 기절했던 게 떠오른다.

어째선지 나를 제외한 다른 사람이 복용하면 난리가 나는 모양이다.

"너희도 그걸로 회복할 수 있으면, 마력수 같은 걸 이것저것 마실 필요도 없을 텐데……."

전투가 장기전으로 가서 마력이나 SP가 부족해지면 보충해야 한다.

높은 회복 효과를 가진 루코르 열매는 가성비 면에서 확실히 유용한 아이템일 것이다.

"하지만 먹는 동시에 졸도해 버리니 말이지……."

"레벨을 올려서 내성을 강화시키면 무리 없이 먹을 수 있게 될지도 모르잖아."

"안 돼. 직접 냄새를 맡기만 해도 어지러울 지경이야."

렌은 영 내키지 않는 모양이다. 심지어는 모토야스도, 이 화제에 대해서는 메마른 웃음만 짓고 있을 뿐이다.

"예전부터 생각했었는데, 역시 나오후미 씨는 취기를 무효화시키는 능력자였던 거군요. 그렇게 생각하면 모든 게 납득이 돼요."

이츠키가 그렇게 영문 모를 소리를 늘어놓았다……. 잠깐, 방금 이 녀석이 뭐라고 했지?

"능력자? 그런 시스템이 있었어?"

상태 이상에 대한 내성 같은 기술이 있다는 건 알고 있다.

그걸 이야기하는 건가?

하지만 애석하게도 취기 무효 같은 기능은 익힌 적이 없다.

"아니요, 그게 아니라, 우리 세계에 오기 전부터 그런 능력을 갖추고 있었다는 이야기예요."

"이 세계에 오기 전부터 갖추어져 있는 능력?"

으음? 이츠키 녀석, 무슨 소리를 하는 거야?

아니, 대충 알 것도 같다.

다른 용사들과 처음 대화를 했을 때, 렌이 했던 온라인 게임 이야기와 비슷한 느낌이다.

그때, 렌은 평범한 MMORPG는 구식이라는 소리로 우리를 당혹스럽게 만들었었다.

지금의 이츠키에게서는 그때와 비슷한 느낌이 느껴진다.

렌도 뭔가 짚이는 게 있는지 미간을 찌푸린 채 이츠키를 쳐다보았다.

"이봐, 렌. 너는 이츠키가 무슨 소리를 하는지 이해하겠어?"

"미안. 가능성이 이것저것 너무 많아서 잘 모르겠어."

"흐음."

나도 렌과 마찬가지로 몇 가지 억측 정도는 할 수 있지만, 일단 지금의 이츠키는 거짓말을 못 하니까, 직접 물어보는 게 빠를 것 같다.

지금의 이츠키는 뭔가를 물어보면 고분고분 반응하니까. 방금 이야기한 능력자 운운하는 소리에 대해서도 물어보면 솔직하게 대답해 줄 것이다.

"이봐, 이츠키, 그 능력이라는 건 뭐지? 전설 무기의 힘을 말하는 거야?"

"그게 아니에요. 전설 무기에도 그런 기능이 있을 가능성도 있긴 하지만, 제가 말하는 건 당연히 그것과는 전혀 다른 거라고요."

"으음? 그런 게 있습니까?"

모토야스도 짚이는 게 없는 모양이다. 그렇다면 이츠키가 살던 세계에만 있던 독자적인 인식이라는 거군.

"이츠키, 자세히 이야기해 봐. 네 세계에서 이야기하는 능력이라는 건…… 어떤 거였지?"

"그야, 나오후미 씨는 군이 설명하고 뭐고 할 것도 없이 이해하고 계신 것 아닌가요? 아니면 혹시 나오후미 씨가 살던 곳은 능력 관리가 제대로 안 되던 시골이었나요?"

이츠키는 무표정한 얼굴로 담담하게 이야기하고 있다. 이츠키에게 '능력'이라는 건 지극히 당연한 존재라는 건가?

아무리 저주에 침식당한 상태라 해도, '공기라는 건 어떻게 마셔서 숨을 쉬는 거지?' 같은 것에 대해서까지 의문을 느끼지는 않는다.

공기를 들이마시는 법을 남에게 묻는다면, 지금과 같은 대답이 돌아올 것이다.

"그러니까 그 능력이라는 것에 대해 처음부터 찬찬히 이야기해 봐."

"알았어요. 원래 능력이라는 건, 제 세계로 따져서 25년쯤 전에, 수많은 재해나 사건들을 일으키거나 해결하거나 한 자들을 연구한 결과 판명된 거예요. 사람들 개개인이 소지한 힘의 총칭이죠. 그 밖에 PSI니 초능력이니 하는 말로 불리기도 했어요."

으음, 그 말인즉슨, 이츠키의 세계는…….

"렌, 무슨 말인지 이해하겠어? 아니, 네 세계는 VRMMO가 있던 세계였으니까. 이능력 같은 개념도 있었던 거 아니야?"

"그런 게 있을 리가 없잖아."

아니…… SF 세계에서 살다 온 렌이라면 이해할 수 있을 것이다.

그나저나 이츠키가 살던 세계는, 근미래면서 이능력이 존재하는 세계였던 건가.

이 세계에 오기 전의 나였다면, 이능력 배틀물인가! 하는 식으로 흥분했을지도 모르겠다.

문제는 그 이능력이 존재하는 세계에서 이츠키가 어떤 지위였고 어떤 능력을 갖고 있었느냐 하는 점이다.

"그래서? 이츠키, 네가 살던 세계에서는 능력이 어떤 식으로 취급됐었지?"

"우선, 능력을 보유한 자들만 모이는 학교가 최소한 각 현당 하나씩은 꼭 있었어요. 뭐, 보통은 몇 개씩 있었지만요."

"흐응……."

"능력은 S~F랭크로 구분되고, 학교에서는 그 능력에 따라

반이 배정돼요."

"네 세계 사람들은 모두 다 능력자였던 거야?"

"아니요? 그런 건 아니에요. 오히려 무능력자 쪽이 더 많았을 정도니까요."

"그럼, 너는?"

"그중에서 저는 E클래스인 '명중' 능력자였어요."

명중……. 아아, 그래서 이츠키가 쏜 화살은 기본적으로 빗나가지 않는 거군.

"그 명중이라는 건 어떤 능력이지? 일단 확인해 보고 싶은데."

"겨냥하고 쏘면 보통 사람들보다 높은 빈도로 명중시킬 수 있는 능력이에요. 마음만 먹으면 스나이퍼처럼 먼 거리에서 저격도 할 수 있죠."

유괴 의혹 사건 때 메르티가 있는데도 거침없이 나를 향해 화살을 쐈던 건, 그렇게 믿을 구석이 있었기 때문이었군.

절대적인 자신이 없으면 공격할 리가 없는 상황이었으니 말이다.

정의 바보인 이츠키가 인질의 위험까지 감수할 리는 없었던 것이다.

그렇다면 그때 이츠키가 벌인 행동에 대한 인식도 좀 달라지는군.

지금 생각해 보면 이츠키가 한 발언 중에, 비록 위화감은 있었을지언정 그 능력을 연상케 하는 내용이 있었던 것 같기도 하다.

그나저나, '명중'이라. 이츠키의 이야기로 보아, 상당히 성능이 좋은 것이었던 모양이다.

하지만 능력치의 구분이 S~F라고 한 걸 보면, 밑에서부터 헤아리는 편이 더 빠른 것 같은데 그건 왜 그렇지?

"그렇게 성능이 높은데, 왜 랭크가 낮았던 거지?"

"상위호환인 '필중(必中)' 능력자가 아니라서 E클래스였던 거예요."

"필중은 어떤 능력인데?"

"필중은 화살을 쏘면 그 모든 화살이 절대적으로 명중하는 거죠."

"호오……."

"표적에 등을 돌리고 쏴도, 화살이 표적으로 날아가게 될 거예요."

유도 미사일이냐! 정말 이능력다운 이능력이잖아!

"야구 선수들에게 많은 능력이었죠. 물론 규제가 걸리긴 하지만요."

"한마디로 이츠키는 하위호환에 해당하는 능력이라서 초능력 학교에서 천시당했다는 거군."

"나오후미, 표현이 좀 과한 것 같은데."

"맞아요. 그래서 저는 불만스러운 현실에서 도피하기 위해서 게임에 열중했었죠."

이츠키가 이렇게 당당하게 이야기하니, 비꼬아도 헛수고다.

"원래 저는, 초등학교 때 능력 판정을 받은 후로 나는 특별한 존재라면서 으스댔어요. 중학생이 되면 능력자들은 전문학교에 들어가게 되는데…… 뛰는 놈 위에 나는 놈이 있다는 걸 알고 절망했었죠. 그건 고등학교에 들어간 뒤에도 마찬가지였어요."

일반인이 과반수를 차지하는 세계에서 이능력을 보유한 채 태어난 이츠키는, 초등학교 시절에는 자신이 이능력 보유자라는 사실에 대해 자신감을 가졌었다.

그러나 능력자들을 모아 놓은 학교에 가게 되고 보니, 자신의 능력이 별것 아니라는 현실에 좌절해서 게임 속으로 도망치기 시작했다는 거군.

그러고 보면, 이능력이 등장하는 만화나 라이트노벨의 주인공들은 기본적으로 높은 능력치를 갖고 있다.

하지만 실제로는 같은 이능력이라 해도 그 위력은 천차만별이니 밑에서 헤아리는 편이 빠른 녀석 입장에서 그런 세상은 지옥일지도 모른다.

다시 말해, 정의에 집착하는 건 만화나 애니메이션, 게임 등에 있는, 이능력을 사용해서 악당을 물리치는 주인공의 모습에 자기 자신을 투영한 것이리라.

"무슨 이야기인지는 알겠어. 그래서? 내가 멀미를 안 하거나 술에 취하지 않는 것도 그런 능력 중에 하나라는 거야?"

"네. 나오후미 씨의 능력은 '취기 무효'일 것으로 추측되네요. 하위호환으로는 '취기 내성'이라는 게 있어요. 이쪽은 F랭크 능력이죠."

"취기 무효는?"

"장래성을 고려하면 C~D랭크쯤 되겠네요. 중력계 초능력 범죄자를 상대할 경우에는, 조건부로 S가 되겠지만요."

"흐응. 그 능력의 장래성이라는 건 뭐지?"

예전에 쿄에게서 중력 공격을 받았을 때 움쭉달싹 못했었던 걸 보면, 조금 다른 것 같은 느낌도 든다.

"잘 생각해 보세요. 멀미를 하지 않는다는 건 중력에 의한 과부하에 강하다는 것, 세반고리관이 아주 강하다는 뜻이잖아요? 우주 파일럿으로 활동하려면 필수적인 걸로 여겨지는 능력이었어요. 명칭을 '중력과부하 무효'로 바꾸자는 논의도 있었을 정도였지만, 아직 해명이 끝나지 않은 능력이었어요."

그런 만능 능력인가?

아니아니, 나는 어디까지나 그저 멀미를 안 하는 체질이었던 것뿐……이었다고 생각하긴 하지만, 점점 의심이 가기 시작한다.

모토야스가 먹었다가 실신까지 했던 루코르 열매를 우적우적 씹어 먹어도 끄떡도 안 하고, 최고 속도로 달리는 필로를 타고 있어도 아무런 이상을 느끼지 않는다.

다른 녀석들은 적응이 된 뒤로도 힘들어하는 걸 보면 역시 버겁기는 한 것이리라.

하지만 중력 무효라고? 쿄가 사용한 중력 공격에 몸이 짓눌려 움쭉달싹 못했던 걸 생각하면 수상하기 짝이 없군.

"물론 같은 취기 무효라도 여러 종류가 있으니 한데 뭉뚱그려서 말할 수는 없지만, 나오후미 씨의 경우는 중력계가 아니라 단순히 취기 무효에 중점이 놓여 있는 건지도 모르겠네요."

같은 듯하면서도 다른 능력이라는 뜻이리라. 취기 무효와 멀미 무효의 차이 같은 느낌으로.

"그리고 나오후미 씨는 더블 스킬일 가능성이 있어요."

"단어로 추측해 보면, 여러 개의 능력을 갖고 있다는 거야?"

"네."

"뭐가 더 있다는 거지?"

……이츠키가 살던 세계는 내 입장에서는 근미래이고, 초능력이 활개를 치는 세계라는 모양이다.

그리고 이츠키가 나나 렌, 모토야스를 내심 무시했던 건, 우리를 무능력자라고 얕잡아봤기 때문이었을 거라고 생각하면 아귀가 들어맞는다.

그나저나 렌이 살던 세계는 VR이 존재하는 세계고, 이츠키가 살던 세계는 이능력이 존재하는 세계란 말인가. 모토야스 쪽은 뭐가 있을까?

여자들과 이야기할 때면 요소요소에서 선택지가 출현한다거나 하는 식인가?

뭐, 모토야스는 상관없다. 상태가 저 모양이니 물어봤자 대답다운 대답이 돌아올 리도 없을 테니까.

"또 하나는 아마 '애니멀 프렌즈'라는, 저절로 동물들의 호감을 사는 능력일 거예요. 수의사가 되기 딱 적합한 능력이죠."

"하긴……. 나오후미의 요즘 모습을 생각해 보면 납득이 가. 필로리알이나 라프 종이나."

"으……."

필로리알 무리 속에서 짓이겨졌던 트라우마가 근질거린다.

그러고 보면 에스노바르트도 나를 잘 따랐었지.

아인이나 수인들도 친근하게 대하곤 하는 걸 보면, 이츠키의 설명도 어느 정도 납득이 간다.

생각해 보면 어린 시절부터 동물들이 잘 따랐었다.

산길을 걸으면 산새들이 내 어깨에 앉곤 했다.

한번은 곰을 만났다가 죽은 척해서 위기를 벗어나기도 했었다. 얼굴을 핥고 갔지만.

그게 잘못된 방법이라는 건 훗날이 되어서야 알았다.

그 외에도 동네 대형견이 등에 태워 주기도 했었다.

아니, 태워준 정도가 아니라 마치 올라타라는 듯이 내 앞에 쪼그리고 앉았었다. 놀이라도 하는 심정으로 올라탔더니 그대로 내달렸고.

나무 막대기를 들고 격투 게임 속 아이누 소녀 흉내를 내기도 했었다.

"뭐, 이츠키가 살던 세계는 그랬나 보지."

이츠키의 성격이 어쩌다가 틀어진 건지, 그 원인의 편린을 본 것 같은 기분이었다.

"그 외에 더 있을지도 모르는 이능력 이야기는 나중에 하기로 하고, 앞으로의 싸움을 위해서 습득한 마법 같은 것에 대한 이야기나 하자고."

"네."

"알았어."

"습득한 마법을 선보일 수 있겠습니다!"

뭐, 이건 자랑하고 싶은 안건이겠지.

카르밀라 섬에 있는 비문을 보고 각각 무엇을 얻었는가 하는 점도 관심이 간다.

혹시 아우라를 익힌 녀석이 있다면, 나와 같이 지원에 가담해 줬으면 좋겠단 말이지.

"우선 렌부터 물어볼까. 카르밀라 섬에서 뭘 익혔지?"

"쯔바이트 매직 인첸트였어."

"매직 인첸트라. 효과는?"

"마법검이야. 영창을 통해 받은 마법을 검에 부여해서, 마법의 위력을 한동안 유지한 채로 적을 벨 수 있는 거지."

"합성 스킬과는 다른 거야?"

용사의 스킬과 동료의 마법을 조합하면 특수한 스킬로 변화하는 경우가 있다.

"그것과는 달라. 단순히 위력만 증가하는 것도 아니고, 동료와의 협력에 의한 부여도 아니야."

"그럼 뭐지?"

"적의 마법까지도 검에 부여할 수 있어. 어중간한 마법이라면, 무력화할 뿐만 아니라 공격으로 전환할 수도 있다는 거지."

"호오."

제법 편리한 마법이다. 상대의 마법을 막아 내고 카운터 공격을 노릴 수도 있다.

"문제점은 쯔바이트 수준까지만 막아 낼 수 있다는 점이야. 시험 삼아 드라이파 수준을 막아 봤지만 실패했어."

"그렇군. 모토야스는?"

"쯔바이트 앱저브였습니다, 장인어른."

"호오……. 효과는?"

명칭으로 보아 마력을 빨아들이는 스킬인 것 같은데.

"쯔바이트 클래스의 마법을 무효화해서 빨아들일 수 있습니다. 단, 영창하는 동안은 움직일 수 없습니다."

전력 면에서 우수한 모토야스가 한동안 움직일 수 없다는 건 확실히 문제이긴 하군.

사전에 영창해 둬서 상대가 마법을 쓸 수 없는 상황을 만들어야 한다는 건가.

"사거리는?"

"보아하니 반경 5m 정도였습니다."

"그랬군."

이것 참 별난 마법을 다 익혔군. 하지만, 편리하다면 편리한 마법인 건 사실이다.

지금까지의 사례로 미루어 보아, 그 비문에 적혀 있는 건 지원계 마법이라는 건가.

쯔바이트까지만 효과가 있다고 했지만, 레벌레이션 계열을 활용하면 쯔바이트 이상의 상위 마법에 대해서도 사용할 수 있게 될지도 모른다.

그건 사용법의 폭이 넓으니, 잘만 조정하면 드라이파를 상대로도 쓸 수 있게 될 것이다.

……나는 회복과 지원에만 사용할 수 있지만, 렌이나 다른 녀석들은 어떻지?

"너희는 어떤 마법에 소질이 있지?"

"그러고 보니 이야기를 안 했었군. 나오후미는 회복과 지원이었지?"

"그래."

"나는 물과 지원이야. 뭐, 물 마법을 이용해서 회복도 할 수 있으니까, 딱 잘라서 말할 수는 없어."

"장인어른, 나는 불과 회복입니다. 마찬가지로, 불을 이용한 지원 마법을 쓸 수도 있습니다."

"저는 바람과 땅이에요. 마찬가지로 회복과 지원도 어느 정도는 할 수 있지만요."

렌은 물과 지원.

모토야스는 불과 회복.

이츠키는 바람과 땅.

완벽하게 갈라졌군.

그리고 각 계통의 마법으로 조금이나마 회복이나 지원도 가능하다는 것이다.

"나오후미가 쓰는 회복과 지원 마법만큼 효과가 대단하지는 않아."

"불 계열 회복 마법은 내가 더 강합니다."

"그야 그렇겠지."

모토야스는 회복 마법도 쓸 줄 아니까 그런 거겠지.

그렇게 생각하면…… 역시 공격마법을 못 쓰는 나만 억울하다니까.

마법상이 말했었지.

마법을 영창할 때는 본인이 가진 자질의 영향을 받기에, 단순한 회복 마법이라도 조금씩 그 자질의 영향이 나타난다고.

모토야스가 영창하는 회복 마법은 약간 불 속성이 섞여 있을
것이다.

그리고 본인의 자질에 맞지 않는 마법을 쓸 경우, 예를 들어
모토야스가 지원 마법을 영창하면 눈에 띄게 위력이 떨어진다
는 것이다.

그러고 보니 회복 마법에는 공격 계열도 있었는데…… 디케
이였던가?

영창해 보았다가 실패했던 마법이다.

마법상에게 이렇게까지 공격 자질이 없는 사람도 희귀하다는
소리를 들었었지.

"비문에 적힌 마법은 특수한 건가?"

아우라는 전 능력 상승.

매직 인첸트는 무기에 마법부여, 게다가 상대의 마법도 부여
가능.

앱저브는 마법 무효화.

"이츠키, 너는?"

"쯔바이트 다운이에요. 효과는 나오후미 씨와 정반대로, 모
든 능력을 저하시키는 거라나 봐요."

"호오……."

내가 동료들을 강화하고, 이츠키가 적의 능력을 끌어내린다.

잘만 쓰면 상당히 강력한 마법이군.

렌은 상대의 마법을 빨아들여서 공격으로 전환, 모토야스는
마법을 흡수해서 무효화.

운용에서 실수만 하지 않으면 상당히 강력한 조합이라는 건

의심할 여지가 없다.

세인의 숙적들을 비롯한 이세계 세력 녀석들의 마법까지 무효화시킬 수 있는 건지 어떤지는 미지수지만.

"그럼 너희는 봉황과의 전투 전까지 레벨레이션 클래스 습득에 도전하도록 해."

"알겠습니다!"

보토야스가 유난히 기운차게 대답한다.

이 녀석은 정말 알고 있는 걸까? 그냥 대충 고개만 끄덕이고 있는 것 아닐까?

"다음은 내 차례 같습니다."

"엉?"

뭔가 할 이야기라도 있는 건가?

"장인어른의 마을에 오기 전에 내가 하던 일을 이야기할 때가 온 것 같습니다."

"필로리알을 키워서 폭주족 노릇을 하고 있었잖아!"

생각만 해도 짜증이 솟구친다.

라프타리아 일 때문에 고생했던 것도 짜증이 나는 마당에, 이 멍청이 녀석이!

"그것도 있었지만, 은밀하게 장인어른의 마을을 지키고 있었단 말입니다!"

"응?"

무슨 소릴 하는 거지?

"수상쩍은 기운을 풍기면서 장인어른의 마을에 접근하는 녀석들이 제법 많이 있어서, 말끔하게 청소해 뒀습니다."

"잠깐, 너 지금 무슨 이야기를 하는 거야?"

내 마을에 접근하는 녀석들을 청소했다고?

"괘, 괜찮은 거야, 나오후미? 이 모토야스가 뭔가 일을 저질 렀다는 얘긴데……."

"그 점에 대해 판단하기 위해서라도 일단 물어봐야겠어. 모 토야스, 사정을 자세하게 이야기해."

상황에 따라서는 아군을 처치해 버렸을 가능성도 있다.

"우선, 렌과 싸웠을 때 공격했던 녀석들과 비슷한 놈들이 몇 번인가 나를 습격했던 적이 있었습니다. 해치워 버렸습니다. 물 론, 장인어른이 필로의 언니에게 명령했을 때 썼던 무기인 혼 공 격 무기를 사용해서 말끔하게 처치했습니다."

세인의 숙적 세력이 마을 근처까지 왔었던 건가!

모토야스가 남몰래 해치웠다면 녀석들이 마을까지 공격할 수 없었겠지.

몇 명이나 있었는지는 모르겠지만.

"그 외에도 살기를 풍기면서 장인어른의 마을에 접근하는 자 들…… 아인과 수인들을 해치웠습니다. 특이한 무기를 들고 있었습니다. 이런 녀석들은 어느 정도 시간이 지나니 잠잠해졌 습니다."

"……."

쿠텐로의 자객들도 실은 모토야스가 처치했던 건가……. 좀 의심스러운데.

그렇다고 해서 증거를 가져오라고 했다가는 두개골 같은 걸 가져올 것 같으니까, 잠자코 있어야겠다.

지금의 모토야스는 그런 식의 거짓말은 하지 않는다.

"그 이외에는…… 수도복을 입은 자들이 숨어 있었기에 해치웠습니다."

……삼용교 잔당인가?

남몰래 내 마을을 지키고 있었다는 건가…….

"그랬었군."

"어떻습니까?"

"아…… 음, 잘했네 뭐. 그렇다고 필로를 줄 생각은 없지만."

"장인어른과 약혼자의 인정을 받을 때까지 최선을 다하겠습니다!"

"이봐, 나오후미. 저기…… 이 모토야스는 괜찮은 거야?"

"완전히 딴사람 같네요."

렌과 이츠키가 걱정 어린 눈으로 나를 쳐다본다.

너희도 남 말 할 처지는 아니지만 말이지.

"괜찮다고 생각하고 싶군."

"기본은 모토야스지만, 뭔가가 망가진 것 같아서 무서운데. 저주가 빨리 풀려야 할 텐데."

"그러게 말이에요……. 그런데 무슨 저주일까요?"

"그러고 보니, 모토야스, 저주의 대가는 뭐지?"

그렇게 커스 스킬을 마구잡이로 쏴 댔다.

대가가 없을 리가 없다.

"대가? 무슨 말씀입니까?"

"아니, 템테이션이나 르상티망 같은 걸 막 써댔잖아."

"적어도 나는 끄떡없습니다만?"

모토야스는 정말 짐작 가는 게 없어 보이는 표정이다.

능력 저하 같은 것도 전혀 없다고?

아니, 혹시 이 성격이 저주의 대가인가? 애초에 윗치 때문에 맛이 가긴 했지만.

"그, 그래……. 봉황과의 전투에 대비해서 열심히 힘써 줘."

"알겠습니다!"

추후에 찬찬히 확인하고 판단하는 수밖에 없겠군.

"마법의 효과는 어느 정도 알겠어. 지금 당장의 문제는 봉황과의 대결이 될 예정인데…… 그 이후에는?"

나와 사성용사들은 모두 어느 정도의 지식은 갖고 있다.

그 지식이 썩 도움이 안 된다는 건 이제 사성용사 모두가 알고 있지만.

"봉황 다음은 기린, 그리고 응룡(應龍)이겠지."

"그렇습니다!"

모토야스 녀석…… 대답에 아주 기운이 넘치는군…….

"영귀 때처럼 이세계의 적이 개입하는 일은 없을까?"

"적어도 현재까지는, 그런 기색은 없어. 메르로마르크를 비롯해서 여러 나라들이 그런 동향에 대해서 감시의 눈을 번뜩이고 있으니까. 특히 사령(四靈)에 관해서는 과민할 정도의 경계 태세가 깔려 있어. 무슨 일이 생기면 마을에 전령이 달려오게 돼 있지만, 지금까지 그런 전령은 한 번도 안 왔잖아?"

만약에 그런 일이 생기면, 오스트 때처럼 어떤 형태로든 사자가 와서 사성용사에게 도움을 청할 것이다.

……될 수 있으면 대화로 해결하고 싶지만, 오스트 때 봤듯

이 사령 측도 세계를 지키려는 뜻을 갖고 있고, 용사를 장애물로 여기며 자신이 임무를 완수하려 들 것이다.

괜히 무의미한 피만 흘리게 만드는 것 같지만, 애초에 그런 식의 삶밖에 모르는 녀석들이니, 만족할 만한 싸움을 해 주는 게 용사의 역할이라고 믿고 싶다.

"마을에 있는 세인과 악연이 있는 녀석들이 끼어들 가능성은 얼마든지 있으니, 충분히 경계를 강화할 방침이야."

뭐가 튀어나올지 알 수 없는 녀석들인 만큼, 일부러 봉황을 자극하거나 하는 짓도 충분히 저지를 가능성이 있다고 생각하고 있다.

경계해서 나쁠 건 없다.

"알았어."

"봉황이 봉인되어 있는 곳은 서쪽이라는데…… 용사 한 명이 대표로 한 번 그쪽에 가 두면, 이동 시간을 단축할 수 있을 거야."

여왕을 비롯한 정부 녀석들에게 들었다.

기일이 오기 전에 누군가 한 명이 포털을 열어 두면, 우리는 마을 쪽에서 마음 편히 수련할 수 있을 것이다.

"내가 포털 위치를 잡고 오겠습니다!"

모토야스가 힘차게 손을 치켜든다. 뭐, 괜히 마을에 있으면 시끄러운 데다, 필로리알과 놀면서 허송세월이나 할 것 같으니 보내는 게 좋겠군.

"현지에 퇴치 방법에 대한 이런저런 기술이 있다고 하니까, 봉황과 싸우기 전에 준비를 해 두고 싶은데…… 그 밖에 뭐 다른 생각 있어?"

"그 점에 대해서 제안할 게 있는데."

"응?"

렌이 이야기하기 불편한 듯 시선을 돌리면서 말한다.

렌은 어쩐지 남에게 뭔가를 부탁하는 걸 껄끄럽게 여기는 경향이 있다니까.

뭐, 지위가 지위이니만큼, 이야기하기 곤란한 면이 있다는 건 이해하지만.

"작전 지휘는 나오후미에게 맡기고 싶어."

"그야 일단 내가 선두에 서서 토벌대를 지휘하겠지."

영귀 때도 실질적으로는 내가 앞장서서 싸웠던 거라 할 수 있고 말이지.

물론, 작전 지휘 같은 건 여왕이나 각국의 수뇌진도 도와주긴 하겠지만.

사병 육성 경험을 가진 내가, 본격적인 작전 지시를 맡게 될 것이다.

"아니, 그런 의미가 아니라 우리에 대한 지시도 맡기고 싶다는 이야기야. 전에 이야기했었잖아? 길드를 운영한 경험이 있다고."

"……그러고 보니 그런 이야기도 했었지."

강화 방법 공유가 가능하다는 걸 알아내고 교황을 처치한 후에 열렸던 용사 회담 때 이야기한 적이 있었다.

"처음 만났을 때의 나오후미를 보고, 아아, 어쩐지 내가 아는 사람이랑 분위기가 비슷하네, 하는 생각을 했었어."

"아는 사람? 그거 혹시, 다른 게임에서 이겼었다던 녀석 말이야?"

그러자 렌은 상념에 잠긴 듯 시선을 돌렸다가, 다시 나를 쳐다보고 말했다.

"그래. 그 녀석은 예전의 나오후미와 지금의 나오후미를 섞어 놓은 것 같은 성격을 갖고 있었는데, 배려심이 있어서 저절로 사람들이 모여들었지."

예전의 나……. 그 시절에는 상대가 누구든 대화가 통할 수 있을 거라는 자신감이 있었다.

상대에게 속을지도 모른다는 생각보다도, 즐겁게 지낼 수 있으면 좋겠다는 생각이 앞섰다.

"나오후미가 그랬듯이, 그 사람도 거대 길드를 운영하고 있었어. 그러니까 맡기고 싶어."

"하지만 그 정도 경험으로 전문가들을 당해 낼 수는 없어. 정해진 규칙 속에서 펼쳐지는 대규모 전투나 공성전 같은 건 도움이 안 돼."

온라인 게임의 진수 가운데 하나이긴 하지만.

자신들이 서버 내에서 얼마나 강한 집단인지를 과시하기 위해 존재하는, 일부 상위 길드만이 들어갈 수 있는 던전이나 구하기 힘든 레어 아이템 등. 그런 이벤트가 무수히 존재하는 가운데, 솔로 플레이로는 절대로 얻을 수 없는 경험을 얻을 수 있다는 것이 길드나 팀플레이의 묘미다.

하지만 그걸 파도와 비교하는 건 약간 섣부른 생각이다.

파도 때는 무슨 일이 일어날지 상상도 할 수 없다. 항상 아슬

아슬한 싸움을 요구받는다.

"나오후미는 그 게임에서 어느 정도 규모의 길드를 운영했었지? 자세한 이야기를 한 번 들어볼까 싶어서."

"여러 개 있는 서버들 중 하나에서…… 세 번째로 큰 동맹 길드의 수뇌진이었어. 세계 대회에 출전할 정도는 아니었지만."

그러고 보니 이야기한 적이 없었군. 일단 동맹 내에서의 발언권은 강한 편이었지만, 최강까지는 아니었다.

내가 키운 캐릭터도 최고 레벨은 아니었고, 굳이 따지자면 돈을 벌어서 다른 사람들과의 연결을 중시하는 식의 플레이를 즐겼으니까.

그 게임이 고가의 장비나 회복 아이템이 중요한 게임이었다는 것도 한 이유였고.

"그럼 우리보다 훨씬 더 경험이 풍부한 셈이군."

"일단은 그렇긴 하지. 하지만 그런 경험이 도움이 되는 경우는 얼마 없어. 기껏해야 파도 때의 피난 유도 정도에나 도움이 됐을 뿐이었어."

첫 번째 파도에서는 마을 녀석들을 지키기에도 벅찼었고, 두 번째, 세 번째 파도 때도 마찬가지였다.

영귀 때는, 군을 움직이는 건 여왕이나 연합군이 실질적인 지휘를 맡았었고 나는 오스트와 함께 영귀의 발을 묶고 있었던 것에 불과했다.

뭐, 사성용사 중에서는 가장 경험이 풍부하다는 건 사실일지도 모르지만.

렌은 솔로 플레이와 후배 육성밖에 경험이 없다고 했고, 모토야스는 약소 길드를 운영하고 있다고 그랬다.

이츠키는 콘솔 게이머…… 가정용 게임 아니었던가?

전략 게임이었을 가능성도 있지만, 파도 때의 전투 방식을 보면 그건 아닌 것 같다.

다음 파도라 할 수 있는 봉황과의 싸움 때 작전을 짜는 것 정도가 고작일 것이다.

예정대로 사전에 현지를 조사하고 전승 등을 수집해서, 봉황을 물리칠 방법을 연구하는 게 좋으리라.

"봉황 쪽 퀘스트는 어떤 식이었지?"

"게임 내의 스토리에 따르면, 영귀에 의해 피해를 입은 각국이 본격적으로 조사를 하게 돼 있어. 그럼에도 봉인은 실패해서 결국 저지하지 못한 채 부활을 허용하지."

"그렇군."

뭐, 영귀 때처럼 '게임 지식으로 내가 앞서가 주마!' 라는 식으로 나서는 녀석이 없다는 게, 네 사람의 관계가 진전됐다는 증거겠지.

"그리고…… 결전 전까지 용사들 모두에게 줄 액세서리를 만들 예정이야."

"이전에 한 말로는, 스킬이나 공격에 강력한 부여 효과가 걸리는 거랬지?"

"게임 속에 이런 건 없었어?"

내 물음에, 렌이 뭔가 고개를 갸웃거리면서 대답한다.

"장비하면 특정 스킬이나 능력을 향상시켜 주는 액세서리가 있었으니까…… 있었다고 할 수 있긴 한데."

하긴, 이건 나도 기억이 있다.

게임 속에서는 그런 게 종종 등장하곤 한다.

딱히 새로울 발견이랄 것도 없지만.

"어쨌거나, 액세서리 장착을 통해서 스킬을 강화시키거나 특이한 기능을 얻거나 할 수도 있어. 액세서리는 나와, 마을에 있는 수인 이미아, 그리고 연금술사 라트가 의논해서 개발할 테니까 너희는 검증에 협조해 줘."

"나오후미가 그렇게 말한다면."

그런 주체성 없는 대답은 이츠키가 생각나서 영 떨떠름한데. 괜히 폭주하는 것보다는 낫지만.

어쨌거나, 목표는 키즈나 쪽 세계에서 사용했던 라프타리아의 칼집을 재현하는 거다.

최대한 근접한 성능을 낼 수 있도록 만들 예정이다.

용각의 모래시계를 사용해서 용사처럼 마물에게서 드롭 아이템을 얻어낼 수 있게 해 주는 액세서리의 시험 양산도, 액세서리 상인과 협조해서 어느 정도 기틀이 잡혔고 예약도 꽤 많이 들어온 상태다.

앞으로의 군자금 확보와 전력 증강에도 튼튼한 기반이 되어 줄 것이다.

아이템 제작 과정에서 기를 사용할 수 있다는 건 용사들 모두 인식하고 있고…… 좋아, 이번 회의는 제법 유익했던 것 같다. 예전의 일이 거짓말처럼 느껴질 정도다.

"남은 건, 최대한 레벨을 올리는 거겠지."

그렇게 말하자 렌이 손을 들고 대답한다.

"내가 느끼기에, 현재 가장 효율이 좋은 건 쿠텐로였던 것 같았어."

"흐음……."

그 말마따나, 라프타리아 부모님의 고향인 쿠텐로는 신기하리만치 경험치 효율이 좋다.

"그 일 말인데요……."

이츠키가 자신 없는 얼굴로 손을 든다.

"나오후미 씨가 마을에 벚꽃 같은 나무를 심은 뒤부터, 근처에 출몰하는 마물들이 주는 경험치가 증가했다는 이야기를 리시아 씨에게서 들었어요."

"뭐라고?"

그런 부차 효과가? 아니, 그리고 보면 앵광수는 쿠텐로가 원산지인 식물이잖아.

어쩌면 경험치를 증가시키는 효과가 있는 건지도 모른다.

"더 좋은 사냥터의 모색이라……. 그리고 보니 사디나가 말하길, 바다의 경험치 효율이 좋다고 했었는데……."

렌이 바들바들 떠는 게 보인다.

너는 헤엄을 못 치니까. 이제 조금은 수영을 익히긴 했다고 했지만.

……사디나나 실디나에게 안내를 맡겨서 바다에서 사냥을 하는 것도 괜찮은 생각인 것 같다.

수중 장비로는 페클 인형옷이 있긴 하지만…… 이런저런 사정이 있어서 이제 한 벌밖에 안 남았단 말이지.

"어쨌거나 결전의 날까지 단련하는 게 우리의 역할이겠지."

이세계에 소환된 뒤로 많은 변화들이 있었지만, 이것만은 불변의 항목이다.

봉황 부활의 날이 머지않았지만, 해야 할 일은 달라진 게 없다.

"다음은 봉황을 상대로 싸울 때 데려갈 동료 선정인데, 나오후미는 뭔가 정해 놓은 규칙 같은 거 있어?"

"싸우기를 원하는 녀석은 싸우게 할 생각이야. 물론, 너무 무모하다 싶은 녀석들은 제외하겠지만."

"그렇군……. 라프타리아 씨나 리시아, 사디나 씨 같은 강력한 동료들이 있으니까."

확실히 렌이 언급한 멤버들은 마을에서도 손꼽히는 강자들이다.

특히 라프타리아는 나를 대신해서 적을 썰어 버리는 행동대장이기도 하다.

"그럼 아트라도 데려갈 거지?"

"응?"

렌이 아트라를 구체적으로 지정했잖아?

"왜 하필 아트라지? 그야 물론 아트라도 강하지만……."

나나 라프타리아와 함께 훈련도 하고 있고, 밤마다 라프타리아와 불꽃 튀는 싸움을 벌이고 있긴 하지만 말이지.

"솔직히 마을 아이들 중에서 가장 크게 성장한 건 아트라라고 생각하거든."

"맞아요."

이츠키도 동의하듯 고개를 끄덕인다.

"용사의 강력한 무기로 공격하는 건 너무 위험할 것 같아서 위력을 약화시켜서 훈련하고 있다는 걸 고려하더라도, 기술 면에서는 내가 생각하기에도 눈 깜짝할 사이에 추월당한 것 같아. 그만큼 실력이 뛰어나……. 그 애는 천재야."

그 말마따나, 아트라는 성장 속도가 빠르다.

원래부터 소양이 있었고 경험도 풍부한 사디나와는 달리, 보기만 해도(비록 눈은 보이지 않지만) 많은 것들을 습득해 버린다.

최근에는 라프타리아가 라프 종들과 함께 맞서도 제압하지 못하는 경우가 늘고 있다고 한다.

세인이 가르쳐 준 방어용 기 사용법이 원인이겠지.

나와 아트라는, 둘 다 세인의 조언을 받아서 방어용 기를 습득했다.

라프타리아는 쿠텐로에서 배운 기술 습득을 중시하고 있기 때문에, 이쪽 방면에서는 약간 뒤처진 감이 있다.

기술 이름도 있으니, 일단 한 번 떠올려 보자.

우선 '집(集)'.

이건 상대가 마법적인 공격, 이를테면 불 마법을 썼을 경우 기의 힘으로 궤도를 틀어서 자기 쪽으로 끌어오는 기술이다.

앞장서서 공격을 막아 내야 할 때 편리하다.

범위는 반경 3m.

물론 기를 한층 더 확장시키면 범위를 무한정 확장시킬 수도 있다.

다음은 '벽(壁)'.

이건 기로 보이지 않는 벽을 몇 초 동안 만들어내서, 상대의 움직임을 방해하는 기술이다.

유사 에어스트 실드를 사용하는 것 같은 느낌이랄까.

통상 공격은 물론 마법 공격도 막아 낼 수 있다.

장점은 스킬과는 달리 범용성이 있다는 것과, 마음만 먹으면 범위를 상당히 크게 확장시킬 수 있다는 것.

단점은 방어력과 효과 시간이다.

마지막은 '옥(玉)'.

이건 카운터 기술이다.

마법 공격을 기로 모아서 응축, 상대에게 내던진다.

물론 되던질 수 없는 마법도 있으니 완전히 만능인 것은 아니지만.

내 방패로 마법을 튕겨 내는 것과 비슷한 원리다. 아트라는 이 기술들을 사용할 수 있다.

물론 이 기술들은 방어에 특화된 나를 기준으로 해서 만들어진 기술이기에, 아트라는 막아 내기보다는 흘려 넘기는 방향으로 응용해서 사용하고 있지만.

"움직임을 읽을 수가 없고 재빨라. 게다가 공격이 명중한 줄 알았는데, 재빨리 흘려 보내서 대미지가 전혀 안 들어가."

"그러면서도, 아트라 쪽은 방어무시 공격을 태연자약하게 써 대니, 대처가 어려워요."

"그래도 결국은 어떻게든 대처하고 있을 거 아니야?"

"그건 그래. 하지만, 1 대 1로 싸우면, 정말 최선을 다하지 않으면 못 당해 낼 거야."

"큰 부상을 입히지 않고 막는 건 어려워요."

최대한으로 강화한 용사가 최선을 다해야만 막을 수 있다니, 도대체 얼마나 성장한 거냐.

뭐, 용사들이 고전하는 건, 마을 녀석을 죽일 수는 없다는 생각 때문에 힘을 최대한으로 발휘할 수 없기 때문이겠지만.

"포울 씨가 곧 수련을 마치고 돌아올 예정이라고는 하는데…… 그때까지 막을 수 있을지……. 자칫 잘못하면 라프타리아 씨의 방어선이 돌파당할 가능성도 있어요."

"왜 그렇게까지 해서 같이 자려고 드는 건지 원……."

아무리 내가 목숨을 구해 줬다고 해도 한도라는 게 있으련만…….

요즘 들어서는 어느 정도 여유가 생기기는 했지만, 그렇다고 가정 같은 걸 꾸릴 생각은 없다.

모토야스 같은 소리를 하는 것 같아서 좀 그렇지만, 이건 이성으로서 호의를 보이고 있는 건가?

아니아니, 아트라의 경우는 종족적인 의미 같은 것도 있을 테고, 내가 목숨을 구해 준 덕분에 연애 감정 비슷한 게 생겨난 것일 뿐이겠지.

애초에 아트라의 나이를 생각해 봐라.

내가 라프타리아를 자식처럼 대하는 것만 봐도 알 수 있듯이, 나는 아트라를 대할 때도 부모 같은 감정으로 대하고 있다.

"그 정도로 강한 포울과 아트라가 있으니 봉황과의 싸움도 제법 편해지지 않을까?"

"아니, 봉황과의 싸움 때 아트라는 참가하지 않을 거야."

"왜지?"

렌이 어리둥절한 얼굴로 물었다.

"포울과 약속했으니까. 더 이상은 아트라를 위험한 싸움에 참가시키지 않겠다고. 그러니까, 마을 녀석들 중에서 지원자를 모집하고 있지만, 아트라는 제외해 뒀어."

나도 그렇게 독한 놈은 아니다. 아트라를 항상 포울과 세트로 행동하게 하는 데에도 나름의 이유가 있다.

상대가 봉황 클래스쯤 되면, 무슨 일이 일어날지 장담할 수 없다.

포울의 경우는 용병 시절의 경험도 있고, 애초에 포울이 내 수하로 들어온 건 돈 때문이었다.

하지만 아트라는 끼워팔기 상법 때문에 마지못해 구입한 노예였다.

내 생각에는 포울과 같이 있으면 별문제는 없을 것 같지만, 포울이 허가하지 않겠지.

아트라도 지금껏 이런저런 위험한 싸움들을 이겨 내 오긴 했지만, 그건 어쩌다 보니 그 자리에 있게 되었던 것뿐이었다.

포울 입장에서는, 지나치게 위험한 싸움이라는 걸 처음부터 알고 있는 상황이라면 두고 가는 게 옳다고 주장할 것이다.

내가 그렇게 말한 바로 그때였을까.

뒤에서 철컥 하고 문이 열리는 소리가 들려왔다.

뒤를 돌아보니, 아트라가 문고리를 움켜잡고 바들바들 떨면서 이쪽을 쳐다보고 있었다.

타이밍이 안 좋아도 너무 안 좋군.

"무슨 일이지, 아트라?"

"나오후미 님…… 저는 중요한 싸움에 나갈 수 없는 건가요?"

지금까지는 같이 다니는 걸 당연한 일이라고 생각했는데, 갑작스럽게 2군행 통보를 받은…… 그런 표정이다.

"그렇게 되겠지. 네 오빠와 그렇게 약속했으니까."

"나오후미 님, 저는 나오후미 님의 방패가 되겠다고 선언했어요. 그러니까 전장에서는 항상 곁에 있을 거예요!"

무슨 일이 있어도 따라오겠다는 의지가 담긴 대답이다. 심징은 이해하지만, 지나치게 위험하다는 것 또한 사실이다. 포울의 심정에 공감이 가는 면도 있고.

"아무리 그래도 말이야, 이미 약속했으니 어쩔 수 없잖아. 나는 한번 한 약속은 죽는 한이 있어도 지키기로 마음먹었어. 분명히 약속했으니까."

아트라는 괜찮다고 우겨도 포울이 용납하지 않을 것이다.

"오라버니……."

아트라는 비틀거리는 걸음걸이로 그대로 그 자리를 떠났다.

어쩐지 사람을 불안하게 만드는 걸음걸이군.

"나오후미? 괜찮겠어?"

"어째 좀 불안하긴 하지만, 괜히 쫓아갔다가는 아트라의 술수에 걸려드는 것 같으니까……."

아트라의 강력한 들이대기에는 나도 애를 먹고 있다.

신은 틀린 판단은 절대 안 해! 라는 식의 소리까지 지껄이는 녀석이니까……. 마음대로 하도록 방치해 뒀다가는 감당이 안 될 것이다.

아트라를 안전한 곳에 있게 해 달라고 포울이 부탁하는 것도 이해가 간다.

나를 지키고 싶다는 마음은 높이 평가하지만 말이지.

방패 용사인 나를 지켜주겠다고 하니 물론 기쁘기는 하지만, 실제로 아트라가 방패 노릇을 해 버리면 오히려 곤란하다.

"나오후미 님."

방문을 두드리는 소리와 함께 라프타리아가 고개를 들이민다.

"방금 아트라 씨가 지금껏 한 번도 본 적이 없을 만큼 휘청거리는 걸음걸이로 지나가던데, 혹시 무슨 일 있었나요?"

"그래……. 포울과 약속한 게 있어서 말이지, 봉황과의 전투에서 아트라는 제외하겠다는 이야기를 하고 있었는데……."

"그런 거였군요……."

라프타리아는 뒤쪽을 확인하면서 말했다.

"저는 꼭 참가할 거예요."

"알아. 아니, 오히려 기대하고 있어."

말은 이렇게 하지만…… 어쩐지 라프타리아도 마을에 남겨 두고 싶다는 마음이 드는 것도 사실이긴 하다.

포울의 심정도 충분히 이해가 간다.

"무슨 일이 있어도 나는 장인어른을 위해 싸울 겁니다!"

……모토야스는 무시하자.

"포울이 돌아오거든 한바탕 광풍이 몰아치겠군."

"포울 군……. 실력을 선보여야 할 때네요."

이건 절대로 피해 갈 수 없는 길이다.

자, 과연 포울은 아트라를 저지할 수 있을까?

이렇게 용사들 간의 대화를 마치고, 우리는 봉황에 맞서기 위해 준비를 시작했다.

 **9화 남매 싸움**

사흘 후.

포울이 할망구에게서 모든 걸 전수받고 마을로 돌아왔다.

용사의 부하가 된 녀석들의 성장 속도가 워낙 빨라서, 할망구는 득의양양해하고 있다.

방패 용사의 강화 방법 중에 해당 내용이 있었는데, 혹시 내 영향 덕분일까?

"오라버니! 저도 싸우고 싶어요!"

"안 돼!"

그 뒤로 아트라는 줄곧 포울과 똑같은 문답을 되풀이하고 있었다.

아무리 아트라라 해도, 다짜고짜 포울을 공격해서 꼼짝 못하게 한다거나 하는 생각은 하지 않는 모양이다.

뭐, 그랬다간 내가 절대로 참전을 허락하지 않을 테지만.

그런 녀석은 신뢰할 수 없으니까.

내 목숨과 연관된 일이라면, 아트라는 무슨 일이 있어도 요지부동으로 버티곤 한다.

나에 대해서는 절대지상주의.

여자아이가 자신을 맹목적으로 추종하는 상황을 동경한 적도 있었지만, 이렇게 실제로 그런 녀석을 만나고 보니 그 여자아이가 걱정돼서 견딜 수가 없다.

나는 악인이고 남의 불행을 보면서 웃곤 하는 놈이니, 까놓고 말해, 애초에 그럴 자격도 없는 건지도 모른다.

기꺼이 사지로 뛰어들 노예들을 기르고 있는 악인이 가정을 갖는다니…… 있을 수 없는 일 아니겠는가.

그러니까 나는 포울과 아트라의 문답을 잠자코 지켜보고 있었다.

"이렇게까지 부탁하는데도 안 된다는 거예요?"

"그래, 아트라. 너를 그런 위험한 곳에 데려갈 수는 없어."

"오라버니, 세상에 위험하지 않은 곳은 없어요. 언제 무슨 일이 일어나서 죽을지, 누구도 예측할 수 없으니까요."

"틀렸어. 적어도 여기 있는 한은 안전해."

"……과연 그럴까요? 나오후미 님이 마을을 비운 사이에 냇물에 독을 푸는 녀석이 없을 거라는 보장은 없어요. 갑작스러운 질병 때문에 죽을지도 몰라요. 나오후미 님의 활약을 질투한 자가 마을에 쳐들어와서, 운 나쁘게 제가 말려들지도 몰라요."

참 극단적인 예를 들이대는군.

아무리 그래도 그런 일이…… 일어날 리 없잖아?

냇물에 독을 풀다니…… 도를 넘게 사악한 짓이라고.

나중에 라트와 협력해서 냇가에 정화용 바이오플랜트라도 심어 둬야겠다.

"터무니없는 억지 부리지 마!"

"안전 같은 건 환상에 불과하다는 이야기를 하는 것뿐이에요. 저는 그런 불행으로부터 나오후미 님을 지켜드리고 싶은 거고요! 방금 이야기한 가능성은 나오후미 님에게도 해당하는 이야기예요. 제가 없는 동안에 나오후미 님이 미처 예상 못한 곳에서 날아든 화살에 맞을지도 몰라요."

응? 내가 당하는 것까지 계산에 집어넣는 건가?

억지도 이런 억지가 없군.

여기는 이세계라고. 방패 용사가 화살 하나에 죽을 리가 없잖아.

"저는 더 이상 보호만 받는 존재가 아니에요! 제발 저도 싸울 기회를 주세요."

"안 된다고 몇 번을 말해야 알아들어?!"

"저는 이제 더 이상 약하지 않아요!"

"그 자만심이 위험을 부르는 거라고!"

아아, 나 참…… 계속 문답만 되풀이하고 있잖아.

그렇다고 내가 여기서 끼어들면 상황이 오히려 더 안 좋아질 텐데, 이걸 어쩐다?

너는 나이가 너무 어려서 안 된다고 타일러 봤자, 아트라 말고도 연령이 어린 녀석들이 여럿 싸움에 출전하니까.

……뒷북이지만, 나란 놈은 꽤 사악한 녀석 아닐까?

"이러다가는 계속 평행선만 걸을 것 같은데, 아트라."

"네."

"그럼, 하쿠코의 피를 계승한 자라면, 어떻게 해야 할지는 알고 있겠지?"

포울이 아트라에게 주먹을 겨누며 자세를 가다듬고, 살기를
내뿜는다.

이봐, 뭘 어쩌려는 거야?

"네, 뜻을 이루기 위해서라면…… 제가 가진 힘을 오라버니
에게 보여서 인정을 받는 수밖에 없어요."

"나에게 지면 이 약속은 꼭 지켜야 해. 나는 그걸 위해서 수
련하고 온 거니까."

"저도 두말은 하지 않겠어요. 오라버니에게도 지는 실력으로
나오후미 님을 지켜드리겠다느니 하는 소리를 하는 건 오히려
뻔뻔한 짓이니까요."

그런 논리냐?

그나저나 포울과 아트라의 대결이라면, 전에도 자주 이야기
를 들었던 기억이 난다.

라프타리아와 협력하면 기본적으로 포울이 이긴다고 했던가.

슬쩍 라프타리아 쪽으로 시선을 돌린다.

"포울은 라프타리아의 도움 없이 아트라를 이길 수 있어?"

"세 번 중에 한 번 정도는……. 다만, 쿠텐로에서 벌어진 사
건 이후로는, 세 번 중에 두 번은 이길 수 있게 됐어요."

살짝 불안한 전적이다.

렌 등의 증언으로는 아트라 쪽이 성장 속도가 빠르다고 했지
만, 근성 등의 요소를 고려하면 포울의 승산이 더 클 것이다.

뭐, 포울은 우리와 만나기 전부터 싸움을 겪어 왔으니 경험
의 차가 있는 건지도 모른다.

"그럼 오라버니, 대결이에요."

"좋아."

아트라도 포울에게 손을 겨누며 자세를 가다듬었다.

두 사람의 전투 방식은 상당히 다르다.

포울은 주먹으로 상대를 두들겨 패는 식의 전투 방식을 선보이는 반면, 아트라는 찌르기를 중심으로 한, 뭐랄까, 타격이라기보다는 기를 이용해서 급소를 찌르는 공격이다.

이 싸움에서 아트라의 봉황전 참전 여부가 결정된다.

휘잉 하는 바람이 불고, 바람에 날린 바이오플랜트 잎사귀 한 장이 근처로 날아온다.

그 잎사귀가 땅바닥에 떨어진 순간, 대결이 시작됐다.

"타아아아아아아아아아아아아앗!"

빠르다!

순간, 포울이 눈으로 따라잡기도 버거울 정도의 속도로 아트라 코앞까지 접근해서, 주먹으로 내리친다.

"에잇!"

아트라는 그 주먹에 손을 가져다 대서 궤도를 트는 방식으로 아슬아슬하게 회피해 냈다.

포울의 주먹이 땅바닥에 꽂힌다.

콰쾅 하고 지축이 울리는 소리와 함께, 포울의 주먹이 적중한 곳에 금이 갔다.

"지금이에요!"

포울의 등을 향해서, 아트라가 손을 내리 휘두른다.

"어림없는 짓!"

지면에 닿은 주먹을 축으로 삼아서 물구나무를 선 포울이, 몸을 틀어서 아트라에게 발차기를 날린다.

"칫!"

한 손으로 포울의 발길질을 막은 아트라가 그 위력을 흘리기 위해서 포울의 다리를 축으로 삼아서 몸을 틀고, 착지. 그대로 다시 포울을 향해 손을 내지르자, 이번에는 포울이 물구나무를 선 채로 뛰어올라서 자세를 바로잡고 즉시 몸을 날려 아트라에게 발차기를 날린다.

여기까지 걸린 시간은, 5초.

하쿠코들은 정말 무골 종족이군.

탓 하고 거리를 벌리고, 호흡을 가다듬는다.

"역시 전보다 눈에 띄게 강해졌구나, 아트라. 이 오빠도 자랑스러워."

"한 수 아래로 내려다보는 그 시선, 자만심은 패배를 부르는 법이에요, 오라버니."

"석 달…… 고작 석 달 만에 이런 경지까지 올라온 건 경이적인 일이야. 나도, 아트라도."

"그건 그래요. 석 달이라는, 짧으면서도 긴 시간 동안에 사람이 참 많이 달라지네요."

"아트라는 달라졌지. 살아 있는 게 곧 민폐라면서 한탄하던 예전 모습이 거짓말처럼 느껴질 정도로."

"……지금도 마찬가지예요. 저는 살아 있는 것만으로도 많은 분들께 폐를 끼치고 있어요. 그러니까 제가 폐를 끼친 만큼, 다른 사람이 끼치는 폐를 감당하고 싶어요. 그 대상에는 오라버니도 들어 있어요. 저는 오라버니도 지키고 싶어요."

호흡을 가다듬은 두 사람은, 공방을 펼치면서 대화를 계속한다.

"지금의 저는 안전한 곳에서 위험이 물러나기만 기다리고 있을 수는 없어요. 제 힘으로 나오후미 님이나 오라버니, 이 마을 분들을 지킬 수만 있다면 기꺼이 앞으로 나설 거예요. 나오후미 님이 원하신다면, 나오후미 님이 지키실 몫까지 나서서 지키고 싶어요."

"왜 그렇게까지 저 녀석 편을 드는 거냐!"

"오라버니는 알고 계시지 않나요? 나오후미 님께는 끝을 모를 무언가가 있다는 걸."

"......."

양쪽 모두 서로에게 결정타를 먹이지 못한 상태에서, 치고받는 공방전을 벌이고 있다.

두 사람 모두 상당히 빨라서, 구경꾼들은 눈으로 쫓기에도 벅찰 정도다.

"어머나, 화끈하게 싸우는걸~."

"굉장해....... 바깥세상 사람들은 저렇게 빨리 움직일 수 있구나."

사디나와 실디나가 나란히 감상을 늘어놓는다.

너희도 만만치 않지만 말이지.

간밤에 사디나가 실디나를 뭔가 화나게 했는지, 이 둘은 쿠텐로에서 있었던 싸움을 방불케 하는 싸움을 벌였었다.

"실디나."

"루프트…… 왜 그러니?"

루프트가 실디나 옆에 와서 말을 건다.

참고로 루프트도 이제 조금씩 레벨업 중이다.

조금 키가 자란 건가? 라프타리아만큼의 변화는 없다.

"뭔가 굉장한 싸움이네. 실디나…… 나도 저 정도로 강해질 수 있을까?"

"저런 건 루프트에게 안 맞을 것 같아."

"맞아. 루프트는 되도록이면 근접전만으로 싸우는 건 피하라고 말해주고 싶은걸."

"그런데 방패 형, 저 둘은 왜 저렇게 싸우는 거야?"

"앞으로 시작될, 봉황이라는 괴물을 상대로 한 전투에 참가할지 아닐지를 두고 시합을 벌이고 있는 거야."

"그, 그렇구나. 나도 해야 해?"

"루프트가 참전하는 건 내가 허락 못해. 레벨도 낮고…… 이런저런 사정상 말이지."

루프트는 라프타리아가 쿠텐로의 천명 자리 계승을 거부했을 경우에 대한 보험으로 남겨두고 싶다.

나중에 성장한 후에 돌아가면, 동일 인물이라 생각하는 사람도 없겠지.

개명해서 이전 천명을 빼닮은 먼 친척이라고 우길 생각이다.

"그렇구나……. 하지만 그 기분도 어렴풋이 이해가 가. 저 두 사람의 얼굴에, 다른 누군가를 위해 싸우고 싶다고 쓰여 있는걸."

"흐음……."

루프트의 말에 동의한다. 믿음직하기는 하다.

렌과 이츠키도 어떻게 대처해야 좋을지 고민하고 있는지, 각자 무기를 꽉 움켜쥔 채 싸움을 치켜보고 있다.

객관적으로 보면 내 생각도 그 둘과 별반 다를 게 없을 것이다.

모토야스는 포털의 위치를 잡기 위해서 마을을 떠나고 없다. 있었더라도 별 관심은 안 보였겠지만.

"아트라, 네 결의는 충분히 이해했어. 하지만 그래도 나는 인정할 수 없어. 이제 슬슬 승부를 결정짓도록 하지!"

포울이 팔을 앞으로 내뻗고, 의식을 집중한다.

"우오오오오오오오오오오오오오오!"

파팟 하고, 포울이 수인 형태로 변신한다.

그것만으로도 포울의 능력이 껑충 뛰어오른다. 지금까지는 전력을 다한 게 아니었던 모양이다.

"네……. 물론 그러시겠죠. 하지만 오빠의 인정을 받을 수 있도록, 저도 본격적으로 싸우겠어요!"

양쪽 모두 변환무쌍류의 무쌍활성을 발동시킨다.

공기가 진동하는 것 같은 느낌이 들었다.

그리고 그 주위에 있는 자들은 살기에도 종류가 있다는 걸 실감했다.

포울의 살기는 야생의 짐승이 내뿜는 것 같은 살기다. 뜨겁게까지 느껴지는, 열기와도 같은 기운.

반면에 아트라가 내뿜는 살기는…… 싸늘한…… 냉혹한, 인간이 아닌 다른 무언가가 내뿜는 기운처럼 느껴졌다.

상대를 짓눌러 버리는 열기와, 상대를 처단하는 싸늘함.

양측의 전력을 다해 충돌하는 순간을, 구경꾼들은 마른침을 삼키며 지켜본다.

"변환무쌍류 권기(拳技)! 타이거 브레이크!"

포울의 기가 부풀어 오른다. 그리고 아트라를 향해 주먹을 내뻗었다.

"끄윽!"

포울의 주먹이 아트라에게 명중할 때마다, 기가 아트라의 몸을 관통해 지나간다.

아트라를 관통한 그 기는 마치 호랑이 같은 모습으로 방출되고 있다.

'점(点)'의 응용, 방어 무시에 중점을 둔 복합기다.

단순한 위력 자체도 강력하기에, 아트라 입장에서는 일반적인 '점'에 대처할 때보다 무효화하기가 훨씬 힘들 것이다.

뭐, 나라면 어떻게든 대처할 수 있겠지만.

'점'은 방어 무시와 방어력 비례 공격이라는 면에 특화된, 기초인 동시에 진수.

하지만 지금 저 공격은 방어 무시에만 힘을 쏟고 있어서, 방어력 비례 효과는 없다.

게다가 내부를 돌아다니는 기의 흐름을 밖으로 흘려 내보내는 것을 전제로 하고 있다.

요컨대 '깎아내는 기술'인 것이다.

격투 게임으로 치면 상대의 기력 게이지를 깎아 내는 타입의 기술이라고나 할까.

"아직 더 남았어! 타이거……."

응? 아트라에게서 나오던 기가 포울의 손으로 돌아가서, 힘을 증폭시켰잖아?

그런 사용법도 있었던 거냐.

"러시!"

포울이 아트라에게 연타를 날린다.

그 공격 하나하나가 아트라에게 명중할 때마다, 퍽퍽 하는 충격에 공기가 미세하게 진동했다.

흙먼지가 일고, 연타를 마친 포울이 백스텝을 밟아서 아트라에게서 떨어진다.

"어떠냐!"

이건 좀 지나친 거 아니야?

주위 모든 사람들이 그렇게 생각했겠지만, 나는 똑똑히 봤다고.

"역시 오라버니시네요."

여기저기 얻어맞은 흔적이 역력했지만, 아트라는 쓰러지지 않았다.

"큭……."

도리어 포울 쪽의 자세가 무너져 있었다.

"공격이 명중하는 순간, 저는 세인 씨에게서 배우고 나오후미 님과 함께 수련한 기술을 썼답니다."

아트라는 손 앞에 '벽'을 출현시킨다.

"말하자면, 오라버니는 아주 단단한 벽을 주먹으로 후려치고 있던 거나 마찬가지였어요. 그 틈을 타서 오라버니의 가슴에 조금씩 찌르기 공격을 날렸죠."

그렇군. 그냥 순순히 맞고만 있었던 게 아니었다──라는 건가.

범위 방어를 위해 습득한 기술이었는데, 포울처럼 맨손 공격을 주로 쓰는 자를 상대로 꽤 큰 효과를 발휘하는 모양이다.

요즘은 글러브를 착용하는 경우도 늘었지만, 포울은 여전히 맨손을 선호한다.

애초에 여동생을 상대하면서 진짜 사력을 다해서, 게다가 글러브까지 끼면서 패지는 않겠지.

그나저나 그렇게 고속으로 퍼붓는 공격의 틈새를 누벼 가며 찌르기 공격을 날리다니, 아트라도 정상은 아니군.

"역시 아트라는 대단해. 나를 이렇게까지 궁지에 몰다니."

"오라버니도 만만치 않아요. 쿨럭!"

그러고 보니 아트라도 피를 토하고 있다.

공격을 전부 다 막지는 못해서, 일부가 명중한 모양이다.

"이번엔 제 차례예요. 자, 오라버니도 보이실 텐데요?"

아트라의 손 위에 기로 만들어진 구슬이 있고, 그것이 부풀어 올라서 호랑이를 가둬 버린 상태임을 알 수 있었다.

"내 기가……."

"네. 오라버니가 저를 향해 내쏜 기예요. 완전히 다 흘려 보내지는 못했지만, 그것들은 이렇게 가둬 뒀죠. 자, 이제 제가 어떻게 할지 아시겠죠?"

아트라는 순간적으로 포울에게 접근해서, 구슬을 복부에 명중시킨다.

보아하니 모아들인 기를 단순히 되돌리는 것은 아닌 모양이다.

에클레르나 리시아가 즐겨 사용하는 '점'과 비슷하다.

카운터 기술인 '옥'에 공격력을 얹어서 되쏜 느낌이랄까.

이름을 붙여 본다면······.

"아직 임시 이름이긴 하지만, 옥점(玉点)이라고 부르도록 하죠."

그러나── 그 순간, 포울은 아트라를 향해서, 응축된 기를 집약시킨 주먹을 꽂아 넣었다.

"변환무쌍류 권기! 타이거 블로!"

두 사람의 충돌에 의한 충격파가 부풀어 올라서, 흙먼지를 일으킨다.

그 흙먼지에서 두 사람의 그림자가 뛰쳐나오더니, 양쪽 모두 빙글빙글 돌면서 나동그라졌다.

"아──윽······."

"으······."

두 사람 모두 땅바닥에 몸을 맡겼다.

그만큼 강력한 공격이다. 어느 한쪽이, 혹은 두 사람 모두 전투 불능 상태가 됐을지도 모른다.

나는 두 사람의 스테이터스를 확인한다.

양쪽 모두 죽지는 않았다. 하지만 상당히 체력이 감소한 상태다.

굳이 따지자면 아트라 쪽이 약간 불리하다.

"기본기만 가지고 이 정도까지······."

"기초적인 기술인데, 그것만 가지고 저런 경지까지 선보이다니, 상당한 재능이라고 하십니다."

방관하고 있던 세인이 내 근처로 다가와서 말했다.

"그러게 말이야. 저 정도면 아예 다른 기술이라고 해도 과언
이 아닐 정도야."

몸속으로 침입해 온 기를 유도해 모으고 응축해서 상대방에
게 되쏘아서 폭발시키다니, 나는 절대로 못 한다.

"으윽……."

아트라가 비틀비틀 일어선다.

포울 역시 마찬가지로 일어섰다.

그리고…… 포울이 쓰러질 뻔했다가 가까스로 버텨낸다.

아트라 역시 크게 휘청거리면서 앞으로 고꾸라지듯――.

"아트라, 오빠가 이겼어."

"안, 끝났어요."

쿵 하고 힘차게 대지를 딛고 버텨 서서, 아트라는 포울을 향
해 내뱉듯 말한다.

"말도 안 돼……. 이미 서 있는 것도 버거운 상태일 텐데."

"오라버니……. 절대로 물러설 수 없는 싸움을 할 때, 오라
버니는 맥없이 쓰러지시나요?"

"……아니."

"그럼, 할 일은 하나뿐이겠죠. 오라버니도 마찬가지일 터."

"……맞아. 이번 공격이 마지막이다."

비틀거리는 아트라를 향해, 포울이 주먹을 겨눈다.

그런 포울의 발걸음이 수상하다.

이번 공격이 마지막이라. 어느 한쪽이 죽는다는 식의 전개처

럼 보이는데, 괜찮을까?

파도가 오기도 전에 사망자가 발생하면 좀 불안한는데…….

응? 렌이 나를 향해 말을 꺼냈다.

"나오후미, 잘 봐. 우리가 아트라가 포울보다 강하다고 한 이유를, 지금부터 보게 될 테니까."

"뭔데?"

나는 평소에, 아트라가 온 힘을 다해 싸우는 모습은 별로 본 적이 없었다.

그래서 그게 뭔지 알 수 없었지만, 렌과 이츠키는 알고 있는 모양이다.

"후우…… 하아……."

아트라가 주위의 기를 모아들인다.

뭐지? 아트라의 상처가 조금씩 아물어 가는 것처럼 보이는데.

"그래, 저 애는 전투 중에 스태미나를 회복할 수 있어. 그렇기에 싸움이 장기화되면 장기화될수록, 싸우는 상대방이 불리해질 수밖에 없지."

뭐 그런 전투 능력이 다 있어? 그런 기능은 대체 어느 틈에 습득한 거냐.

그러고 보니 포울도 비슷하게 호흡을 가다듬고 있긴 하지만, 그건 어디까지나 체력을 회복시키는 정도에 불과해 보인다.

변환무쌍류란 참 심오한 무술이라니까!

"에에에에에에잇!"

아트라가 포울을 향해 손을 내뻗으며 돌진했고, 포울도 주먹을 휘둘렀다.

쾅쾅 하는 소리와 함께, 양측의 공격이 명중한다.

그리고…… 두 사람 모두 움직임을 멈추었다.

나는 완전히 침묵에 빠진 두 사람에게 다가가서, 상태를 살핀다.

두 사람 모두, 선 채로 기절해 있었다.

용케도 선 채로 기절을…… 뭐 이런 단순무식한 놈들이 다 있어?

『힘의 근원인 방패 용사가 명한다. 다시금 이치를 깨우쳐, 저 자들을 치유하라!』

"알 쯔바이트 힐!"

나는 범위 회복 마법을 영창해서 두 사람의 부상을 치료해 주었다.

그러자 포울이 먼저 의식을 회복했다.

"하앗! 나는……."

"무승부야. 둘 다 동시에 실신했어."

"그랬군……."

포울은 아직 의식을 회복하지 못한 아트라를 소중히 안아 든다.

"그래서? 아트라는 마을에 남길 거냐?"

"……."

포울은 내 질문에 대답하지 않은 채, 그대로 집 쪽으로 걸음을 내디딘다.

딱히 나를 원망하거나 하는 기색은 없었고, 어쩐지 얼굴에는 웃음 같은 게 서려 있었다.

뭐가 그렇게 기쁜 거냐.

그리고 포울은, 나를 향해 불쑥 말을 건넨다.

"아트라를 이렇게 강하게 만들어 준 것, 고맙다……."

나는 그 떠나가는 뒷모습을 지켜보았고…….

"날 보고 고맙다는데."

라프타리아에게 말을 건다.

그러자 라프타리아는 아련한 눈으로, 떠나가는 포울의 뒷모습을 바라보았다.

"소중한 아트라 씨가 이렇게 훌륭하게 성장한 것에 대한 감사의 마음을, 있는 그대로 나오후미 님에게 전한 걸 거예요."

고맙다는 소리를 들을 만한 행동은 한 적이 없는 것 같은데.

뭐, 나도 라프타리아가 어엿하게 성장한 것을 자랑스럽게 여기고 있고 하니, 그 과정에서 도움을 준 녀석들에 대해 내가 품고 있는 감정도 포울의 감정과 비슷한 건지도 모른다.

"흐음……."

그나저나 최근 아트라의 활약상은 섣불리 무시할 수 없을 정도의 수준이군.

지금도 충분히 강해진 상태지만…… 앞으로도 더 강해질 테니, 용사의 뒤를 잇는 강력한 전력으로 분류해야 할 것 같다.

"실디나, 이 언니들도 질 수는 없지 않겠니?"

"응. 나오후미에게 강한 모습을 보여 줘야지."

"너희가 강하다는 건 이미 아니까, 굳이 보여 줄 필요 없어."

범고래 자매는 이번에도 뭔가 엉뚱한 문답을 주고받고 있다.

"그리고, 있잖아, 나오후미."

실디나가 약간 곤혹스러운 표정으로 나를 부른다.

"뭐지?"

"있잖아, 나오후미가 마을의 필로리알들에게 해 줬으면 하는 말이 있는데."

나와 루프트의 몸이 동시에 움찔 요동치며 반응한다.

으…… 트라우마가…….

"뭔데……?"

이제 필로리알과는 조금 거리를 두고 싶은데…….

"마법으로 하늘을 나는 방법에 대해 질문 공세를 퍼붓는 것 좀 자제해 달라고 이야기해 줬으면 해서."

아…… 그러고 보니 실디나는 마법으로 하늘을 헤엄치듯이 날 수 있었지.

바람 속성 마법을 능숙하게 구사해서 하늘을 나는 셈이니, 날지 못하는 새인 필로리알들이 따라 하고 싶은 충동을 느낄 법도 하다.

혹시나 싶어서 시도해 봤지만, 결과는 실패로 끝났다고 한다.

필로리알들은 성대모사를 잘하지만, 아무리 그래도 바람 마법까지 영창하는 건 어려운 모양이다.

"오직 실디나만 쓸 수 있는 어려운 마법이니까. 이 누나도 살짝 부러운 거 있지?"

"……사디나도 실은 조금 날 줄 알면서."

아, 실디나가 원망 섞인 눈으로 사디나를 쏘아보고 있다.

"하늘을 나는 수준은 아니라구. 번개를 응용해서 자력을 전개하는 것뿐이고, 30초도 못 떠 있는걸."

이봐, 넌 수화 보조를 걸어 주면 범고래 형태로 날 수 있잖아……라는 건 굳이 말하지 않는 편이 낫겠지?

괜히 나한테 불똥이 튈 것 같으니까.

"나도 장기간은 못 난다고 말했는데도, 필로리알들이 '한 번만, 한 번만.'이라면서 등에 태우고 날아 달라고 졸라대지 뭐야. 어쩔 수 없이 태워 줘서 일단 무마시키긴 했지만."

바들바들 떨기 시작한 실디나를 보고, 나는 깊은 동정심을 느끼며 그 어깨에 손을 얹는다.

결국 태우고 날 수는 있다는 거구나. 하지만 매일같이 그 많은 필로리알들을 태워주는 건 곤란하다.

무슨 필로리알 피해자 모임 같군. 그 생물들을 마을에서 추방해 버리고 싶은 심정이다.

"라프 종의 힘을 좀 빌려 볼까."

"응……."

"어째 루프트 씨에 이어서, 실디나 씨까지 이상하게 나오후미 님과 친해진 것 같은 느낌이 드는데요……. 그리고 뜬금없이 라프 종 이야기 좀 끼워 넣지 마세요."

은근슬쩍 실디나를 라프 종 파벌에 끌어들이려 하던 내 의도를 라프타리아가 알아챘다.

"그럼 라프타리아가 그 필로리알들을 설득해 주면 되잖아? 그 마법은 실디나밖에 못 쓰는 거라고."

"우…… 정말로 실디나 씨밖에 못 쓰는 건가요?"

거 봐, 라프타리아도 싫잖아.

"목소리와 의식으로 동시에 영창하지 않으면 불가능하다는 것…… 그걸 알아줬으면 좋겠어."

"하아…… 그럼 설명은 해 볼게요. 필로리알들이 납득할지 어떨지는 모르겠지만요."

날지 못하는 새인 필로리알은 날고 싶다는 욕망이 있으리라.

애초에 실디나의 비행 능력은, 방향치인 그녀가 길을 잃지 않고 주위를 살펴보기 위한 방편이었던 것 같은데 말이지.

그렇게 해서 그날 하루가 지나갔다.

이튿날, 라프타리아와 개별 행동을 하며 액세서리 연구에 몰두해 있으려니…….

"나오후미 님!"

아트라가 포울과 함께 해맑은 얼굴로 나를 찾아왔다.

"무슨 일인데 그래?"

"봉황전 원정 참가를 허락받았어요. 이제 함께할 수 있어요!"

"그래?"

무승부로 끝났었는데, 포울이 허락한 모양이다.

"하지만 위험한 적과 맞서 싸우는 거니까 저도 지금보다 더 강해져야겠죠. 기분도 좋은 참이니, 오늘은 라프타리아 씨와 더 치열한 훈련을 할 수 있을 것 같네요. 그럼 이만!"

아트라는 그렇게 말하고 달려갔다.

나를 끌어안으려고 들 줄 알았는데…… 그만큼 봉황과의 전투에 대해 진지하게 임하고 있다는 뜻이겠지.

"괜찮겠어?"

"괜찮아. 괜히 마을에 두고 갔다가 멋대로 쫓아와서 부상을 당하는 것보단 나아."

"그런 거냐?"

"그런 거야. 내가 아트라를 지켜주면 그만이야. 달라진 건 아무것도 없어."

"아, 그러셔."

결국 포울은 아트라에게 모질게 굴지 못하는 모양이군.

뭐, 싸워서 이기면 마을에 남는다는 조건이었는데 비겼으니 마을에 남으라고 우기기도 힘들긴 했겠지.

포울의 얼굴이 어쩐지 홀가분해 보이는 게 좀 열 받지만, 무시해 두자.

"……."

포울이 어째선지 나를 쳐다보고 있다. 어쩐지, 아트라의 분위기와 비슷한 느낌인데?

"그 눈 좀 집어치워. 어쩐지 꺼림칙해."

포울은 곧 눈매를 풀었지만, 나와 이야기할 때의 태도 속에 아까 그 시선이 이따금 느껴지곤 했다.

그리고 며칠 후.

봉황이 봉인되어 있는 곳으로 출발하기로 한 날을 하루 앞두고 있다.

모토야스와 그 패거리들, 렌, 이츠키와 리시아, 라프타리아와 필로와 필로리알들, 라프짱과 라프 종은 확정 멤버고, 포울, 아트라, 사디나와 실디나, 세인, 라트, 키르, 그리고 마을의 노예들과 마물들 중에서 지원자를 데려간다.

이미아를 비롯해 제조를 전문으로 하는 녀석들은 마을에 남았다.

동행을 강요할 생각은 추호도 없었기에 거듭 주의를 주었다.

"파도는 놀이가 아니야. 나도 너희를 지켜줄 수 있다고 확신할 수 없어. 살아서 돌아오지 못할 수도 있다는 각오가 없는 녀석은 참전하지 마!"

내 말이 잘 전해졌기를 기도하는 수밖에 없다.

그렇다……. 나는 최소한의 피해로 파도를 이기고 싶다.

노예들은 모두 고개를 끄덕였지만, 정말로 이해한 걸까…….

10화 봉황의 땅

여왕은 연합군의 수뇌진으로서 동행하게 되었다.

내가 실트벨트를 방문한 일이나 쿠텐로에서 있었던 여러 가지 일들은 어느 정도 파악하고 있는 것 같다.

눈치가 빠른 녀석이라 다행이라니까.

성 쪽은 메르티에게 맡기기로 한다. 도시 쪽은 대리로 다른 귀족, 메르로마르크에서 키르를 맡긴 적이 있었던 싹싹남에게 맡겼다.

메르티의 호위는 에클레르가 담당하게 된다고 한다.

국가의 전력을 모조리 끌어다 쓸 수도 없는 상황에서, 에클레르 정도면 믿음직한 호위다.

다만 본인은 파도와의 싸움에 참전하지 못하는 것에 대해서 울분을 터뜨렸었다.

제법 실력이 있는 녀석이니 나도 데려가고 싶긴 하지만, 어쩔 수 없다.

뭐, 그래도 결국 뒷일을 부탁한다면서 라프타리아와 악수를 나눴지만.

여왕이 있는 곳에는 일단 쓰레기도 동행하고 있다……. 얌전히 마차 안에 앉아 있는 쓰레기는 예전보다 늙어 보였다.

아트라를 본 뒤로는 줄곧 이런 상태라고 한다.

하긴, 동생과 쏙 빼닮았다는 아트라가 얄미운 내 휘하에 있으니 울분이 치밀 만도 하지.

나를 노려보는 눈매는 지금도 날카롭지만, 아트라가 내 옆에 서 있으면 잠자코 입을 다문다.

그리고, 그런 과정을 거쳐서…… 우리는 봉황이 봉인된 곳에 도착했다.

모토야스가 포털의 위치를 잡아 준 덕분에 바로 현장에 투입될 수 있었다.

일단 현지에 용각의 모래시계가 있었기에, 라프타리아가 귀로의 용맥을 사용해서 메르로마르크와 실트벨트의 병사들 중 일부를 이동시키는 작업을 맡았다.

"여기에 봉황이 봉인돼 있단 말이지……."

우리가 도착한 나라는…… 이렇게 표현하면 좀 그렇지만, 변경의 작은 나라라는 표현이 딱 들어맞는 나라였다.

성 밑 도시에는 어쩐지 중국풍과 비슷해 보이는 의복을 입은 자들이 보인다.

실트벨트와는 취향이 좀 다른…… 중국풍 나라로군. 어디가 어떻게 다른지는 제대로 설명하기 힘들다.

얼핏 보면 똑같아 보이지만 지방에 따라 약간씩 다른, 그런 느낌이랄까.

일본의 역사에 비유하자면 무로마치와 에도 시대 정도의 차이다.

"우선 성으로 갈까요?"

여왕이 일행의 가장 앞에서 걸으며, 성 밑 도시를 안내한다.

여왕도 썩 잘 아는 것 같지는 않으니까, 굳이 힘들게 안내 역할을 떠맡을 필요는 없을 것 같다는 생각도 들지만…….

"어쩐지, 사람이 별로 없네."

그렇다. 어찌 된 영문인지, 이 성 밑 도시는 사람이 드물어서, 면적에 비해 한산해 보인다.

쇠락한 도시 같은 느낌이다.

정말 여기에 성이 있긴 한 건지 의심이 갈 정도다.

"영귀 소동이 있었으니까, 여기에 잠들어 있는 봉황도 곧 눈을 뜰 거라는 말이 퍼져서, 주민들이 도망쳤다나 봐요."

"하긴……."

뭐, 영귀가 봉인돼 있던 지역이 입은 피해를 생각하면 앞다투어 나라에서 도망치는 것도 이해가 간다.

상당한 피해가 발생했다는 소문이 퍼지면 그렇게 되는 게 당연할 테니까.

"그래서? 이 나라의 수뇌진과 이야기라도 하려는 거야?"

"맞아요. 일단은 대표와 이야기를 하게 될 거예요."

"흐응……."

여왕의 안내를 받아 도착한 방에 있는 옥좌에는, 어린 소년 하나가 앉아 있었다.

이 녀석이 대표? 루프트 같은 어린 임금님인가?

처음에는 그렇게 생각했지만, 루프트 같은 앳된 분위기가 느껴지지 않는다. 굳이 비교하자면 메르티와 비슷한 느낌이랄까.

"잘 오셨습니다. 사성용사님과 메르로마르크의 여왕님. 제가 바로 이 나라의 왕입니다."

"으음? 제가 알던 이 나라 왕과는 다른데요? 무슨 일이 있었던 거죠?"

"선왕께서는 보물을 챙겨서, 부하들을 데리고 어딘가로 떠나가셨습니다."

나는 깊은 한숨을 지었다.

봉황과의 싸움에 말려들기 싫어서 내뺐다는 건가. 아주 단단히 썩어빠졌잖아.

"알겠습니다. 그럼 당신이 대표라고 생각하면 되겠죠?"

"일단은 그렇습니다."

"이봐, 여왕."

"왜 그러시는지?"

"이 세계의 왕족들은 왜 다들 이렇게 극단적인 거야?"

"포브레이로부터 유능한 자의 피를 이어받았을 텐데, 비상시가 되니 이런 꼴이라니……."

아니…… 포브레이의 피가 섞여 있으니까 썩은 거 아니야?

쓰레기의 친가잖아?

칠성용사도 만나러 올 기색이 없고, 존재 자체도 의심스럽다.

애초에 칠성용사라는 걸 어디까지 믿어야 할지도 모르겠다.

"그러고 보니 포브레이 쪽에 있다는 칠성용사에게 나한테 오라고 명령했었지? 그건 어떻게 된 거야?"

"여러 번 거듭해서 연락을 취하기는 했습니다만…… 이와타니 님이 실트벨트에서 칠성용사를 자치히는 자와 조우하신 적도 있었으니만큼, 현재 확인 중입니다."

경계를 강화해야겠군.

키즈나 쪽 세계에서도, 권속기 소지자 놈들 중에 엉뚱한 짓을 벌이는 녀석이 있었으니까.

이 문제는 키즈나 쪽 세계만의 문제가 아니었다는 뜻이리라.

"우리는 사성용사님들과 연합군 분들을 환영한답니다. 그리고 사전에 제안하신 대로, 봉황에 관한 자료를 조사해 두었으니 한 번 훑어보시기를 바랍니다."

소년이 그렇게 말하고 손가락을 튕기자, 그림자와 함께 학자가 들어와서 우리를 안내한다.

"그럼 연합군은 성 밑 도시와 그 부근에서 대기하도록 하겠습니다."

"네……."

소년의 표정이 어쩐지 어두워 보인다.

그러고 보니 이 부근의 땅은 황야만이 이어져 있었다.

얼핏 보니 주민들도 약간 야위어 보였었다.

아아, 그러고 보니 세계 단위로 기근이 일어나고 있었지.

내 마을은 바이오플랜트가 있어서 딱히 신경 쓰지 않았지만…… 여기서는 식량을 제대로 확보하지 못한 모양이군.

"그림자."

"부르셨소이까?"

일단 손짓으로 그림자를 불러서, 주머니에서 바이오플랜트 씨앗을 한 움큼 건넨다.

"한동안 여기 머물게 될 거야. 그걸 어딘가에 심어서 식량을 확보해. 그리고 그 김에 이 나라의 식량 창고도 채워 둬."

"알겠소이다."

내 행동을 본 여왕이 깊숙이 고개를 숙인다.

소년도 마찬가지로 고개를 숙였다.

"용사님의 자비에 감사드립니다."

"굶주림에 신음하는 녀석들을 그냥 내버려 뒀다가는, 최종적으로는 내가 곤란해지니까."

나 참……. 이 일대의 식량 문제는 뿌리가 깊은 모양이다.

원정을 위해 가져온 식량이 얼마나 버틸지 좀 걱정되는군.

"오스트처럼 이 나라의 환심을 사려고 시도하는 사역마 같은 건 없어?"

사역마를 자객으로서 상대하는 건 오스트가 떠올라서 괴롭지만, 그래도 영귀인 오스트는 훌륭했었다. 그러니 본격적인 전투에 앞서 봉황의 사역마와도 인사 정도는 해 두고 싶다.

"그런 분은 확인하지 못했습니다만……."

"렌, 이츠키, 모토야스, 너희가 가진 게임 지식 중에 짐작 가는 거 없어?"

"없는데. 게임에서는 온 세계가 힘을 합쳐서 맞서고 있었으니까, 그런 녀석이 있으면 의심을 사게 돼 있었어."

"맞아요."

"없습니다."

오스트가 영귀의 사역마로서 인간으로 변신할 수 있었던 건, 첫 번째 사령이라는 포지션 때문이었던 건가?

흐음. 그렇다면 어떤 의미에서는 싸우기 편하겠군.

"그럼 자료를 좀 훑어볼까."

"네, 여기 있습니다."

우리는 알현을 간결하게 마치고, 안내에 따라 봉황 관련 자료를 모아 두었다는 곳으로 이동했다.

그 전에.

"라프타리아, 필로, 아트라는 연합군 녀석들을 확인해 줘."

"이야기는 이미 해 두었는데요?"

"앞으로도 더 모여들 거 아니야? 그들에 대한 수용을 맡아 줘. 무슨 일 있으면 보고하고."

"아, 네. 알았어요."

봉황 관련 자료를 열람하는 과정에서 라프타리아와 다른 사람들은 딱히 할 일이 없다.

필로에게는 마차를 세워 둘 장소를 확보하고 부근을 조사하도록 지시해 두었다.

그래서 이미 이 자리에는 없다.

맞아, 사기 진작을 위해서 노래를 시키는 것도 좋겠군. 인기 하나는 괜찮은 것 같으니까.

듣기로는 실트벨트 부근에서 우리와 조우하기 전에 메르티와 함께 레벨업을 하러 갔을 때도 각지에서 노래를 하고 다녀서, 나름대로 유명세를 탔다고 한다.

노래로 아군의 사기를 끌어올리는 애니메이션이 있었는데, 그게 정말로 효과가 있는 거였을까?

"……."

그리고 세인은, 최근 들어 항상 주위를 두리번거리며 쉴 새 없이 주위를 경계하고 있다.

"그렇게 긴장할 것 없어."

"하지만——."

"녀석들은 이런 중요한 싸움을 앞두고 있을 때나 싸우고 있는 도중에 출몰할 가능성이 높다고 말씀하십니다."

세인의 사역마인 키르 봉제 인형이 세인의 말을 대변한다.

"주위 정찰을——."

"그런 사태에 대비하기 위해서, 주위를 조사하고 와도 되겠느냐고 말씀하십니다."

"마음대로 해. 다만 너무 긴장하느라 힘이 빠져서 정작 중요한 싸움 때 잠들지 않게 조심하라고."

내 대답에 세인은 고개를 끄덕이고 방을 떠났다.

세인의 말마따나, 이런 때야말로 경계를 강화해야 하겠지.

"나오후미 님."

아트라가 손을 들고 내게 말한다.

"왜 그래?"

"무슨 일이라도 생기면 바로 불러 주세요."

"그래, 세인도 그런 태도였는데, 말 안 해도 그렇게 할 테니까 걱정 마."

나는 아트라에게 대답하고, 봉황 관련 자료를 열람하러 갔다.

 ## 11화 용사의 소실된 일기

서적류에는 피해를 입은 내용이 실려 있었다.

당시에는 상당한 피해가 발생한 모양이었다.

그리고 그때 역시 유일한 희망인 용사가 소환되고, 최종적으로 봉황을 봉인하는 데 성공했다고 한다.

"렌, 모토야스, 이츠키, 너희가 알고 있기로 봉황은 어디에 봉인돼 있지?"

"저 산이에요."

이츠키가 창밖에 보이는 세로로 긴 산…… 꼭 무슨 산수화 속에 나오는 산 같다고나 할까? 그런 산을 가리켰다.

"그래, 저기야."

"그렇습니다. 장인어른, 저기입니다."

"흐음……. 게임 속에서는 어떤 식으로 봉인이 풀렸지?"

"퀘스트 이야기 맞지? 저기에 있는 봉인의 석비에서 되살아나게 돼 있어."

"그렇군."

자료를 열람한다. 봉황을 봉인한 용사가 남긴 일기다.

소환된 뒤로 봉황과 맞서 싸운 후, 수명이 다해 죽을 때까지의 기록이 적혀 있다……고 한다.

그래, 바로 이거야. 선인의 지혜는 큰 도움이 되는 법이지.

옛 용사의 기록을 참고해서 봉황을 처치하면 된다.

오스트의 예도 있으니, 뜻대로 잘 풀릴지 어떨지는 모르지만.

일기에는 이세계에 소환되어, 칠성용사 중 하나인 건틀릿의 용사로 지정된 후로 이어진 싸움의 나날들이 적혀 있었다.

원래 있던 세계가 어떤 세계였는지는 잘 모르겠군.

VRMMO나 초능력 같은 내용은 보이지 않는다. 나나 모토야스가 살던 세계에 가까운 걸까?

어떻게 보면 인터넷 소설처럼 느껴지기도 한다. 실제 경험을 바탕으로 적혀 있다.

짜증 나는 녀석을 해치웠다거나 하는 자랑들이 태반을 차지한다.

하렘 자랑은 집어치워. 재수 없어.

여자아이와의 야한 씬 같은 건 관심 없다고.

동정을 졸업한 기념이니, 제1부인과의 만남부터 관계를 갖기까지의 경위 같은 건 진짜 알 바 아니란 말이다.

제1부인은 소환 때 현장에 있었던 공주라는 모양인데, 내 입장에서 공주는 지뢰다. 본명도 포함해서.

언젠가 붙잡아서 처형해 줘야지. 도대체 어디 숨어 있는 거야, 그 윗치는!

어쨌거나, 나를 비롯해서 이세계인들은 다들 이런 건가?

띄엄띄엄 넘겨 읽다가는 중요한 부분까지 넘겨 버릴 것 같았기에, 찬찬히 읽는다.

빨리 유용한 정보가 나오면 좋으련만.

애초에 이런 내용을 후세에 남기다니 이 녀석은 대체 생각이 있는 거냐, 없는 거냐…….

가능성을 생각해 보자면, 정말 말 그대로 일기인가?

일본어로 적혀 있는 만큼 이 세계 녀석들은 기본적으로 읽을 수도 없으니, 그럴 가능성이 높을 것 같다. 그렇다면 각색이 좀 들어가 있을 것 같군.

적어도 본인은 후세에 남길 생각은 없었을 거라고 생각하고 싶다. 만약에 의도적으로 남긴 거라면 이런 꼴사나운 자서전도 없을 거다.

렌도 미묘한 표정으로 쳐다보고 있다.

모토야스는…… 미도리를 시켜서 읽게 하고, 뭘 하고 있는 거지? 세 마리의 깃털을 만지작거리고 있다.

그나저나, 미도리도 읽을 수 있는 거냐? 하긴, 제일 똑똑해 보이기는 하니까.

이츠키는 담담하게 읽고 있군. 뭔가 발견하면 말을 걸겠지만.

그나저나 이 자서전…… 빨리 봉황에 대해서 가르쳐 달라고.

그렇게…… 읽어 나간 끝에, 결국 끝까지 다 읽긴 했는데.

정작 중요한 봉황과의 전투에 대한 부분이나 사령에 관련된 사건, 그 외에 파도에 관한 권만이 부자연스럽게 빠져 있다.

클래스업 방법이나 강화 방법에 대해서도 알 수 있었으면 좋았으련만.

"어이, 정작 중요한 부분이 없잖아?"

"현존하는 자료는 여기 있는 게 전부입니다."

또냐……. 걸레가 되다시피 한 책을 힘들게 다 읽었는데, 이게 어떻게 된 거란 말이냐.

설마 누군가 의도적으로 삭제한 건 아니겠지?

그렇게 투덜거리고 싶은 충동이 일 만큼 중요한 부분만 쏙 빠져 있다.

"과거 이 지역에서 전쟁이 벌어진 적이 있었는데, 그때 타 버렸습니다."

"용케도 중요한 부분만 쏙쏙 골라서 태웠나 보군."

"죄, 죄송합니다……."

학자가 사과하면서, 자료를 재확인하고 설명한다.

"나오후미 씨, 쿠텐로를 주름잡고 있던 마키나 같은 분이 있었다고 생각하면, 분실된 것도 이해가 갈 것 같아요."

이츠키의 말에 나도 동의한다.

"그러게 말이야."

이 세계에서는 어디에서나 들끓고 있는 건가? 서적이나 역사 자료 파괴를 획책하는, 그런 녀석들이.

"자료는 이게 끝입니다. 사본이 딱 한 점만 남아 있었지요."

그렇게 말하며 학자가 건넨 종이 다발.

이건 사본이 아니라 '다발' 차원이잖아. 게다가 구멍이 숭숭 뚫려 있다.

아, 봉황 관련 기술이 띄엄띄엄 보인다.

봉황의 목적은 ·····을 통해 ·······의 저지다.

종말의 파도 때는 봉인할 수 없다.

그리고 처치할 경우에는 두 마리를 동시에 ‥**지 않으면**

‥‥‥‥‥.

공격 패턴을 남──

여기까지는 읽었지만, 어차피 사본에는 한계가 있는 법. 중간부터 일본어로서의 체계가 무너져서 이해할 수 없는 지경이 되고 말았다.

위의 내용도, 다른 용사들과 의논해서 가까스로 읽어낸 내용에 불과하다.

공격 패턴을 통해 적의 움직임을 예측할 수 있는 부분이 사라지다니, 지금 장난하자는 거냐?

누구냐, 이런 중요한 책을 허술히 보관한 녀석은.

"목적은 영귀나 키즈나 쪽 세계에서 접했으니 이미 알고 있어. 파도에 의한 세계 융합을 저지하는 거겠지."

"어느 쪽의 방식이 옳은 건지 모르겠군."

"맞아. 오스트나 키즈나 일당과 만나지 못하고 싸웠더라면, 끝까지 진상을 몰랐겠지."

어찌 됐건, 결국 공격 패턴 해석은 불가능한 건가.

"다음은 과거의 용사님이 남긴 벽화가 있으니, 그쪽을 확인해 주시면 감사하겠습니다."

"그래."

우리는 영귀 위의 마을에 있었던 것 같은 벽화를 기대하면서, 영귀 때와 마찬가지로 관광지화되어 있는 사원으로 발걸음을 옮겼다.

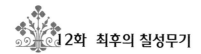 ## 12화 최후의 칠성무기

"어째 연합군 녀석들이 줄을 서 있잖아."

벽화가 있는 사원으로 들어가려 했을 때, 정문, 아니, 조금 떨어진 건물 앞에 병사들이 대열을 이루고 있는 것을 발견했다.

돌아다니면서 줄을 선 사람들에게 물건을 파는 장사꾼이 있는 것 같은데…… 봉황과의 전투가 코앞인데 장삿속 한 번 대단하군.

"저기도, 나중에 용사님들께 보여드리고 싶은 곳입니다."

"흐응."

그럼 굳이 지금 자세히 물어볼 필요는 없겠군.

지금 우리에게 중요한 건 봉황에 대한 대처법이다.

그 벽화에는 우리만이 알 수 있는 내용이 그려져 있을 가능성이 높다.

이 세계 녀석들 눈에는 단순한 무늬처럼 보일지도 모르지만, 우리 세계에서는 문자로서 성립되는 것도 있을 테니까.

그렇게 해서 우리는 사원에 발걸음을 들여놓았다.

역시 원래는 전설의 용사를 추종하는 관광 명소였다고 한다.

석조 사원 안을 걸어간다. 뭔가 위엄 있는 분위기가 느껴지는군.

걸을 때마다 발소리가 또각또각 울려 퍼진다.

그리고 승려처럼 생긴 녀석이 맞이해 준다……. 그런데 복장은 신부 같잖아. 중국식과 서양식의 혼합인가?

촛불의 불빛이 어두운 사원을 비춘다.

사원 안에는 봉황의 모습을 본뜬 조각상이 여기저기 장식되어 있다.

어둠침침하기도 해서, 뭐랄까…… 나도 모르게 긴장이 된다.

"그래서? 용사가 남겼다는 그 벽화는 어떤 거지?"

벽에는 오래된, 문자인지 뭔지 알 수 없는 무늬며 마야 문명의 벽화 같은 그림이 그려져 있는 등 통일성이 없다.

속아서 이상한 관광지에 끌려온 것 같은 기분이다.

"이쪽입니다."

승려의 안내를 받아 간 곳은 사원 가장 안쪽에 있는 거대한…… 벽화였다.

그런데…… 너무 어둡잖아. 전모가 제대로 보이지 않는다.

"너무 어둡네요. 퍼스트 그로우 파이어."

여왕이 마법의 불빛을 켜서 어두운 실내를 비춘다.

거기에 나타난 것은, 분명 봉황에 대해 기록한 대형 벽화였다.

용사가 그린 건지 어떤 건지는 모르겠지만, 두 마리의 커다란 새가 일대를 불바다로 만드는 그림이 첫 번째 그림인 것 같았다.

공격 수단은 날갯짓을 할 때마다 몰아치는 화염 폭격과, 발톱에 의한 찢어발기기 공격인가?

봉황의 모습은 공작을 기반으로 해서, 거기에 비늘을 씌운 것 같은 새다.

꽁지깃은 물고기처럼 생겼고…… 꼬리도 있는 건가?

색깔은 내가 가진 이미지와는 약간 달랐다. 빨간색만이 아니라 오색이 뒤섞인 봉황과, 그와 반대되는 색조의 봉황, 이렇게 두 마리가 돌아다니는 모습이 벽화로 그려져 있다.

다만 워낙 오랜 세월이 흘러서인지 벽화의 파손도 상당히 심하다.

그리고 봉황의 공격 수단은, 벽화를 살피는 동안에 눈에 들어오기 시작했다.

우선 한 마리가 고고도에서 마법이나 날갯짓으로 폭격을 퍼붓고, 다른 한 마리가 저고도에서 화염을 토해 내거나 발톱으로 찢어발기거나 날갯짓을 이용해서 숨통을 끊는 전법으로 공격하는 모양이다.

물론 그림책의 그림 같은 벽화를 보고 어렴풋이 상상한 것일 뿐이지만.

"제법 성가신 공격을 하는 것 같군."

화염에 불살라진 생물은 타오르면서도 좀비처럼 배회하는 성질이…… 있는 모양이다.

그러고 보니 영귀에게도 비슷한 능력이 있었지.

그 밖에 날갯짓을 할 때 빠진 깃털은 그 자체가 공격이 되는 동시에, 사역마를 만들어내기도 하는 것 같다.

뭐 이런 성가신 공격 수단들을 다 갖고 있단 말인가?

다만 건물과 크기를 비교해 보면 영귀만큼 거대하지는 않은 모양이다.

그래도 경이적인 크기이기는 하지만.

한 마리 한 마리의 크기는 아버지 가엘리온의 환생 전 형태보다 조금 큰 정도 같군.

그런 게 두 마리다.

"렌, 봉황의 공격 방법은 네가 알고 있는 것과 일치해?"

"그래, 일단은 말이지……. 다만 브레스는 없었어."

"제 쪽에서도 못 보던 공격이 있는 것 같아요. 날갯짓으로 사람을 거세게 날려 버리는 공격이나 회오리 소환 같은 거 처음 봤어요."

"장인어른, 저도 처음 보는 게 있습니다. 사역마 소환 말입니다."

역시 게임과 현실은 차이가 있다는 거군.

그나저나 이건 매번 생각하는 거지만, 마치 고의적으로 파먹은 것처럼 다른 사성용사들이 가진 정보에 결함이 있다. 어중간한 지식이 있으면, 딱히 이 녀석들이 아니더라도 착각할 수밖에 없을 것 같다.

만약에 나도 이들과 같은 상황이었다면, 나도 영귀를 처치하지 못하고 끝났을 것이다.

그리고 봉황의 공격 중에 경이적인 게 하나 있었다…….

한 마리가 쓰러지고, 다른 한 마리가 부풀어 오른 그림이다.

그다음에는 부풀어 오른 한 마리가 파열돼서 거대한 폭발로 주위 일대를 초토화시키는 그림이 그려져 있다.

용사는 이 공격을 당하고 한 번 후퇴했었던 모양이다.

그 퇴각 모습이 그려져 있다.

이 정도면 처치한 것 아닌가?

그렇게 생각했지만 폭발 그림을 찬찬히 확인해 보니, 파열되는 동시에 두 마리로 분열됐음을 알 수 있었다.

이 그림을 통해 추측할 수 있는 건 한 마리가 쓰러지면 다른 한 마리는 자폭한다는 것이다.

그리고 자폭과 동시에 두 마리로 분열되고, 재생한다.

영귀 때는 쿄가 얽혀 있었기에, 토벌 조건을 충족시켜도 처치하지 못했었다.

보아하니 이번에는, 한 마리만 처치했다가는 다른 한쪽이 강력한 반격을 하는 동시에 재생하게 되어 있는 모양이다.

꼼꼼하게도, 재생한 봉황 그림 주위에 작은 별 무늬까지 흩뿌려 놓았다.

우리의 감각으로 보면 새 물건임을 나타내는 표현이라 짐작할 수 있었다.

그다음 벽화는 금이 가 있어서 알아보기 힘들었지만, 두 마리를 동시에 처치해야 한다는 의미로 추측되는 내용이었다.

"두 마리를 동시에 처치해야 하는 모양이군. 실패하면 가장 강력한 자폭 공격 후에, 다시 두 마리로 재생하는 것 같아."

"역시…… 게임과는 달라. 게임에서는 두 마리가 HP를 공유하고 있어서, 한쪽을 쓰러뜨리면 두 마리를 다 처치할 수 있었어."

"자폭 공격이라……. 게다가 재생 옵션까지 붙어 있다니, 제법 골치 아프네요."

이츠키는 표정도 없고 말투도 국어책 읽는 말투라 의욕이 안 느껴지는군.

　말하는 내용으로 봐서는 진지하게 분석하고 있는 것 같기는 하지만.

　"게다가 한쪽은 항상 고고도에 있으니, 밑에 있는 녀석에게로 공격이 치우치기 십상이겠어."

　부활한다는 점이 성가시기 짝이 없다.

　"그럼 이츠키와 니는 고고도에 있는 쪽을 노릴 테니, 장인어른과 렌은 저고도 쪽에 대처하는 방향으로 하는 건 어떻겠습니까?"

　뭐, 이츠키와 모토야스는 원거리 적을 상대로도 싸울 수 있고, 나는 방어 전문이니까.

　그리고 렌은 근접전이 전문이니 충분히 일리 있는 작전이기는 하다.

　"뭐, 그런 식이 되겠지. 이츠키와 리시아는 무기의 성질상, 모토야스와 함께 고고도에 있는 적을 맡아 줘야겠어."

　"네."

　"연합군은 어떻게 할까요?"

　용사들의 힘만 가지고 처치할 수 있는 적이라면 좋겠지만, 아무래도 그럴 자신이 없단 말이지.

　연합군도 참전한다면 활용하는 게 좋겠지.

　그렇다면 고려해 볼 수 있는 활용 방안은,

　"원거리 공격이 가능한 녀석들…… 그러니까 활을 다룰 줄 아는 녀석들, 그리고 마법을 쓸 줄 아는 녀석들은 고고도 쪽을, 그 이외의 녀석들은 저고도 쪽을 공격하는 작전으로 가자. 이

부분의 작전이나 대열에 대해서는 여왕을 중심으로 의논하도록 해."

뭐, 가능한 범위 안에서 최대한으로 강화한 용사가 넷 모두 모여 있지 않은가. 이번에는 낙승으로 마무리 짓고 싶다.

아직 모르는 요소가 아직 더 남아 있었고, 또 악연과 마주치거나 한다면 고역이겠지만.

그리고 이번에는 상대의 공격 패턴도 어느 정도 알고 있으니, 대책을 세우기도 용이하다.

물론 과거의 기록이 100% 정확하다는 보장은 없으니, 일단 만약의 상황에 대한 대비도 소홀히 하지 않도록 주의해야겠다.

"알겠습니다. 훈련은 어떻게 하면 좋을지요?"

"글쎄……. 날 수 있는 녀석이 봉황 역을 맡고, 대열을 짜는 훈련을 하면 어떻게든 되겠지."

"알았습니다. 그럼 지금부터 연합군과 합동으로 봉황전 대비 훈련을 실시하겠습니다. 용사님들의 협조를 부탁드리겠습니다."

"그래."

"맡겨만 주시면 됩니다."

"열심히 할게요."

우리는 그러려고 여기에 있는 거니까.

목표는 희생자 수를 최대한 0에 근접하게 줄이는 것이다.

그게 최선이다.

"그럼 아까 지나온 그 사원을 보러 가시지요."

봉황 벽화 관찰을 마친 우리를 여왕과 이 나라의 중진이 안내한다.

"거기에는 뭐가 있지?"

"현재 소지자가 선정되지 않은 마지막 칠성무기가 있지요."

"호오……"

그거 흥미가 당기는데.

"왜 사람들이 그렇게 줄을 서 있는 거지?"

"용사님들이라면 짐작이 가지 않으십니까?"

하긴…… 대충은 상상이 간다.

라프타리아가 선택받았을 때도 비슷한 상태였었다.

칠성무기는, 이 세계 사람도 소지할 수 있는 가능성이 있는 전설의 무기라고 한다.

물론, 이세계에서 소환된 녀석도 손에 넣을 수 있다고 하지만.

내가 바로 칠성용사가 되겠노라고, 봉인된 무기를 손에 넣겠다면서 줄을 서 있는 것이리라.

이렇게 인기가 좋다면 장사에도 써먹을 수 있을 것 같은데.

한 번에 은화 한 닢 정도를 받는 식으로…… 이 세계는 용사 숭배가 만연하니까 그런 상술은 오히려 반발을 부르려나?

기나긴 줄 옆을 지나서 사원 안쪽으로 향한다.

그랬더니 줄의 끝, 사원 한가운데 있는 벽 같은 비석에 박힌 칠성무기가 보인다.

줄 가장 앞에 선 녀석이 그 무기에 손을 대고, 빼내려고 시도하고 있다.

"끄으으응……"

연합군 병사인 그 녀석이, 얼굴이 새빨개진 채 필사적으로 빼내려 애쓴다.

"자, 다음."

도전자는 기운 없이 어깨를 축 늘어뜨린 채 줄을 빠져나와서, 왔던 길을 되짚어 돌아간다.

……선택받는다는 게 그렇게 기쁜 일인가?

방패 용사로 선택받는 몸이 된 나는, 선택받는다는 것의 고통을 잘 알고 있다.

오히려 평범한 너희야말로 행복한 거 아니야? ──이제 와서 이런 생각을 하는 건, 아마 내가 나밖에 모르는 거만한 녀석이기 때문이겠지.

그런 생각을 하면서 칠성무기를 확인한다.

……건틀릿이다.

생김새만 보면 상당히 심플한 건틀릿이다. 글러브라고 해도 과언이 아닐 정도다.

스몰 실드 같은 심플함이 느껴진다.

건틀릿 중심부에는 역시 보석 같은 게 박혀 있다.

용사의 무기는 대개 이런 게 박혀 있는 거겠지. 초기의 건틀릿은 이런 모양인가 보군.

"이게 마지막 칠성무기란 말이지?"

"네."

그러고 보니 봉황을 봉인한 칠성용사는 건틀릿의 용사였다는 모양이니, 건틀릿이 이 지역에 있다 해도 이상할 건 없으려나?

그런 식으로 따지면 영귀가 봉인됐었던 도시에도 칠성무기가 있었어야 한다는 이야기가 되는데 그 점은 어떻지?

"이봐, 여왕, 이 건틀릿은 왜 여기에 있는 거지? 포브레이가 회수하러 오지 않는 이유가 따로 있는 거야?"

"이 나라도 옛날에는 엄청난 번영을 누렸으니까요. 건틀릿 용사의 전설 덕분에."

"그럼 영귀 쪽은?"

"타국에서 찾아온 용사가 봉인했다고 전해집니다."

"그런 거였군."

그렇다면 봉황은 비교적 최근의 전설이었던 건가?

뭐, 꼬치꼬치 캐묻는 것도 귀찮으니까 그냥 넘어가자.

"그 이후로 여기서 새로운 소지자를 기다리고 있다는 거군."

"네. 이 나라에 온 방문객들은 대부분이 이 건틀릿을 보러 오는 것이지요."

"호오……."

내 수하 노예들에게도 도전시켜 봐야겠다.

만약에 아트라 같은 녀석이 손에 넣는다면 웃기겠는데.

자질은 뛰어나니 손에 넣을 수 있을지도 모르겠지만…….

"이 줄은 언제 끊기지?"

"개방되어 있는 낮 동안은 계속 줄이 늘어서 있습니다."

끝내주는데……. 아주 인기 폭발이잖아.

"세상이 워낙 난세니까요. 내가 칠성용사가 되겠노라고 도전하는 모험가들도 많지요."

"그럼 말이야, 무리인 줄은 알지만 부탁 하나 하고 싶은데. 밤에 내 부하들을 도전시켜 보면 안 될까?"

"교섭해 보겠습니다. 이와타니 님과 용사님들께서는 모의전이 시작될 때까지 자유롭게 행동하셔도 됩니다."

여왕은 국가의 중진들을 데리고 성 쪽으로 떠나갔다.

그 결과, 밤에 특별히 내 휘하 노예들에게 우선적으로 도전 기회를 주겠다는 허가가 나왔다.

역시 부탁해 보길 잘했어.

마을에서 데려온 노예들을, 건틀릿의 칠성무기가 있는 사원으로 데려왔다.

"헤에……. 이게 건틀릿의 칠성무기란 말이지?"

키르가 약간 흥분한 기색으로 석비에 박혀 있는 건틀릿을 보며 묻는다.

"낮에 보니까 사람들이 엄청나게 많이 줄을 서 있던걸요."

라프타리아도 봤던 모양이다.

내가 바로 용사가 되겠다는 식의, 영웅에 대한 동경은 어느 세계나 마찬가지인가 보다.

바위 같은 곳에 박혀 있는 전설의 검 같은 이야기는 누구나 좋아한단 말이지.

물론 나도 좋아하고.

그러고 보면 라프타리아는 마침 그런 검이 있는 곳에 있다가, 어쩌다 보니 도의 권속기 소지자가 됐었다.

"나오후미 님의 방패와 비슷한 힘이 느껴져요."

아트라도 포울과 함께 얼굴을 칠성무기 쪽으로 향하고 있다.

일단은 이 둘이 에이스다. 가능성을 따지자면, 상당히 유력

하다고 본다.

"그래? 그렇다면 진품이 맞겠군."

만약에 이게 단순한 장식품이었다면 도전자들이 허무했을 것이다.

실패하고 풀 죽었던 게 억울하게 견딜 수 없었겠지.

뭐, '나를 선택하지 않은 칠성무기는 가짜일 게 분명해!' 라느니 하는 공허한 발악을 하는 것도 인간의 본성 중 하나겠지만.

"어쨌거나, 특별히 너희에게 우선권을 줘서, 평소에는 닫혀 있는 밤 시간에 도전할 수 있는 기회를 얻은 거야. 다들 도전해 보라고."

""""네에!""""

대답 하나는 우렁차군.

그다지 기대도 안 했지만, 선택받을 녀석이 있을 것 같지가 않다.

"필로는~?"

"건틀릿을 끼고 싸우고 싶으면 도전해 봐."

인간형으로 싸울 때도 많고, 최근에는 모닝스타를 던지며 싸우는 경우도 많으니까.

자격은 있는 건지도 모른다.

굳이 따지자면 건틀릿보다는 손톱 쪽이겠지만.

원래는 실트벨트에서 만나게 돼 있었는데…….

"해 볼래~."

그리고 노예들이 잇따라 줄을 서기 시작했다.

참고로, 렌과 이츠키와 리시아는 일찌감치 숙소에서 쉬도록 했다.

모토야스는 필로를 따라서 멋대로 쫓아왔지만.

"자아, 모두 차례대로 줄을 서렴~."

……사디나는 정말로 노예들의 부모처럼 싹싹하게 이끌고 있군.

실디나도 다른 노예들을 도와주고 있다.

이러니저러니 해도 죽이 잘 맞는 자매군.

작살을 무기로 사용하는 이 녀석이 건틀릿에게 선택을 받는다면 어떤 식이 되는 거지?

격투가처럼 될 것 같기도 하지만, 뭔가 좀 아닌 것 같다.

"필로 차례~."

이번에는 필로 차례였는데, 역시 건틀릿은 아무런 반응도 보이지 않는다.

비석에 박혀 있는 건틀릿을 있는 힘껏 잡아당기고 있다.

"끄~응! 안 빠져!"

어이, 변신해서 다리까지 쓰지 마. 벽이 망가진다고.

다행히 벽은 꿈쩍도 안 했지만.

"이런 위태로운 상황인데, 용사 소환도 안 한 거야?"

문득, 나는 건틀릿의 소지자가 아직 정해지지 않은 것에 대해 여왕에게 질문을 던진다.

예전에 들은 바로는, 사성용사 전원이 동시에 소환된 건 세계가 그만큼 위기에 직면해 있기 때문이라고 했었다.

그렇게 따지면 칠성용사도 이미 선정되어 있다 해도 이상할

게 없을 터.

실제로 건틀릿의 용사를 제외한 나머지 칠성용사는 전부 다 선정됐다는 모양이니까.

이건 역사적으로 유례가 없는 상황이라고 한다.

그렇다면 건틀릿의 용사가 될 새로운 이세계인을 소환하는 것도 고려해 볼 만할 터.

뭐, 낮에 읽은 일기의 주인공 같은 녀석이 나타날 것 같아서 좀 불안하지만, 그 정도는 그래도 양호한 편이겠지.

키즈나 쪽 세계의 쿄 같은 녀석이 나타날 가능성도 있지만, 그 녀석은 현지 출신이었다.

"소환하기 위한 의식은 이미 여러 번 시도했습니다만, 원하는 결과는 얻지 못했습니다."

"흐음……."

소환 시도에도 아직 반응이 없는 칠성무기라.

생각해 보면 칠성무기는 사성무기보다 소지자 자격 요건 제한이 적은 편이다.

사성은 이세계인만이 쓸 수 있다는 모양인데, 그에 비해 칠성은 이 세계 사람이 될 수도 있고, 이세계 사람이 될 수도 있다.

"건틀릿은 맨손의 연장선상 같은 거지? 나도 초기에는 맨손으로 마물을 후려치거나 한 적이 있으니까, 어떤 감각인지 조금은 알 것 같긴 해."

"하긴 그랬었죠……."

라프타리아를 노예로 삼은 뒤로는 주로 스트레스 해소에 이용했었지.

"건틀릿은 이와타니 님의 방패에 가까운, 굳이 따지자면 자기 몸을 지키는 데 중점을 둔 칠성무기입니다."

"그랬군."

내 방패들 중에는, 토시처럼 작은 사이즈의 방패도 있다.

분류가 겹치는 것 같다는 느낌도 드는데, 그 점은 어떻게 되는 거지?

무기가 중복되면 동료들 사이에서 돌려 쓸 수 있다는 장점이 있다.

도와 검은 거의 같은 분류라서, 렌과 라프타리아는 무기를 쉽게 공유할 수 있다.

"그러고 보니 칠성용사들과의 연락은?"

"좀처럼 연락이 잘 안 됩니다. 포브레이도 본격적으로 수색 중입니다."

"용사인 척 위장한 가짜가 태연자약하게 활개치고 다닐 수도 있으니까. 혹시 칠성용사를 자처하는 놈들이 나타나더라도 신중하게 확인해."

실트벨트에서 그런 녀석과 조우해서 격퇴했던 적이 있었다.

한 번쯤은 칠성용사들을 만나서 이야기해 봐야 하겠지만, 경계할 필요는 있을 것이다.

그들이 갖고 있는 무기에 대해서나 강화 방법에 대해서 물어보고 싶은데 말이지.

쓰레기가 지팡이에 대해서 자백해 주면 편하겠지만…… 그 녀석에게 기대해 봤자 헛수고다.

상황에 따라서는 지팡이의 용사를 새로 선정하게 해야겠지.

그런 생각을 하면서 노예들을 쳐다보고 있으려니, 이윽고 아트라 차례가 되었다.

건틀릿에 손을 대고 빼내려 애쓰고 있지만⋯⋯ 움쭉달싹도 하지 않는다.

"안 되네요."

아트라는 단념했는지 선선히 내 쪽으로 왔다.

조금 더 물고 늘어져 보라고.

"기로 살펴봤는데, 저와는 상성이 안 맞는 것 같았어요."

"그런 것까지 알 수 있는 거야?"

"막연하게는 알 수 있어요."

"호오⋯⋯."

다음은 포울 차례인가.

어째 표정부터가 의욕이 없어 보이는군.

"어머나? ⋯⋯오라버니 힘내요, 오라버니라면 분명 빼낼 수 있을 거예요."

"오우! 끄으으으으으으으으!"

아트라의 말을 듣자마자 의욕이 샘솟은 포울이 있는 힘껏 잡아 뽑는다.

"방금 그건 뭐야?"

아트라가 오빠인 포울을 응원하다니, 보기 드문 일이었다.

뭔가 이유가 있다면 듣고 싶다.

"제 때와는 약간 다른 것 같은⋯⋯. 기 때문이었던 것 같아요. 오라버니라면 뽑을 수 있을 거라고 생각했는데, 실망이에요."

"아트라?!"

이건 좀 너무하군. 띄워 줬다가 나락에 처박다니.

포울…… 넌 아트라에게 농락당하고 있는 거라고.

그렇게 생각하면서 묵묵히 노예들의 도전을 지켜보았으나, 아무도 뽑지 못했다.

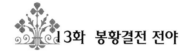 13화 봉황결전 전야

그 후, 나는 혼자 성 쪽에서 여왕과 논의한다.

어쨌거나 지금까지 겪었던 일들에 대한 보고도 해야 하고, 여왕 쪽의 전달사항, 메르로마르크에서 가져온 물자에 관한 이야기 등, 봉황과의 전투에 대비하기 위한 의논을 하다 보니 끝이 없을 지경이다.

"근시일 내에 봉황과의 결전, 그 뒤에도 싸움이 계속되겠지요. 그 싸움이 끝나면 이와타니 님의 영지는 어떻게 하실 생각인지요?"

"일단 인재들은 제법 모인 상태야."

가장 중요한 건 용사의 동료니까 무슨 짓을 해도 될 거라는 식의 착각을 방지하는 것이다.

이츠키의 전 동료들은 이츠키와 동행하는 중에 뒤에서 엉뚱한 짓거리를 해 댔었다고, 여왕이 가르쳐 준 바가 있었다.

지금은 윗치와 마찬가지로 지명수배 상태이지만 아직 소식은 파악하지 못했다.

모토야스가 해치웠다는 삼용교 녀석들도 아직 암약하고 있는 모양이고, 왜 나에게는 이렇게 적들이 많은 건지 절로 한숨이 나올 지경이다.

이렇게 된 마당이니 제르토블 같은 곳에서 암흑가 사람을 돈으로 사는 것도 괜찮지 않을까 하는 생각이 들기 시작했다.

"이와타니 님의 영지, 전 세이아엣트 백작이 관리하던 도시의 재건을 도우면서 메르티도 많은 공부를 하고 있다는 소식을 들었습니다."

"오히려 메르티 덕분에 영지가 유지되고 있는 거라고 해도 과언이 아니야. 그 녀석은 좋은 여왕이 될 거야."

"이와타니 님이 그렇게까지 말씀하시는 걸 보면, 제 딸도 꽤나 열심히 애쓰고 있나 보네요."

"그야 뭐……."

모토야스와 관련해서도 여러모로 도와줬고 말이지.

메르티는 혼돈의 폭풍이 몰아치는 필로리알 우리에서, 모토야스에 의해 지나치게 자유롭게 자란 필로리알들을 교육했다고 한다.

필로의 부하 1호도 모토야스의 영향 때문인지 퀸 같은 모습으로 변했다.

말하는 모습은 본 적 없지만.

메르티와 필로가 말하길, 모토야스의 직속 부하 세 마리를 제외한 나머지 필로리알들은 그 부하 1호—— 이름은 히요라는 모양인데, 그 녀석이 다스리고 있다고 한다.

의외로 수완이 괜찮다는 뜻이리라.

봉황에 맞서기 위해 모토야스가 키운 필로리알 군단도 데려온 상태다.

라프 종 녀석들과 경쟁하는 식으로 말이지.

아인 및 수인들은 나와 라프타리아, 그리고 포울과 아트라가 대표가 되어 통솔하고 있다.

실트벨트의 대표인 바르나르 등도 적절하게 거들어 주고 있고 말이지.

더불어 새로이 천명으로 즉위한 라프타리아가 전투에 나선다는 소식을 들은 쿠텐로에서도 지원병을 보내 와서, 그 녀석들도 이미 현장에 도착한 상태다.

인간들 쪽은 여왕이 담당하고 있다.

지휘 계통은 제대로 잡혀 있다고 할 수 있겠지.

메르로마르크 군에는 영귀와의 전투를 경험한 병사도 많으니, 졸전을 벌일 일은 없을 것이다.

"아트라에게 손대지 마!"

응? 성의 정원 쪽에서 포울의 목소리가 들려온다.

정원에서 대기…… 아니, 나를 기다리고 있었을 텐데.

아트라와 포울은…… 아무래도 이런 의논에는 맞지 않을 것 같아서 나중에 설명해 줄 예정이었는데, 무슨 일이라도 있었던 건가?

창문을 통해 상황을 살펴본다.

그랬더니, 포울이 아트라를 끌어안고 쓰레기로부터 거리를 두려 하고 있었다.

쓰레기는…… 뭔가 가볍게 손을 뻗었다가 허공을 가른 자세.

그러더니, 포울을 향해서 뭔가를 뇌까린 다음 남매에게 등을 돌리고 떠나갔다.

아트라는 고개를 갸웃거리고 있고, 포울은 아련한 눈으로 뭔가 상념에 잠겨 있다.

내가 창밖을 보고 있으려니 여왕이 곁으로 다가와서 뭐라 형언할 수 없는 눈으로 쓰레기의 뒷모습을 바라보고 있었다.

"어서…… 그내의 힘을 되찾아 줬으면 좋을 텐데요."

역시 마음속 한구석으로는 쓰레기가 과거의 지적인 모습을 되찾기를 기대하고 있는 것이리라.

"내가 생각하기에는 쓰레기에게서 칠성무기를 몰수하든지 해서 다른 사람에게 주는 게 현실적일 것 같은데."

"정말 죄송하지만…… 만약에 쓰레기가 과거의 모습을 되찾을 수만 있다면, 다른 자들에게 지팡이를 넘겨주는 것보다 몇 배는 더 큰 활약을 할 수 있을 거라는 것이 제 견해입니다. 아무리 이와타니 님의 말씀이라고 해도 이 점만은 물러날 수 없습니다."

쓰레기는 칠성무기 중 지팡이의 용사였다고 한다.

지팡이를 들고 있는 모습은 한 번도 본 적이 없으니, 지금의 쓰레기는 사실 가짜고 본인은 이미 죽은 게 아닌가 하는 게 내 추측이다.

칠성무기인 지팡이는 대체 어디에 숨겨져 있는 거지?

"흐음……. 하지만 유예를 주는 데도 한계가 있어. 만약에 우리가 감당할 수 없는 수준의 적이 나타났을 때도 용사 무기의 강화 방법을 공유하려 들지 않는다면 처형을 해서라도 다른 소지자를 찾아야 할 테니까."

"그건 알고 있습니다……."

여왕은 아련한 눈으로, 내 말에 고개를 끄덕이며 말했다.

그 모습이, 나에 대한 기대를 품고 있을 때의 라프타리아의 모습과 어쩐지 비슷해 보였던 건 아마 내 착각이었겠지.

여왕과의 의논을 마친 나는, 정원에서 대기하고 있던 포울에게 말을 걸었다.

"나오후미 님!"

아트라도 같이 있는데…… 흐음.

"아트라, 마을로 한 번 돌아갈 테니까 라프타리아를 좀 불러다 주겠어?"

싫어하거나 거부할 것 같아서 가볍게 머리를 쓰다듬으며 타이르듯이 말한다.

"알았어요! 나오후미 님의 명령이라면 무슨 일이든지 수행하겠어요!"

아트라는 그렇게 말하고 폭주하듯 떠나갔다.

요즘 들어 아트라 사용법을 좀 알 것 같다.

"포울은 여기서 기다려."

아트라를 쫓아가려는 포울을 불러 세운다.

"엉? 뭔데 그래?"

"아까 아트라와 같이 쓰레기와 이야기를 하고 있었지? 무슨 이야기를 했던 거지?"

"왜 그걸 너에게 이야기해야 하지?"

"그 녀석이 무슨 꿍꿍이를 꾸미고 있는지 네가 알아볼 수 있을 것 같아? 네 일족을 몰락시킨 녀석이라고 들었는데?"

"으……."

처음 만났을 때 여왕에게서 이런저런 이야기를 들었으련만.

내 대답에 반박할 말을 찾지 못했는지, 포울은 이야기를 시작했다.

"아트라에게 미주알고주알 질문공세를 퍼부어댔어. 그것도 모자라서 나에게까지 묻기 시작했지. 어머니에 대해서."

"그래서, 이야기해 준 거냐?"

"아니, 거절했어. 그런데……."

포울은 뭔가 시원찮은 말투로 말했다.

"전에 봤을 때보다 한층 더 늙고 기운이 없어 보였어."

"그렇겠지."

이야기에 따르면 아트라와 쏙 빼닮은 동생이 있었다는 모양이니까.

포울에게서 과거의 자기 모습을 보고 있다거나 하는 걸까?

"나와 아트라를 보더니 먼 하늘을 쳐다보면서 나에게 말했어. '무슨 일이 있어도 동생을 지켜야 한다. 안 그러면 나중에 후회할 거다.' 라고. 그건 굳이 말할 것도 없이 당연한 거잖아."

"……그랬군."

식상한 이야기인지도 모르지만, 쓰레기는 포울에게서 자신의 모습을 보고 있는 것이리라.

뻔한 전개지만.

별로 궁금하지도 않지만 옛날의 쓰레기는 제법 유능했었다는 모양이고 말이지.

적이었던 실트벨트 녀석들이 입을 모아서 그렇게 이야기한 걸 보면, 그 점은 틀림없을 것이다.

어떤 업보 때문에 이 지경이 된 건지는 모르겠지만.

정작 아트라는 쓰레기의 여동생에 비하면 물리적인 의미에서 상당히 강할 테고, 아마 성격도 전혀 다르지 않을까.

다음에 한번 그런 식으로 말해서 도발해 볼까?

요즘은 쓰레기와 얼굴을 마주치는 일도 거의 없었지만.

그렇다고 아직 원한을 잊은 건 아니라고.

아트라가 라프타리아와 다른 일행을 데려왔기에, 우리는 마을로 돌아간다.

"자, 밤도 많이 깊었으니, 그만 슬슬 잘까?"

"나오후미 님, 이게 어떻게 된 일인가요?"

봉황과의 전투에 대해 마을 녀석들과 의논을 마치고 나서 마을에 있는 내 집으로 돌아가려 했을 때 아트라가 말을 걸었다.

"뭐지? 무슨 일인데?"

"왜 그러세요?"

나와 라프타리아가 물어봤더니, 아무래도 배치에 대해 석연치 않은 점이 있었던 모양이었다.

"왜 아트라까지 전선에 배치한 거지?"

"저는 나오후미 님과 함께 있고 싶어요."

"……포울, 너는 아트라와 함께 있고 싶은 거 아니야?"

포울의 전의를 유지하기 위해서, 그리고 아트라 본인의 전투력을 높이 평가했기에, 일단 아트라도 전선에 배치했다. 하지만 포울 입장에서는 아무리 자기 곁이라 해도 아트라를 전선에 두는 건 불만인 건가?

그리고 아트라는, 나는 최전선에 서는데 자신은 그보다 약간 후방에 배치된 것이 마음에 안 드는 모양이다.

"아트라, 그런 식으로 따지면 너를 가장 앞에 배치해야 한다는 이야기가 돼."

"그렇게 하셔도 아무 문제없어요."

"안 돼! 아트라는 더 안전한 후방에 배치해야 해!"

"오라버니? 그럼 그건 그저 곁다리로 따라온 거나 다름없어요. 오라버니는 오라버니가 후방 지원 임무에 배치돼도 납득하실 수 있겠어요?"

"으……."

"……그렇게 쉽게 논파당하면 어쩌자는 거냐."

"나오후미 님, 제가 전에 분명히 말씀드렸을 텐데요. 저는 나오후미 님을 지키는 방패가 되고 싶다고."

"너 말이야……."

내 일감을 빼앗아서 뭘 어쩌자는 거냐.

게다가 그런 짓을 했다가는 포울이 얼마나 난리를 피울지 알고는 있는 거냐?

"그러니까 타협안으로 나보다 약간 후방에 배치한 거라고. 그보다 더 전방에 세우면 내 존재 의의가 없어지잖아. 그 정도는 라프타리아도 이해하잖아?"

"네."

라프타리아가 내 말에 고개를 끄덕인다.

앞으로 나서는 것에도 타이밍이라는 게 있단 말이다.

아트라는 나를 지키고 싶다고 했지만, 상대는 봉황이다. 조금 자중해 주면 좋으련만.

"……알았어요."

아트라도 마지못해 고개를 끄덕인다.

"그래도 저는 나오후미 님을 지키고 싶어요."

"예전부터 궁금했던 건데, 아트라 씨는 왜 그렇게까지 나오후미 님을 지키겠다고 고집스럽게 주장하시는 거죠?"

"그건 나도 궁금했었어. 왜 그렇게까지 이 녀석을 지키지 못해서 안달을 하는 거야?"

"라프타리아 씨, 오라버니, 정말 모르시겠어요?"

아트라는 답답하다는 듯이 눈꼬리를 치켜 올리며 대답한다.

"저도 언제까지고 나오후미 님의 다정함에만 기대고 살 수는 없어요. 나오후미 님이 앞으로 나서셔서 다른 사람 대신 다치시는 모습을 느끼기만 해도…… 저는 마음이 옥죄어드는 것 같은 느낌이에요."

내 역할을 부정하지 말라고 한마디 해 주고 싶었지만, 내 마음속 한구석에는, 아트라의 말을 긍정하는 부분도 있는 것 같았다.

최소한, 불쾌한 기분은 들지 않았다.

비록 그것이 방패 용사라는 능력에 위배되는 것이라 해도.

"제가 하는 말은 어차피 궤변에 불과하겠죠. 하지만 그렇다

해도 제가 곁에서 모시고 싶은 건 용사가 아닌, 인간인 나오후미 님이에요."

용사가 아니라?

잘은 모르겠지만, 아트라 나름의 해석인가?

"무슨 소릴 하시는 거예요?!"

"그래, 아트라! 다른 녀석도 아니고 이 녀석에게!"

응? …… 잘 생각해 보면, 이건 고백이잖아.

눈치 못 챘다. 비슷한 소리를 전에도 몇 번 들었던 적이 있었기에, 대충 흘려 넘겼다.

"나오후미 님."

"뭐지?"

"저는 나오후미 님의 본질적인 다정함에 끌린 거예요. 부디 목숨을 걸고 모두를 지키는 행동은 하지 말아 주세요."

다른 사람도 아니고, 지키는 것밖에 할 수 없는 나에게 또 그런 소리를 하는 거냐?

"아아, 그래, 그래. 알았어, 알았어. 아트라가 하는 말이 무슨 뜻인지는 알겠지만, 나는 비겁한 놈이거든. 내가 할 수 없는 일을 너희에게 떠맡기고 있는 거라고."

"그럼, 나오후미 님? 만약에 나오후미 님 자신이 가진 힘으로 적을 처치할 수 있다면, 나오후미 님은 전장의 어디에 계실 건가요?"

흐음……. 만약에 내가 평범하게 싸울 수 있다면 어떻게 하겠느냐 하는 질문인가.

재미있는 질문이군……. 결국은 앞쪽에 서겠지.

노예들에게 의지하고 있을지 어떨지는 모르겠다.

누명을 뒤집어썼을 때 내게 공격 능력이 있었다면, 노예를 사지 않고 혼자서 레벨업을 했을지도 모른다.

"나오후미 님, 부디 기억해 주세요. 나오후미 님이 다치시는 것…… 그게 당연한 일이라는 생각은 하지 말아 주세요. 나오후미 님의 본질은 그 헌신적인 면…… 항상 타인에게 베푸시는 나오후미 님은, 누가 치유해 주고, 누가 보살펴 주나요?"

아트라는 라프타리아 쪽으로 고개를 돌린다.

"아트라 씨가 나오후미 님에게 바라시는 것이 뭔지, 저도 이해하고 동의하기는 해요. 하지만…… 아트라 씨, 아트라 씨는 나오후미 님의 마음을 잊고 계신 것 같아요."

라프타리아의 말에, 아트라가 울분에 차서 입술을 깨문다.

왜 그렇게 울분에 차 있는 건지 원.

"나오후미 님……. 만약에 앞으로 벌어질 싸움에서 누군가가 목숨을 잃는다고 해도, 그 사람을 지키지 못했다고 자기 자신을 질책하는 일만은 절대로 하지 말아 주세요."

그 말에는 결연한 의지가 담겨 있어서 함부로 흘려 넘길 수 없었다.

아트라는 보호하는 자의 마음, 보호받는 자의 마음을 똑똑히 전달하려 하고 있었다.

"타인이 베푸는 것을 받기만 하는 자는 점점 비참해지고 부패하게 마련이에요. 한없이 썩어 가기만 하는, 자신이 썩어 가고 있다는 것조차 인식하지 못하는 그 감각을…… 저는 다시는 맛보고 싶지 않아요."

"……그래."

아트라의 말은 틀리지 않았다. 지난번에도 지지난번에도, 그 전에도 많은 자들이 죽었었다.

가능한 한 구하려고 애쓰기는 했지만, 구하지 못한 자도 많았다는 건 부정하지 않는다.

하지만 부패 운운하는 소리는, 내 행동을 무조건 긍정하고 드는 아트라에게도 해당하는 이야기라고.

쿄는 그렇게 무조건적인 칭찬을 받는 환경 속에서 부패해 간 녀석이 아닌가 하는 게 나의 견해다.

원래부터 천재였기에, 더더욱 그렇게 썩어 버린 거겠지.

"오라버니…… 저는 더 이상, 오라버니로부터 받기만 하는 사람이 아니에요. 오라버니나 나오후미 님처럼 다른 사람들을 지키고 말겠어요."

"아트라, 지금 무슨 소리를……."

"오라버니는…… 저만 무사할 수 있다면, 다른 누가 다쳐도 상관없다고 생각하신 것 아닌가요?"

"――!"

포울은 말문이 막혔다.

하긴, 포울은 아트라 이외의 다른 사람은 어찌 되든 알 바 아니라고 생각하는 경향이 있으니까.

"저는 그런 오라버니를 더 이상 그냥 두고 볼 수 없어요. 하지만 애초에…… 저도 그런 소리를 할 자격이 없는 건지도 모르겠네요. 그럼 실례할게요."

그렇게, 아트라는 조금 쓸쓸한 표정으로 떠나가고 말았다.

"내가…… 아트라만 쳐다보고 있는 거라고? 그럼, 아트라가 이 녀석에게 집착하는 모습을 보고 부아가 치밀었던 진짜 이유는……."

"왜 그래?"

내가 넋이 나간 포울의 눈앞에 손을 흔들고 있으려니, 퍼뜩 정신을 차린 포울은 발끈해서 아트라와 마찬가지로 떠나가 버렸다.

나 참, 왜들 저러는 거람.

"나오후미 님에게 집착……."

라프타리아도 뭔가 생각에 잠겨 있는데, 이게 그렇게까지 깊이 고민할 문제인가?

14화 VS 봉황

"여기군."

봉황이 부활하기 전에, 렌과 다른 용사들의 이야기를 참고해서 봉황이 봉인되어 있는 산 중턱으로 동료들을 데려왔다. 이곳의 사원에 있는 장식물…… 봉인되어 있는 봉황을 조사하기 위해서였다.

사원은 사람의 손길에 의해 말끔히 관리되고 있었다.

"이런 사원에 그런 봉인이 있다는 거야?"

"그래, 여기야."

이츠키와 렌이 사원 중앙에 있는…… 조각상을 가리킨다. 꽃 위에 서 있는 천수관음 같은 조각상이다.

"이 조각상은 옮길 수 없어요. 밑에 있는 장치를 조작해서 길을 열어야 하죠."

"퀘스트를 완수하고, 사원 사람들의 허가를 얻기 전에는 갈 수 없지만 말이지."

"호오……. 뭐, 허가는 이미 얻은 상태지만."

출발 전에, 사원을 관리하고 있는 승려 같은 녀석에게서 허가를 받았다.

사원의 수장만이 알고 있는, 외부 유출이 금지된 비밀이라고 한다.

렌과 이츠키가 능숙하게 꽃잎을 들어 올리거나 밑으로 내리거나 하며 조작해 나간다.

쪽매붙임 같은 건가?

이윽고 찰칵 하는 소리가 났고, 렌과 이츠키가 밀자, 조각상이 움직였다.

모토야스? 그 녀석은 필로리알들이랑 놀고 있으라고 명령해 두었다.

"이쪽이에요."

"후에에에에에……."

겁에 질려 있는 리시아를 무시하고, 렌과 이츠키는 움직인 조각상 밑에 있던 계단으로 우리를 안내했다.

그 계단 밑에는…… 열을 내뿜는 빨간 비석이 있었다.

"이게 봉황의 봉인이라는 건가."

"뭔가 굉장하네요. 타일런트 드래곤 렉스가 봉인돼 있던 비석 같은 느낌이에요."

라프타리아의 의견에 나도 동의한다.

"굉장한 생명력이 느껴져요……. 얕봐서는 안 되겠어요, 오라버니."

"그래."

잠들어 있긴 하지만, 앞으로 싸우게 될 상대가 내뿜는 위압감은 아트라와 필로의 숨을 죽이게 만들기에 충분했다.

"너무 심하게 자극하지 않게 조심해."

섣불리 자극을 주지 않도록 세심한 주의를 기울여 가며 조사한 결과, 역시 모래시계에 표시된 시간에 맞추어서 봉인이 풀릴 것임이 판명되었다.

"건드리면 더 일찍 부활할까? 어떻게 생각해, 렌?"

준비를 갖출 시간은 많으면 많을수록 좋으니, 그런 짓은 안 할 테지만.

하지만 렌은 내 말 따위는 귀에 들어오지도 않는 듯, 말문이 막힌 채 봉황의 석비를 쳐다보고 있었다.

그건 이츠키도 마찬가지였다. 얼굴은 무표정했지만, 손이 떨리고 있다.

"왜 그래?"

"말도 안 돼! 왜 벌써 부서진 거야?!"

"엉?"

고개를 갸웃거리고 있으려니, 렌과 이츠키가 천천히…… 석비 옆에 있는 돌무더기를 가리켰다.

렌과 이츠키의 말을 듣고 관찰해 보니 원래는 봉황의 조각상이 있었던 모양이었다.

부서진 부분을 관찰해 보니, 최근에 부서진 것으로 보였다.

"봉인에 균열이라도 생긴 거야?"

봉인이 풀리기로 예정되어 있던 시간이 단축되기라도 하면 아주 곤란한데 말이지.

"그건 괜찮을 거야…… 아마도. 하지만 문제는 그게 아니야."

아니면…… 아주 불길한 예측이지만.

렌과 이츠키가 갖고 있는 지식에는, 쿄처럼 영귀를 지배해서 조종하는 녀석은 없다는 모양이니, 그 가능성은 제외하자.

그 둘이 뭔가 알고 있으면서, 봉인의 균열과는 관계가 없는 문제라면, 몇 가지 가능성을 상정할 수 있다.

"문제는 근처에 있는 조각상이 파괴된 상태에서 봉황의 봉인이 풀리는 경우야!"

렌은 부서진 봉황 조각상을 가리키며 말한다.

"발생할 수 있는 문제를 생각해 보자면…… 게임식으로 말하자면 하드 보스와의 전투 정도?"

불길한 예감에 휩싸이면서, 당장 떠오르는 예측을 렌과 이츠키에게 전달해 본다.

게임 등에서는 특수한 퀘스트에서 싸우게 되는 타입의 보스가, 퀘스트 상황에 따라 강화되는 경우가 있다.

게임에 따라서는 그 강화 상태에서만 얻을 수 있는 아이템 같은 것도 있지만, 그만큼 처치하기가 곤란해진다.

만약에 그런 요소가 존재한다고 해도 굳이 그런 위험한 행위를 할 생각은 없다.

노멀이든 하드든 결과가 같다면 보통은 노멀을 선택하지 않겠는가.

죽으면 끝장인 상황에서, 레어 아이템 좀 얻자고 흉악 버전 보스와 싸우고 싶지는 않다.

렌과 이츠키는 나란히 고개를 끄덕였다.

"그래……. 봉황이 봉인돼 있는 곳에 와서 한 번 봉황을 토벌해서 플래그를 세우면, 한쪽 조각상이 부서지고 하드 모드 봉황에게 도전할 수 있게 돼 있어. 강력한 무기를 드롭하는 덕분에 고급 유저를 위한 콘텐츠로 이용됐지."

"제 쪽도 비슷한 식이었어요. 강화 봉황과 싸우는 이벤트가 있었어요."

골치 아픈 일이군. 본래는 통상 상태의 봉황과 싸워서 이기기만 하면 끝날 일이었는데, 쓸데없이 봉황이 강화되고 말았다는 건가.

온라인 게임에 나오는 스토리 퀘스트 같은 것과는 다른 요소다.

스토리상의 보스보다 더 강력해진 보스와의 전투라는 거다.

"시간에 따라 풍화돼서 부서진 건지, 아니면……. 하지만 이건 게임이 아닌 현실이야……. 내 착각이었으면 좋겠는데."

렌의 말에는 묵직한 무게감이 있었다.

"조각상을 퍼즐처럼 맞추면 원래대로 돌아오지 않을까?"

"……."

렌과 이츠키는 대답하기 곤란한 듯 입을 다물고 있다.

어려운가 보군.

애초에 모종의 기술을 통해 봉인돼 있는 것일 테니, 그리 쉽게 재구축할 수 있을 리가 없다.

"어쨌거나 아무것도 모른 채 강화 봉황과 싸우는 신세가 되는 것보다는 나아. 그 사실을 알게 된 것만으로도 충분해. 조각상을 수리해서 봉황을 약화시킬 수 있을 것 같으면 시도해 보기로 하고……."

거기까지 말했을 때, 문득 깨닫는다.

방의 벽에, 성 밑 도시에 보존되어 있던 봉황 그림 두루마리와 비슷한 벽화가 그려져 있는 것을.

뭔가 도시에서 본 그림보다…… 그림의 느낌이 흉악하군. 등 뒤에는 후광 같은 것도 보인다.

꼼꼼하게도 봉황 조각상을 파괴하는 연출까지 있다.

"조각상이 자연적으로 부서진 건지 누군가가 고의적으로 파괴한 건지를 조사하고, 동시에 강화 봉황에 대비하는 거다!"

"좋아!"

"알았어요."

"일이 골치 아파졌네요."

라프타리아의 말에 동의하지 않을 수 없었다.

봉인을 보호하는 자가 아무도 없었을 리는 없건만……. 거참.

이런 비밀 요소는 엿이나 처먹으라고!

"어쨌거나 싸워 보는 수밖에 없어요!"

하긴…… 아트라의 말도 일리가 있다.

참고로 사원 녀석들이 말하길, 어느 날 봉인된 석비를 조사하러 왔더니 그때는 이미 조각상이 파괴된 상태였다고 한다.

일단 그 방면의 전문가를 불러다가 조사시킨 결과, 조각상이 부서진 건 최근이라는 게 밝혀졌다.

하지만, 그 '최근'이라는 게 범위가 너무 넓다.

며칠에서 몇 달까지를 다 뭉뚱그려서 '최근'이라고 하니, 별 도움이 안 되는 분석이다.

어쨌거나 사람에 의한 재앙이든 자연현상의 결과든…… 예감이 불길하다.

어느 쪽이나 성가시다는 점은 마찬가지다.

그런 와중에도 시간은 흘러, 봉황과 싸울 날이 다가왔다.

봉황전 당일.

나는 시야 한쪽에 있는 파란 모래시계 아이콘을 확대시킨다.

00 : 12

남은 시간은 앞으로 12분.

이미 여러 번 경험한 일이지만, 여전히 심장이 요동친다.

늘 그렇듯이…… 아니, 그 어느 때보다도 더 피할 수 없는 싸움이라는 건 알지만, 이 감각에는 도무지 적응이 안 된다.

인근 주민들은 이미 피난을 마쳤고, 이 지역에 남아 있는 건 용사와 그 부하들, 그리고 연합군뿐이다.

영귀 때와 같은 갑작스러운 사태도 아니었기에 피난은 이렇다 할 말썽 없이 끝났다.

여왕과 연합군 수뇌진에게는 후방 지원을 맡겼다. 선두에 선 건 우리 용사 세력이다.

세인도 주위 경계 임무를 맡고 있다. 수상한 녀석들의 흔적은 보이지 않았다고 한다.

아무 일도 일어나지 않기를 기도하는 수밖에 없다.

"봉황에 맞서기 위한 준비는 최대한 다 했어. 모두, 희생자가 생기지 않도록, 살아남기 위해서 싸우는 거다."

내가 선두에 서서 호령했다.

""""오!""""

내 호령에 노예들과 연합군 녀석들이 일제히 호응했다.

……다행이군. 나는 그런 상념에 잠기면서 봉황이 봉인되어 있는 곳을 바라본다.

원래는 이것이 파도에 맞서는 정석적인 태세이건만, 이 태세가 갖추어지기까지 왜 이렇게 오랜 시간이 걸린 걸까.

싸우기 편하도록, 산 밑에 있는 도시로 통하는 길 중간의 황야에 진을 쳤다.

그 밖의 전투 수단도 여러모로 모색했다.

영귀의 소재로 만든 장비품에서 나온 그래비티 필드를 이용해서 고고도에 있는 봉황을 끌어내릴 수 없을지를 연구하는 등, 다양한 수단을 거듭 모색해 둔 상태다.

문제는 사거리 정도일까……. 의외로 사정거리가 짧아서, 봉황에게 효과가 있을지 시험해 보기 전에는 알 수가 없다.

가엘리온을 타고 고고도에 대기하고 있는 봉황에 올라타야만 쓸 수 있다는 점도 문제다.

가엘리온을 탄 채로 방패를 바꿔서 그래비티 필드를 썼다가는 가엘리온이 날 수 없고, 비행 도중에 사용하면 추락한다.

렌이나 모토야스, 이츠키도 일단 비슷한 무기를 갖고 있긴 하지만, 어디까지 효과가 있을지.

결전에 대비한 액세서리는 각각이 가장 즐겨 쓰는 스킬의 위력을 향상시켜 주는 액세서리로 통일했다.

단순한 화력이 필요했으니까.

특이한 액세서리를 써 볼까 하는 생각도 했지만, 심플한 편이 사용하기도 편리하고, 액세서리의 파손도 줄일 수 있다.

"나오후미 님."

"왜 그래?"

"최선을 다해 봐요."

"그래."

라프타리아의 말에 고개를 끄덕인다.

그러자 아트라도 나에게 말을 걸었다.

"주위에 열기를 띤 기가 모여들고 있어요. 나오후미 님, 모쪼록 조심하세요."

"알았어."

시야 속 모래시계의 숫자가 3분 이하로 줄어들었다.

"이번에는 꼭……."

"네."

"반드시 해내고 말겠습니다."

렌, 이츠키, 모토야스가 저마다 결의를 담아서 무기를 힘껏 움켜쥔다.

아아…… 그래. 제아무리 강화된 봉황이라고 해도, 미리 정해 둔 순서대로 작업하듯이 처치하지 못하면 장래에 벌어질 싸움의 승리를 장담할 수 없다.

용사 네 명이 모두 힘을 모은 상태인 것이다. 아무 피해 없이 끝내야만 한다.

0 : 01

남은 시간은 1분. 나는 의식을 집중하고, 마법을 영창했다.

"알 레벌레이션 아우라!"

마력과 기를 흘려 넣어서 최대한 넓은 범위로 변환, 예전에 필로에게 걸어 주었던 전 능력치 향상 효과를, 전선에 있는 자들에게 걸었다.

0 : 00

쨍그랑, 하고, 예전에 그랬듯이 유리 깨지는 소리가 귓전에 울려 퍼진다.

예전에도 받았었던 거대한 충격이 시야에 휘몰아쳤다.

그리고 산 중턱에서 불기둥이 치솟아 오르고 거대한 새 두 마리가 모습을 드러낸다.

그 모습은 벽화 속에서 본 봉황의 모습 그대로였다.

도시가 아니라 사원의 벽에 그려져 있던 쪽…… 등에 후광이 보이는 모습이다.

""끼이이이이이이이이이이이이이이이이이이이이이이이이이이이이이이이이이익!""

포효가 일대에 울려 퍼졌다.

우리와 봉황 간 전투의 서막이 올랐다.

역시 봉황은 우리의 예상을 벗어나지 않았다. 영귀가 그랬던 것처럼, 나타나자마자 다수의 만만한 생명들이 모여 있는 우리 쪽으로 날아왔다.

시야에 나타나는 '8'이라는 숫자.

"다들, 만에 하나라도 숨통을 끊는 타이밍을 틀리면 안 돼."

"우리도 알아!"

렌을 필두로 한 동료들이, 접근해 오는 봉황들 중 저고도 쪽을 향해 저마다 공격을 개시했다.

"끼이이이이이이이이이이이이이이이이이이익!"

고고도에 있는 봉황이 이쪽을 해서 날갯짓을 하자, 깃털이 쏟아져 내리는 동시에 불덩이가 빗발처럼 쏟아지기 시작한다.

"유성방패!"

유성방패는 기를 담음으로써 범위와 방어력을 상당히 향상시킬 수 있다.

게다가 쿠텐로에서 얻은 강화 방법을 사용한 덕분에 나 자신의 방어력도 올라간 상태다.

그 덕분에 최전선의 일부는 보호할 수 있었지만, 그 밖의 범위까지 보호하지는 못했다.

이 정도는 이미 예측하고 있었다.

"예정대로 진행한다."

뒤돌아보니, 노예들은 물론 연합군 녀석들도 고개를 끄덕였다.

아무리 내가 방패 용사여도 이렇게 많은 인원을 다 보호할 자신은 없다.

그래도 가능한 한 많은 이들을 보호하기 위해, 나는 내가 할 수 있는 최대한의 대비를 해 두었다.

나와 아트라가 협력해서 만든, 스킬이 아닌 기술 '집(集)'을 쏟아지는 불의 비를 향해서 전개한다.

마치 거대한 깔때기로 모으기라도 한 것처럼, 위에서 쏟아져 내리던 불의 비가 내 쪽으로 모여든다.

이 공격의 위력에 따라서 대처 방법을 생각해야 한다.

그러는 동안에, 저고도에서 덮쳐드는 봉황을 향해 공격을 집중시킨다.

쏟아지는 불의 비를 방패로 막아 냈다.

탁탁 하고 빗발이 우산을 때리는 것 같은 감각이 방패를 통해 전해져 온다.

현재 내가 장비하고 있는 건 강화된 영귀갑이다.

영귀갑(각성) 80/80 AT

능력 미해방…… 장비 보너스, 스킬 「S플로트 실드」, 「리플렉트 실드」

전용효과 「그래비티 필드」「C소울 리커버리」「C매직 스내치」「C그래비티 샷」「생명력 향상」「마법 방어(대)」「번개 내성」「SP

드레인 무효」「마법 보조」「스펠 서포트」「성장하는 힘」

특수전용효과 「유성방패(영귀)」

숙련도 100

아이템 인첸트 레벨 8 「방어력 10% 상승」

드래곤 스피리트 「방어력 50」「불 내성 향상」

스테이터스 인첸트 「마력 30+」

봉황의 공격을 상정하고 인첸트에도 만전을 기했다.

이걸로 불 속성 공격은 상당히 경감시킬 수 있다.

실제로도, 위에서 쏟아져 내리는 공격을 맞고도, 나는 조금의 타격도 입지 않았다.

강화된 봉황의 공격이지만, 그럭저럭 견딜 수 있을 것 같다.

다만 아무래도 범위가 워낙 넓다 보니 연합군 전체를 보호하는 건 불가능했다.

그러나 그 정도는 처음부터 예측하고 있었다.

유성방패(영귀)의 효과가 무엇인지를 검증해 본 결과, 유성방패의 형태가 거북이 등딱지 모양으로 바뀌고 내구력이 폭등한다는 것이 판명되었다. 어쨌거나 강화되었다는 뜻이다.

"알 쯔바이트 레지스트 파이어!"

연합군 쪽 역시, 후방 지원부대가 불 속성에 대한 내성을 향상시키는 마법을 줄곧 영창하고 있다.

이러면 봉황의 공격이 어느 정도 경감되니, 싸움에 집중할 수 있을 것이다.

"이츠키!"

"알았어요. 알 레벌레이션 다운!"

이츠키가 마법을 영창해서 봉황을 약화시킨다. 좋아, 강화와 약화를 동시에 거는 데 성공했어.

응?

봉황이 퍼부은 깃털이 지면에 떨어지자, 거기서 '봉황의 사역마(권속형)'이라는 마물이 출현했다. 벽화에 나온 그대로다. 하지만, 벽화에 그려진 것보다 강해 보인다. 갑옷에 깃털이 돋아 있고, 온몸이 타오르고 있다.

전위에 선 근접 부대가, 깃털에서 출현한 사역마들을 섬멸하기 위해 내달린다.

좋았어!

"라프~!"

내가 놓친 봉황의 깃털을, 라프짱을 비롯한 라프 종들이 모두 격추해 준다.

이것 참 든든한 지원이군!

"뀨아!"

가엘리온과 윈디아가 고고도에 있는 봉황을 향해 날아간다.

"가엘리온, 간다."

"뀨아!"

『나 여기에 가엘리온의 힘을 끌어내어, 구현을 원한다. 지맥이여, 나에게 힘을!』

『뀨아뀨아뀨아!』

"하이윙 슬래시!"

가엘리온의 날개가 빛을 내뿜고, 날갯짓을 할 때마다 바람

칼날이 생겨난다.

그 칼날은 고고도에 있는 봉황에게 박혔다.

"끼이이이이이이이이이익?!"

지금은 나도 눈앞에 있는 봉황에 의식을 집중해야겠군.

"하아앗!"

내가 봉황의 발을 묶어서 빈틈을 만들자 라프타리아와 포울, 아트라가 그 틈을 놓치지 않고 공격을 가한다.

"이날을 위해, 그날 이후로 더 열심히 연습해서 강화시킨 기술을 보여드리죠!"

과거의 천명처럼 꼬리에서 빛을 뿜으며, 라프타리아가 도를 한껏 치켜든다.

"팔극진천명검(八極陣天命劍) 2식!"

라프타리아의 검이 봉황의 어깻죽지를 찢어발겼다.

2식! 뭔가 종전보다 공격력이 한층 더 강해진 것처럼 보이는군.

점점 더 든든해지는데!

"타이거 브레이크!"

"갑니다!"

포울의 주먹이 복부에 꽂히고, 아트라가 찌른 부분이 터져 나간다.

"나도 질 수 없지! 중력검!"

렌도 질 수 없다는 듯 스킬을 내쏘고, 봉황에게 달려들어서 연신 머리에 검을 꽂아 넣는다.

오오…… 마치 버터를 자르는 것 같다. 렌의 참격은 봉황에게 막대한 대미지를 주고 있는 것 같다.

"응! 형을 위해서 나도 열심히 싸울 거야, 멍멍!"

키르도 질 수 없다는 듯 요령껏 렌 뒤를 쫓아가서, 렌과 같이 검으로 머리를 찔러댄다.

그러고 보니 어느샌가 키르도 제법 강해진 모양이군.

영귀의 사역마에게 패배해서 위태로운 지경에 빠졌던 게 거짓말처럼 느껴진다.

모두 성장했다는 건 알고 있었지만, 키르를 보니 더더욱 강하게 실감이 갔다.

그런데 봉황은 영귀 같은 생물적인 측면과 정령이나 영령 체질 같은 부분을 겸비하고 있는 듯, 부상을 입은 부분에서 불꽃이 뿜어져 나오며 부상이 아물어 갔다.

"큭…… 엄청난 생명력이잖아!"

아무리 베어 봤자 곧바로 상처가 아물어 버리니, 깊은 상처를 입히기는 힘들어 보인다.

골치 아픈 녀석이군……. 하지만 보아하니 대미지가 전혀 들어가지 않는 건 아닌 것 같다.

시뮬레이션했던 대로, 저고도 쪽 녀석은 자폭도 불사하겠다는 듯 공격에 특화된 저돌적 전법으로 나섰다.

하지만 우리도 봉황을 상정하고 전법을 짰기에, 브레스에도 날갯짓에도 이렇다 할 대미지를 입지 않는다.

저고도 쪽이 영귀의 SP 흡수 공격 같은 성가신 공격을 하는 기색이 없는 게 그나마 다행이다.

뭐, 봉황이 우리가 상정한 범위에서만 공격한다는 보장은 없지만.

어쩌면 앞으로 그런 공격을 할지도 모르고……

"끼이이이이이이이이이이이이이익!"

봉황이 비명을 지르듯 울자, 그 등의 후광이 한층 더 격렬하게 빛난다.

"우옷!"

찌릿 하고 살을 태우는 것 같은 고통이 스쳤다. 이런 건 벽화에서는 못 봤는데?

강화 봉황만이 가진 카운터 공격인가?

"모두들! 괜찮아?"

"괜찮아요!"

"문제없어!"

일단 내가 막아 낸 덕분에, 주위 녀석들에게는 피해가 가지 않은 것 같아서 다행이다.

저고도에 있는 봉황이 높이 날아오르지 못하도록 찍어 누르면서, 나는 고고도에 있는 봉황 쪽으로 눈길을 돌린다.

그랬더니 모토야스, 이츠키, 리시아, 사디나와 실디나, 여왕이 각각 고고도에 있는 봉황을 향해 공격을 퍼붓는 모습이 눈에 들어왔다.

"브류나크!"

"버드 헌팅!"

"토네이도 스로우!"

"합창마법! 풍신뇌신도(風神雷神圖)!"

"고등집단의식마법! 레인스톰!"

모토야스가 봉황을 향해 빛의 창을 투척했다.

이츠키의 화살이 확산되면서 봉황을 꿰뚫고, 리시아의 투척구가 회오리를 일으켜서 봉황을 가두고, 사디나와 실디나가 솔선해서 발동시킨 뇌운과 회오리의 합창마법이 명중한다.

보아하니 역시 저고도에 있는 봉황보다도 대미지가 덜 들어간 것 같다.

그러고 보니, 필로나 모토야스의 부하 세 마리는 뭘 하고 있는 거지?

그렇게 생각했으나, 곧 기억이 났다. 필로리알 부대와 연계해서 그쪽에서 싸우고 있었다.

가엘리온 이외의 용기병이며 하늘을 나는 마물…… 그리폰처럼 생긴 마물에 올라탄 병사들은 힘겹게 싸우고 있는 데 반해, 저고도 쪽은 너무 많은 대미지가 들어가고 있다.

이러다가는 동시에 처치하기는 힘들겠는데.

"모두들, 조금 위력을 조절해. 안 그러면 이쪽이 먼저 쓰러질 거야! 최대한 타이밍을 맞추는 거다!"

"알았어!"

"네!"

전선에 있는 녀석들에게 주의를 주고, 나는 에어스트 실드, 세컨드 실드를 작은 크기로 전개시켜서 저고도에 있는 봉황을 짓눌렀다.

이제 대미지를 조절하면서, 고고도 쪽 봉황에게 대미지를 축적시키기만 하면 된다.

"음?! 나오후미 님, 봉황의 생명력이 회복되고 있어요."

"큭……. 성가시군."

아트라의 말이라면 틀림없을 것이다.

공격의 손길을 늦추면 회복하는 건가.

하지만 있는 대로 공격을 퍼부으면 이쪽이 먼저 쓰러진다.

어렵기는 하지만, 못 이길 상대는 아니다.

그때, 나는 열기를 느끼고 봉황을 쳐다본다.

동시에 봉황을 붙들고 있던 손이 허공으로 빠져나간다.

놀랍게도 봉황이 불꽃으로 형태를 바꾼 것이었다.

"전원, 내 뒤로 물러나! 에어스트 실드! 세컨드 실드!"

벽화 중에서, 금이 가 있어서 제대로 안 보였던 부분에 그려져 있던 공격인가?

나는 방패를 앞으로 내밀고, 동료들 앞을 막아선다.

"끼이이이이이이이이이이이이이이이이이이익!"

불꽃의 회오리가 몰아치는 동시에 봉황이 우리를 향해 몸을 던졌다.

필로의 스파이럴 스트라이크와 유사한, 불꽃을 휘감은 돌진 공격이다.

하지만 내 방어는 돌파하지 못한다.

"괜찮아?!"

저고도에 있는 봉황이 날린 돌진 공격을 내가 정면으로 막아 낸 덕분인지, 후방에 있는 녀석들은 피해를 입지 않았다.

뭐, 쏟아지는 깃털에 맞거나 사역마들과 전투를 벌이거나 한 탓에 전선 부대도 다소 대미지를 받기는 했지만, 치명적인 수준까지는 아니다.

그때, 나는 내 몸에 이상이 발생했음을 깨달았다.

마력이 빨려 나가고 있다……. 불길한 예감이 드는데.

"끼이이이이이이이이이이이이이익!"

"유성방패!"

고고도에 있는 봉황이 크게 숨을 들이쉬더니, 빨간 레이저 같은 브레스를 흩뿌렸다.

명중하기 직전에, 나를 중심으로 유성방패가 발동해서 방어벽을 전개한다.

"와앗!"

"뀨아!"

고고도 쪽에서 접근전을 벌이고 있던 가엘리온과, 그 가엘리온에 탄 동료들은 가까스로 회피했다. 하지만 그 브레스가 지상 부대를 향해 퍼부어졌다.

"으아아아아아아아아아아악!"

몇몇 부대가 장난감처럼 나동그라진다.

빌어먹을…… 성가신 공격을 더 숨기고 있었던 모양이다.

"마력을 흡수당했어! 아까 저고도에 있는 녀석이 썼던 공격은 지상 부대에서 싸우는 녀석들에게서 마력을 앗아가는 거였고, 고고도에 있는 녀석이 그걸 이용해서 강력한 브레스를 내뿜는 거야!"

하지만, 녀석은 커다란 실수를 저질렀단 말씀이지.

영귀갑에는 C매직 스내치가 있다.

공격을 견뎌 낸 내 방패로부터, 저고도에 있는 봉황을 향해 마법탄이 날아간다.

그러나…… 마법탄은 퍼퍽 하는 소리와 함께 소실되었다.

역시 내 반격은 쥐똥만 한 수준인가…… 그래비티 필드는 봉황에게는 효과가 없는 모양이고.

"으으……."

"공격에 당한 자들을 곧바로 치료해. 알 쯔바이트 힐! 죽으면 시체가 녀석에게 조종당해! 후방 부대는 서둘러 지원하도록."

내가 지시하자, 후방 지원을 맡은 부대가 달려와 나가떨어진 자들 중 생존자들을 구호하기 시작한다.

문제는, 여전히 존재하는 흡수 공격이군.

영귀갑은 MP흡수를 무효화시키지 못한다.

그나마 야만인의 갑옷에 흡수 내성(중)이 있는 덕분인지, 마력이 0이 되지는 않았다는 게 불행 중 다행이랄까?

……SP흡수 가능성도 완전히 버릴 수는 없다는 게 문제군.

드레인 무효 효과가 있는 소울 이터 실드로 바꿀 수도 있지만, 그렇게 하면 방어력에 대한 불안감이 남는다.

아주 못 버텨 내지는 않겠지만, 지금 버텨 내고 있는 게 영귀갑 덕분일 가능성도 없지는 않을 것 같다.

커스 시리즈의 힘을 빌릴 필요까지는 없지만…… 어떻게 대처해야 할지 고민되는데. 커스 시리즈는 반드시 봉인해 둬야 할 만큼 지나치게 강화되어 있다.

위험을 각오하고 변화시키려고 시도했더니, 필요 능력치와 레벨이 부족했었고 말이지.

마룡 녀석, 사라지면서 성가신 물건을 남겨두고 갔군.

응? 저고도에 있는 봉황이 입은 상처가 점점 더 빠르게 회복

되어 간다.

뭐야……. 설마, 이 기술을 내쏘면 회복 속도가 더 빨라지기라도 하는 건가?

고고도 쪽으로 눈길을 돌린다.

일단 그쪽은 회복에 시간이 걸리는 것 같긴 하지만, 그래도 성가시기 짝이 없군.

"완전히 회복하기 전에 디 몰아붙인다!"

"""오우!"""

"최선을 다할게요!"

내 호령에 따라 공격이 재개된다.

각자가 가진 가장 강력한 공격을 내쏘아서, 봉황의 생명력을 눈에 띄게 소모시켜 나간다.

영귀 때와는 그야말로 천지차이군.

그때는 엄청나게 긴 시간이 걸렸었는데, 이번에는 그렇게까지 긴 시간을 들이지 않고도 끝낼 수 있을 것 같다.

저 성가신 공격은…… 위험을 감수해야 하지만 소울 이터 실드로 버텨 봐야겠다.

나에게 불 내성 마법을 중점적으로 걸도록 지시한다.

좋아, 나는 봉황을 찍어 누르면서 루코르 열매를 입에 넣어서 마력을 회복시킨다.

그리고 시간이 다 된 알 레벨레이션 아우라를 다시 걸었다.

뭔가 결정타를 먹일 만한 수단이 없을까?

……맞아.

"가엘리온!"

"큐아?"

"렌을 데려가서 고고도에 있는 봉황과 싸워."

"나오후미, 괜찮겠어?"

"이쪽의 화력은 이미 충분해. 저쪽 봉황을 약화시키는 데 힘을 쏟아 줘. 제압했다 싶으면, 그 뒤에 이쪽에 스킬을 쏴 주면 되고."

"알았어."

가엘리온과 윈디아가 내 지시에 따라 내려온다.

이 작전을 통해서 전투가 조금이라도 편해지기를 기도하자.

회복은 느리지만, 고고도 쪽 녀석이 훨씬 더 튼튼해 보인단 말이지.

저고도 쪽은, 회복 속도는 빠르지만 체력은 약해 보인다.

렌은 가엘리온에 올라타고 고고도 쪽 봉황을 향해 날아간다.

그리고…… 고고도 쪽은 마법에는 강하고, 물리적 공격에는 약한 경향이 있는 것 같다.

사디나와 실디나, 여왕의 대규모 마법이 별 효과를 발휘하지 못하는 걸 보면 그 예측은 틀림없을 것이다.

그렇다면 저고도 쪽은 마법에 약할 가능성이 있겠군.

내 생각을 알아챈 건지 그림자가 나타났다.

"이와타니 공이 상대하고 있는 봉황에게 의식마법을 쏘는 편이 더 효과적이지 않을까? 하는 진언이 들어왔소이다."

"알았어! 다들 내 곁에서 떨어져! 의식마법이 날아온다!"

"나오후미 님은요?!"

아트라의 목소리에, 나는 포울 쪽을 쳐다본다.

"나는 버틸 수 있어. 마법이 끝나면, 공격을 재개해야 해."

"하지만——."

"걱정 마. 빨리 가기나 해."

"알았어요. 아트라 씨, 어서 가요."

"……너는 정말 항상 그런 식으로만 행동하는군."

포울이 기가 막힌다는 듯 뇌까리고, 라프타리아와 함께 아트라를 데리고 후퇴한다.

내 지시에 따라 아군들 모두가 후방으로 물러난 것을 확인한 여왕과 사디나는, 나와 봉황을 향해서 의식마법을 발동시킨다.

물로 이루어진 회오리가 하늘로부터 나를 향해 쏟아졌다.

유성방패로 버텨낸다.

"끼이이이이이이이이이이이이이이이이이이이이익?!"

고밀도 회오리에 의한 공격이 30초 정도 이어지니, 봉황에게도 상당한 대미지가 들어갔다.

뭐, 그래도 렌의 공격보다는 약하다는 점이 좀 안타깝지만, 라프타리아나 포울의 공격을 연속으로 퍼부은 정도의 타격은 들어간 것 같다.

역시 저고도 쪽은 마법에 약한 모양이다.

"끼이이이이이이이이이익!"

저고도에 있는 봉황이 다시 불꽃의 형태로 변신해서 돌진 공격을 시작했다.

나는 방패를 소울 이터 실드로 바꾸어서 막아 낸다.

역시 정면으로 막아 내기에는 버거운 공격이다.

거기에 불 속성 마법까지 걸려 있으니, 그야말로 어마어마한 고화력이다.

가까스로 돌진을 막아 낸 나는 거칠게 숨을 몰아쉬면서 회복 마법이 날아오기를 기다린다.

그리고 고고도에 있는 봉황이 강력한 브레스를 쏘는지 어떤지를 확인했고…… 좋아, 보아하니 그 브레스를 쏘려면 마력이 비축되어야 하나 보군.

불티가 흩날릴 뿐, 아무 일도 일어나지 않았다.

뭐, 저고도에 있는 봉황의 회복이 멈추지 않은 건 문제지만. 이건 마력과는 무관한 모양이다.

하지만, 할 수 있다. 이대로 밀어붙이면 결국은 처치할 수 있을 것이다.

이제 저고도에 있는 봉황을 약화시켜서 정리하기만 하면 승리한다.

"좋아! 이대로 계속 밀어붙이는 거다!"

그렇게 선언한, 바로 그 순간이었다.

──아득히 먼 후방으로부터 날아든 한 줄기 빛이…… 고고도에 있는, 상당히 약화된 봉황을 관통했다.

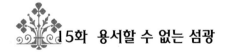 15화 용서할 수 없는 섬광

"어──."

아직 치명상을 주기에는 부족했던 상황에서, 그것도 저고도 쪽 봉황이 회복된 상황에서 대체 무슨 짓을——.

그렇게 생각하며, 나는 빛이 날아온 방향으로 눈길을 돌린다.

뒤쪽이긴 하지만, 연합군이 자리를 잡고 있는 곳과는 다른 방향이다.

도대체 뭐야, 방금 그건?! 봉황의 기습 공격인가?

아니면…… 아니, 방금 그건 그런 게 아니었다.

"끼이이이이이이이이익——."

마치 불타 버린 것처럼, 고고도에 있는 봉황은 깃털만을 남긴 채 공중에서 폭발한다.

주위 일대에 하늘하늘 깃털이 흩날리는 것을 확인했다.

이런……. 후방에서 마법을 영창하고 있는 부대는, 방금 대규모 의식마법을 영창한 직후다.

저고도에 있는 봉황이 마법에 약하다는 건 알고 있지만, 지금 당장은 마법을 쓸 수 없다.

가까스로 정신을 차린 우리는, 저고도에 있는 봉황에게로 눈길을 돌린다.

"끼이——."

저고도에 있는 봉황이 움직임을 뚝 멈춘다.

그리고…… 꾸르륵…… 괴이하고 소름 끼치는 소리가 울려 퍼진다.

그 형체가 조금씩 부풀어 오르는 걸 확인할 수 있었다.

동시에…… 기필코 자폭하겠다고 선언이라도 하는 듯이, 후광이 구체를 이루어 봉황을 감싸기 시작했다.

게다가 부상도 고속으로 치유되고 있는 것처럼 보인다. 두 마리 몫의 생명력이 하나가 된 것처럼.

마력이며 열량이 봉황에 응축되어 간다.

"어택 서포트! 일제 공격이다! 어서, 한시라도 빨리 이 녀석을 해치워!"

피난할 여유 따위는 없다. 매초마다 눈에 띄게 부풀어 오르고 있는 것이다.

터지기 전에 죽이지 못하면 대규모 자폭 공격이 시작된다.

"전 능력치 하강 마법을 다시 걸게요! 레벌레이션 다운!"

이츠키가 냉정하게 상황을 파악하고, 능력치 하강 마법을 걸어 주었다. 고맙다!

"좋아! 유성검! 중력검! 헌드레드 소드!"

"갑니다! 유성창! 브류나크! 에어스트 자벨린! 세컨드 자벨린!"

"최대한 빨리! 유성궁! 버드 헌팅! 스프레드 애로우!"

용사들이 온 힘을 다해 숨 쉴 틈 없이 연속 스킬을 퍼붓는다.

"에어스트 스로우! 세컨드 스로우! 드리트 스로우! 토네이도 스로우!"

"팔극진천명검 연격(連擊)! 1식! 2식! 3식!"

"타이거 브레이크!"

"스파이럴 스트라이크! 하이퀵!"

"나오후미 님!"

아트라도 나를 재촉하면서 봉황의 급소를 찌르기 시작한다.

"빨리── 시저 블레이즈!"

세인도 두 개의 가위 날을 분리해서, 춤추듯이 봉황을 베어 댄다.

거대화한 가엘리온도 상황을 이해한 듯, 봉황을 향해 마법을 영창하며 브레스를 내쏜다!

"하이윙 슬래시!"

윈디아의 협력 덕분에 곧바로 발사된 바람 칼날이 회오리를 일으켜 봉황을 집어삼켜서 그 모습을 가려 버린다!

나는 그러는 동안에 상대에게 기를 보내서, 벽과 에어스트 실드로 공격의 위력이 빠져나갈 길을 봉쇄한다.

"어때, 해치웠어?"

"그, 그럭저럭."

모두, 거칠게 숨을 몰아쉴 만큼 격렬하게 공격을 퍼부었다.

이윽고 모두의 공격에 의해 일어난 연기가 걷히니—— 그 속에는 한껏 부풀어 오른, 거의 한계를 맞이한 봉황의 모습이 있었다.

빌어먹을! 어떻게든 해치울 수 있는 방법은 없는 건가?!

영귀의 마음 방패에 내포되어 있는 에너지 블러스트를 쏠 수 없을지 확인해 보았지만, 가동한 상태가 아니라서 쏠 수조차 없었다.

나는 모두의 앞을 막아서서, 자폭 공격을 막아 내기 위해 기로 만든 기술인 '집(集)'을 발동시킨다.

지금 여기서 자폭 공격을 맞았다간, 나를 제외한 다른 사람들은 살아남을 가능성이 없다.

물론 용사들은 어쩌면 버텨낼 수 있을지도 모르지만, 연합군은 물론이고 노예들도 있는 상황이다.

여기서 물러설 수는 없다.

봉황이 있던 자리에는 마치 태양처럼 눈부시게 응축된 불덩이가 있다.

그리고 그 직후, 그것은 파열돼서 주위를 초토화시키는 종말의 불꽃이 되었다.

같은 시각—— 그때 터져 나온 불꽃은, 머나먼 메르로마르크에서도 목격되기에 이르렀다.

순간, 후광의 빛이 우리의 몸을 스쳐 지나갔다.

스테이터스를 보니 내성 저하 아이콘이…… 젠장! 아주 죽이려고 작정을 했잖아!

나는 폭발하는 봉황 바로 앞에서, 라프타리아를 비롯한 용사들과 노예들, 그리고 연합군 녀석들을 보호하기 위해 일대를 초토화시키는 화염에 맞섰다.

"우오오오오오오오오오!"

목소리를 쥐어짜면서, 화염을 밀어내듯이, 나는 한 발짝, 또 한 발짝 앞으로 나아간다.

내가 보호하는 방향 이외의 지역은 불꽃이 타오르며 주위를 황무지로 변환시켜 나간다.

끄윽……. 작렬하는 화염이 방패의 방어를 돌파하고 나에게 침식해 들어오는 게 느껴진다.

그렇게 여러 번에 걸쳐서 강화했는데도 돌파당하다니 도대체 얼마나 강력한 거냐.

그렇다면 결국은, 자폭이 시작될 때까지의 유예 시간 내에 도망쳐야 한다는 건가……?

하지만 범위를 고려하면 도망칠 수도 없을 것이다.

손끝의 감각이 화상의 수준을 넘어서 통증조차 사라지는 지경에 이르렀다.

본능이 속삭인다. 돌파당하기라도 하면 내 뒤쪽에 있는 자들은 모조리 잿더미가 돼 버릴 수도 있다고.

봉황이 내쏜 화염은 모든 것을 불사르기 위해서 나를 몰아붙인다.

가까스로 버티고 있지만, 그래 봤자 아직 5초도 지나지 않은 것 같은 느낌이다.

도대체 얼마나 긴 시간을 버텨내야 하는 거지?

전개했던 유성방패는 순식간에 파괴되고 말았다.

반사계 방패는 의미가 없고, 에어스트 실드나 세컨드 실드도 이미 전개했었다.

플로트 실드를 다중 전개해서 가까스로 버티고 있는 것에 불과하다.

어쩌지?

"드라이파 레지스트 파이어!"

후방에서, 움직임 좋은 녀석이…… 렌인가? 나를 향해 화염 내성을 올리는 마법을 날려 준다.

불 내성 마법은 모토야스의 주특기일 테지만, 용맥법에 해당하는 마법이라 렌도 쓸 수 있는 것이리라.

레벌레이션이 아니라 드라이파인 건, 영창에 시간이 걸리기 때문이겠지.

총명한 판단이다. 들어오는 대미지가 약간 줄어든 것 같은 느낌이 든다.

하지만 그래도 여전히 언 발에 오줌 누기 수준이다.

"하아아아아아아앗!"

라프타리아가 나를 지탱하듯이 서더니, 손을 앞으로 내뻗어서 '벽'과 '집(集)'을 사용한다.

지금까지 같이 훈련해 온 덕분에 라프타리아도 조금은 쓸 수 있게 됐지만, 그래도 버겁다.

그래도 아예 없는 것보다는 낫다.

아트라와 세인, 라프타리아와 내가 힘을 모으면, 이 공격을 안전한 방향으로 흘려 보낼 수 있을지도 모른다.

하지만 그런 내 생각을 읽기라도 한 듯이, 봉황이 내쏘는 화염의 출력이 한층 더 상승한다.

지금까지는 전초전에 불과했다는 듯이, 화력이 껑충 뛰어오른 불꽃이 나를 불살라 버리려고 몰아붙인다.

방패 틈새로 흘러 들어온 불꽃에 내 어깨가 그을린다.

아무리 연계 작전을 써 봤자…… 이 위력을 흘려 보내는 건 무리다. 앞뒤 가리지 않고 모든 생명력과 기를 희생시키더라도 버틸 수 있을지 자신할 수 없는 고밀도의 화염.

"나오후미 님!"

"나오후미!"

"크윽……"

라프타리아와 다른 동료들이 나를 향해 소리친다.

개중에는 내게 회복 마법이나 지원 마법을 걸어 주는 녀석도 있었는데, 이 짧은 시간에 용케도 그런 마법을 쓰는구나 싶어서 감탄이 나올 정도다.

다만, 그래도 봉황의 필살 공격을 버텨내기에는 턱없이 부족하다.

끄윽…… . 위력에 밀려서 방패를 든 손이 위로 올라가려는 걸 가까스로 억누른다.

당장에라도 나를 날려 버릴 듯 거센 바람이 내게 휘몰아친다. 사지는 그을려서 재가 되어 가고 있다. 내 시야에 나타나 있는 스테이터스 마법 속의 HP 수치도 쑥쑥 곤두박질쳐서 위험 영역에 달했다. 이대로 가다가는 그대로 숯덩이가 되어 버릴 것 같다.

과거의 칠성용사 녀석은 용케도 이런 괴물의 공격 속에서 살아남았군.

벽화 속 그림보다 훨씬 광범위하고 강력한 공격 아닌가?

강화된 봉황이기에 더더욱 강력한 건지도 모른다.

큭…… 이대로 10여 초만 더 있으면, 나는 결국 나가떨어지지 않을까?

아니, 방법이 한 가지 있긴 하다.

이걸 쓰면, 모두가 목숨을 건질 수 있다.

만약에 이걸 쓰면, 나는 100%—— 죽게 되겠지.

하지만 쓰지 않으면, 나만이 아니라 뒤에 있는 이들까지 모두 죽는다.

"할 수밖에 없어!"

내가 그렇게 소리친 바로 그때쯤이었다.

한 소녀가 내 옆에 와서 선다.

"걱정 마세요. 모두를…… 나오후미 님의 바람을 이루어 드리겠어요."

""어――.""

나와―― 그 소녀의 오빠가 할 말을 잃는다.

그 소녀는 힘주어 고개를 끄덕이더니…… 손을 앞으로 내민 채 내달렸다.

순식간에 벌어진 일이었다. 하지만 그 의식 속에서, 움직임은 한없이 느리게 느껴진다. 심장이 욱신 아파 온다.

반사적으로 손을 내뻗는다.

그건 내 역할이다. 내가 하지 않으면, 나 이외의 다른 희생자가 나온다.

나라면 살아남을 수 있을지도 모른다.

아니, 내가 아닌 다른 사람이라면 분명히 죽는다.

이 불꽃은 그런 절대적인 힘이다.

하지만 내가 내민 손은 아트라에게 닿지 못했고…… 아트라는 모든 생명력을 해방한다. '집(集)'을 통해서 불꽃의 방향을 자기 쪽으로 끌어 모으고, '벽'을 이용해서 방향을 고정, 사람이 없는 방향으로 불꽃의 경로를 튼다.

그때 나타난 생명력의 빛은 내가 내뿜을 예정이었던 한계를 몇 배나 웃돌았다.

"아트라!"

그 목소리에, 소녀의 입매가 다정한 웃음을 머금었다.

이마에는 분수처럼 솟아나는 땀을 흘리고…… 손의 살점은 그을리고, 그 상황에서도 기를 이용해서 불꽃의 방향을 틀기 위해 애쓰는 그 의지에…… 종말의 불꽃은 굴복했다.

그 뒤에 남은 것은 고막을 찢어발기는 폭발음과 눈을 뜰 수 없을 만큼의 섬광이었다.

연기 때문에 아무것도 보이지 않는다.

"쿨럭쿨럭! 아트라!"

나는 연기를 흩으려고 손을 휘저으면서 소리친다.

그리고 뒤를 돌아보면서 물었다.

"다들 괜찮아?!"

연기가 걷힌 후에 뒤를 돌아보니, 기력이 다해 축 늘어진 동료들이 있었다.

가까스로 화염의 방향을 트는 데는 성공하긴 했지만, 미처 틀지 못한 불꽃이 연합군에 막대한 피해를 입혔다.

아니, 지금 중요한 건 아트라다.

화염이 집중되어 있던 내 앞으로 나서서, 우격다짐으로 방향을 틀어 놓은 소녀의 모습을 찾는다.

그리고…… 문득 하늘을 올려다본다.

나는 거의 넝마가 되다시피 한 무언가가 하늘에서 떨어져 내리는 것을 보았다.

반사적으로 그것을 받아낸다.

"아…….."

묵직한 무게감이 느껴지면서도, 한없이 가벼운…… 그 넝마 같은 무언가…… 그것이 아트라라는 것을 이해하는 데는 몇 초의 시간이 소모되었다.

"아트라!"

포울이 내게 달려온다.

""끼이이이이이이이이이이이이이이이이이이이이이익!""

거의 동시에, 하늘에 거대한 두 마리 새의 그림자가 나부낀다.

"나오후미! 어서 물러서!"

넋을 놓고 있는 나에게 렌이 호통친다.

"아…… 하, 하지만…… 내가 물러나면…….."

여전히 넋이 나가 있는 나에게, 렌은 강화 봉황을 가리키며 말한다.

"지금의 너는 못 싸워! 최소한 부상이라도 치료해! 그리고…… 그 애도 빨리 치료해! 그 밖에도 많은 사람들이 쓰러졌어. 조금이라도…… 이 중에서 가장 뛰어난 회복과 치유 능력을 가진 나오후미가 가서 전열을 정비시켜야 해!"

말이 나오지 않는다……. 어떡하지? 뭘 어떻게 해야 하지?

"빨리 해! 여기는 우리에게 맡기고!"

"아, 알았어."

"라프타리아 씨! 나오후미와 아트라를 빨리 데려가! 포울도 물러나!"

"아, 알았어요! 필로!"

"응!"

렌의 고함 소리에, 나는 머릿속이 새하얘진 채로 후방으로 끌려갔다.

"아…… 아…….."

말이 나오지 않는다.

지금 아트라는 빈사 상태에 가까운 중상을 입은 상태다.

재가 되다시피 한 건 두 다리만이 아니다. 하반신 전체가 그을려 있다.

살아 있는 게 신기할 정도다.

"하아…… 하아…… 하아……."

후방에 설치된 가설 텐트 안에 아트라를 눕히고, 나는 치유사들과 함께 빈사 상태의 중상을 입은 자들을 치료하기 시작한다.

가장 심각한 부상자는 아트라다.

다른 자들은…… 살아 있는 자들만 중점적으로 모아 온 모양이다.

새하얘진 머릿속에서, 귀에 들어오는 목소리를 반추한다.

"아트라! 정신 좀 차려 봐!"

포울이 누워 있는 아트라의 남은 손을 움켜잡고 절박하게 부르고 있다.

아트라는 포울에게 소곤소곤 뭔가를 이야기하고 있다.

동요하면 안 돼……. 지금 해야 할 일은 부상 치료야.

한 사람이라도 더, 구할 수 있는 생명을 구해야 해.

너는 용사잖아? 그것도 방패 용사잖아?

방어와 지원, 그리고 회복 면에서는 이 세계의 그 누구보다도 뛰어난 존재잖아.

……좀처럼 의식을 집중할 수가 없다.

그래도…… 모두를, 아트라를 죽게 할 수는 없다.

이성을 유지하려고 필사적으로 애쓰며, 의식을 집중시켜서 최상의 회복 마법을 자아낸다.

"레벌레이션 힐!"

회복 마법이 빛을 내뿜으며 아트라를 향해 날아간다.

하지만…… 회복의 빛을 쐬어도, 소실된 아트라의 육체는 돌아오지 않았다.

"어, 어째서?!"

회복 마법은 만능인 것 아니었어?!

그러고 보니 후방으로 물러서는 동안에 아군이 회복 마법을 걸어 주었을 때도, 내 상처는 나았지만 아트라에게는 효과가 없는 것처럼 보였었다.

아니…… 회복은 하고 있는 거겠지만, 그 정도로는 감당해 낼 수 없을 만큼 부상이 심각하다는 건가……?

아트라는 생명력의 한계를 넘어서까지, 아낌없이 힘을 내쏜 것처럼 보였다.

그렇게까지 하고도 살아 있다는 기적에 감사……해야 한다!

그렇다면 다른 방법을 써 보자……. 그런 생각에, 나는 방패에서 이드그라실 약제를 꺼내서 아트라에게 복용시킨다.

바르는 약으로서의 효과도 기대해 볼 만하고, 복용시키면 빈사 상태의 환자도 일으켜 세우는 이 약을 사용하면 고칠 수 있을 것이다. 기를 방출해서 고갈된 생명력도 명력수로 보충할 수 있을 터!

그러나…….

"도대체 왜 안 듣는 건데?!"

아트라의 부상은 나을 기미가 보이지 않는다.

나는 반쯤 자포자기한 심정으로 치유사에게 물었다.

"도대체 왜 안 낫는 거야!"

"……고칠 수 있는, 치유할 수 있는 한계를 넘은 거야."

그때 라트가 찾아와서, 중얼거린다.

"그게 대체…… 무슨 소리지?"

"아트라 씨는 살아 있는 게 기적이나 다름없는 상황이야. 치유사를 비롯해서, 백작의 마법과 약 덕분에, 그래도 지금까지나마 목숨을 이어 붙이고 있는 거야. 하지만 그것도……."

라트는 더 이상 말을 자아내는 것을 단념한 듯 입을 다문다.

"라트 씨, 아트라 씨를 살릴 방법은 없나요?"

"어떻게 해 볼 수 없는 거야? 예를 들어, 네 연구 설비에 있는 장치로 목숨을 이어갈 수 있게 하면 어떻게든 될지도 모르잖아!"

"마물과 아인은 달라. 호문쿨루스의 기술을 사용하면 팔이나 다리 정도는 어떻게든 재생시킬 수 있겠지만, 그 애는 장기까지 타 버렸는걸. 연금술이라고 해서 만능은 아니야."

"그럴 수가……."

"장비도 부족해. 그리고 장비가 갖춰져 있다고 해도 살릴 수는 없어. 시간이 부족하니까. 고대부터 전해지는 금단의 혼 이식 기술이 있다고 듣긴 했지만, 그것도 지금 당장 할 수 있는 건 아니야."

"거짓말 마!"

나는 못 믿어! 틀림없이 살릴 수 있는 방법이 있을 거야!

어디 있는 거냐?! 어딘가에, 지금의 아트라를 살릴 수 있는 방패가 있을 거다.

방패 용사 좋아하시네. 여자아이 한 명을 희생시켜서 살아남은 주제에…….

"나오후미…… 님."

목소리에, 나는 아트라 쪽을 돌아본다.

"저는 모두를, 지켜냈나요?"

"그래, 그보다 네가——."

"오라버니…… 나오후미 님을 제 쪽으로……."

"……그래."

포울이 나를 아트라 앞으로 확 떠민다.

"……알고 있어요. 이제 남은 시간이, 얼마 없다는 걸."

"무슨 소리를 하는 거야. 앞으로도 썩어빠질 만큼 많은 시간이 남아 있어."

내 대답에, 아트라가 힘없이 고개를 가로젓는다.

"나오후미 님…… 이제 됐어요. 마음 쓰실 것 없어요."

"어떻게 마음을 쓰지 말라는 거야?!"

맞아, 이그드라실 약제를 하나만 먹여서 실패한 거다. 더 많이 먹이면 얼마든지 목숨을 구할 수 있을 것이다.

만약의 사태에 대비해 준비한 예비용 약제는 두 개밖에 없지만, 몇 개만 더 쓰면 틀림없이.

나는 치유사를 불러서, 이드그라실 약제를 가져오도록 지시한다.

"그러지 마, 백작! 아까도 이야기했지만, 이미 한계를 넘은 거야!"

"해 보지도 않고 그걸 어떻게 알아?!"

"알고 있으니까 하는 소리야!"

라트를 무시하고 또 하나의 이드그라실 약제를 아트라에게 먹인다.

일난은 상처가 아물고…… 하지만 그 부위를 만져 보고 깨달았다.

재가 된 부분이, 아무리 해도 떨어지지 않는다.

"미안해, 아트라!"

치유사의 나이프를 빼앗아서, 재가 된 부분을 절단하고 이드그라실 약제를 바른다.

그러나…… 재생되는 기미는 보이지 않는다.

"하아…… 하아…….."

가까스로 숨만 붙어 있는 아트라가, 남은 한쪽 손으로 내 손을 어루만진다.

"그러니까…… 이제, 그만하세요."

"싫어!"

내 앞에서 그런 소리 하지 마!

지금까지 나는 그 어떤 일을 겪고도 포기하지 않았다.

믿었던 녀석에게 배반당해도, 악마라고 욕을 먹어도, 내 목숨을 노리는 자들이 덮쳐들 때도, 포기하지 않았다.

그랬건만…… 이런, 이런 말도 안 되는 일로 포기할 수는 없단 말이다!

"나오후미…… 님. 부디 이해해 주세요……. 저는, 이제 더 이상 살 수 없을 거예요. 그건 저 스스로가 가장 잘 알고 있어요. 매초마다 기가 빠져나가고 있으니까…… 알 수 있어요."

"하지만, 그래도——."

완전히 말라 버렸다고 생각했던 눈에서 물방울이 흘러내린다.

"나오후미 님이 가지신 기적의 힘 덕분에 이렇게…… 이야기를 나눌 수 있는 것뿐이에요. 부디…… 진정하고 제 이야기를 들어 주세요."

나약한, 지금 당장에라도 무너져 버릴 것 같은 힘으로, 아트라는 내 뺨을 어루만진다.

"하아…… 하아……."

"……."

내가 입을 다물자, 아트라는 미소를 지으며 마치 어머니가 우는 아이를 어르는 것 같은 손짓으로 내 눈물을 닦아 준다.

"나오후미 님, 저는 이 세상 그 누구보다 나오후미 님을 좋아해요. 그리고 전에도 말씀드렸다시피, 저는 나오후미 님의 방패가 되고 싶어요."

"……그래."

그래서 그런 무모한 짓을 했다는 말이라도 하려는 거냐!

다른 누군가의 방패가 돼서 죽어 버리면, 그 덕에 목숨을 건진 사람이 어떤 심정으로 살아갈지 알고는 있는 거냐?!

그렇게 생각했을 때, 나는 아트라가 내게 전하고자 하는 것이 무엇인지를 깨달았다.

아트라가 한 행동은, 내가 하려 했던 행동이었다.

'집(集)'으로 공격을 모아들여서, 다른 방향으로 빼내는 것.

만약에 그걸 실행했다면 어떻게 됐을지, 그건 나 자신이 그 누구보다 더 잘 알고 있었다.

아트라가 앞으로 나서지 않았더라면…… 지금, 아트라가 있는 곳에 내가 있었을 것이다.

"아무리 그렇다고 해도…… 어떻게…….''

내가 생각해도 한심한, 신 목소리가 목구멍에서 흘러나온다.

"저는…… 만족한답니다. 나오후미 님이 구해 주신 목숨으로, 이렇게 나오후미 님을 지켜드릴 수 있었으니까요."

"안 돼……. 죽지 마. 나를 구하고 죽지 마.''

그건 원래, 내가 해야만 하는 일이란 말이다.

아트라가 죽는 건 싫다.

내가 했다면 살아남을 수 있었을지도 몰랐단 말이다.

"나오후미 님……. 그 말씀에 부응하는 건…… 아마 불가능할 거예요."

"대체 왜?!''

알고 있어! 알고 있단 말이다.

그렇다 해도, 나는 그저 기적을 바라고만 있을 수밖에 없다.

누군가에게, 누구든 상관없다. 신에게 기도라도 해 주마.

아무도 믿지 않는 내가 믿어 주겠단 말이다!

이기적인 바람이라는 건 나도 안다.

만약에 사성용사가 바로 이 세계의 신이라고 해도, 그딴 지위를 내팽개쳐서 눈앞의 이 소녀를 구할 수만 있다면…… 나는…….

"나오후미 님, 제 철없는 부탁을…… 제발 들어 주세요."

"뭔데! 뭐든지 다 들어줄게! 그러니까 절대로 죽으면 안 돼!"

"……저는, 나오후미 님의 방패가 되기를 바랐어요. 그 마음은 지금도 변하지 않았답니다……. 그리고…… 저는, 피도 살점도 영혼도, 이 땅으로 돌아가고 싶지 않아요."

"응?"

아트라는 내 손을 움켜잡는가 싶더니, 이내 손을 떼어 방패를 어루만진다.

"제가 나오후미 님의 첫 번째가 될 수 없는 건 알고 있었어요."

"지금 무슨 소리를……."

"그래도 저는 첫 번째가 되고 싶었답니다. 하다못해 몸이라도, 그 누구보다 가까운 곳에 있고 싶었어요."

밤마다 매일같이 내 처소에 들어오려 애쓰던 아트라의 모습이 떠오른다.

아트라는 내 곁에 있고 싶다고 말했다.

"비록 육체를 잃어도, 나오후미 님과 함께…… 있도록 해 주세요."

그 의도를 깨닫고…… 나는 전율했다.

"말도 안 되는 소리 마!"

아트라가 전하고자 하는 뜻이 무엇인지는 이해했다.

그럼에도 나는, 끈질기게 고개를 가로저었다.

"그게 무슨 뜻인지 알고나 하는 소리야?!"

"네……. 충분히 잘 알고 드리는 말씀이에요."

그 표정은, 농담을 하는 얼굴이 아니었다.

나는 포울 쪽으로 고개를 돌린다.

포울은…… 나를 노려보며 가만히 서 있었다.

이럴 때 한마디 해 줬으면 좋으련만, 왜 입을 다물고 있냐.

피가 배어나올 만큼 주먹을 꽉 움켜쥐고 있으면서, 대체 왜…….

"그리고, 또 하나의 철없는 행동을 용서해 주세요."

"또 무슨……."

내가 포울에게서 아트라에게로 시선을 되돌리자, 아트라는 힘을 쥐어짜서, 내 입술에…… 키스를 했다.

처음으로 여자아이에게 당한 키스는…… 피 맛이 났다.

순식간에 힘이 빠진 아트라가 털썩 쓰러진다.

"줄곧, 노리고 있었답니다. 이제야 이루어졌어요."

"이런 마당에 한가하게 무슨 애정 공세를……."

"라프타리아 씨."

"무, 무슨 일이세요?"

아트라가 줄곧 묵묵히 우리를 지켜보고 있던 라프타리아에게 말을 건다.

"절대로 양보 못 한다면서 벌여 오던 우리의 공방도…… 이제 끝날 때가 온 것 같네요."

"아니요, 앞으로도…… 계속될 거예요!"

"우후후…… 라프타리아 씨까지 그런 말씀을 하실 줄은 몰랐어요. 조금 기쁜걸요. 말 안 해도 알고 계실 줄은 알지만 저는 라프타리아 씨를 질투하고 있었어요. 아무리 애를 써 봤자 저는 나오후미 님의 첫 번째가 될 수 없다는 걸, 알았던 거겠죠."

"아직 결정된 건 아니에요! 아트라 씨와 제가 대결해서, 앞으로도…… 앞으로도……."

커다란 눈물방울을 흘리는 라프타리아에게, 아트라는 미소를 지어 보였다.

그리고 모든 것을 다 깨닫기라도 한 것처럼 말했다.

"라프타리아 씨는 다정하시네요. 나오후미 님이 좋아하시는 이유를 이제 알았어요. 하지만, 하나만 들어 주세요."

"한 가지만이 아니라, 얼마든지 더 말해 주세요. 한 번 정도는 나오후미 님을 양보해 드릴 수도 있으니까."

"라프타리아 씨, 나오후미 님은…… 라프타리아 씨가 생각하시는 것보다 훨씬 더 여자를 좋아하세요. 평범한 남자 분이세요. 그러니까, 조금 더 나오후미 님을, 잘 바라봐 주세요."

"……알았어요. 하지만 그건 아트라 씨도 마찬가지예요. 포기하지 마세요!"

라프타리아가 절박하게, 애원하듯이 말했지만, 이미 아트라의 기는 어디에 누가 있는 것인지조차도 알 수 없을 만큼 약화되어 있다.

남은 시간이 그만큼 적다는 것을…… 차가운 현실을 대변해 주고 있었다.

이윽고 아트라는, 뭔가 깨달은 듯 혼잣말처럼 말을 자아냈다.

"아아…… 그랬었군요. 라프타리아 씨와 결탁해서, 나오후미 님과 함께 지냈으면 좋았을지도 모르겠네요. 왜 이렇게 간단한 걸 지금까지 몰랐던 걸까요……. 이런 식으로 생각하니, 살고 싶다는 생각이, 이루고 싶은 바람을 갖고 싶다는 충동이 드네요."

"사시면 되잖아요! 나오후미 님이라면 분명 고칠 수 있어요!"

"물론이지!"

아트라는 천천히, 아까보다 더 힘없이 고개를 가로젓는다.

"나오후미 님…… 부디 깨달아 주세요."

"뭘 말이야?"

"저는 대놓고, 나오후미 님의 첫 번째가 되기 위해 노력해 왔어요. 하지만…… 그 소원은 이루어지지 않을 것 같아요."

"그게 무슨……."

"나오후미 님, 나오후미 님께서는…… 과거에 입은 마음의 상처 때문인지, 스스로 그런 생각을 피하고…… 계신 거겠죠. 하지만, 이제 자각하세요. 라프타리아 씨는, 나오후미 님을…… 이성으로서 좋아하고 있어요. 저와 마찬가지로."

"이런 상황에서 무슨 소리를 하는 거야!"

"이런…… 때라도 아니면, 나오후미 님은, 이런 말을 들어주시지 않는다는 걸, 저는 알고 있으니까요. 부디, 믿어…… 쿨럭."

아트라의 힘이 아까보다도 더 약해져 가는 것이 느껴진다.

큭…… 이드그라실 약제와 레벌레이션 힐을 좀 더 강하게 걸면——.

"약속을…… 해 주세요. 철없는 소리를 하는 저의 마지막 부탁이에요. 부디…… 나오후미 님을 좋아하는 사람들이 있다는 걸, 자각해 주세요. 그리고 이루어 주세요. 부탁……드리겠어요."

"그래! 알았어! 알았으니까 무리하지 마!"

신이시여…… 제발! 저를 믿는 자들을…… 제발 구해 주소서.

태어나서 지금까지, 이렇게까지 신에게 기적을 바란 적은 없었다.

윗치의 함정에 빠져 누명을 쓰고 속아서 쫓겨났을 때도 이렇게까지 기원하지는 않았었다.

"약속……이에요. 너무 많은, 부탁을 드렸지만……."

"알았으니까…… 들어줄 테니까……."

"우후후…… 나오후미 님이 이렇게 소중히 대해 주시다니…… 저는…… 행복…… 해……."

그렇게 말을 이어가는 도중에, 아트라는 침묵했다.

"아트, 라……?"

내가 필사적으로 몸을 흔들어서 의식을 유지하려고 해 보지만, 아트라는 자상한 미소를 머금은 표정 그대로 꼼짝도 하지 않는다.

"아트라 씨!"

"아트라아아아아아아아아아아아아아아아!"

나의 절규에…… 아트라는 대답해 주지 않았다…….

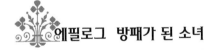

에필로그 방패가 된 소녀

얼마 동안이나 넋을 놓고 있었는지 모르겠다.

라프타리아는 줄곧 울고 있었고, 포울은 그저 날카롭게 나를 노려보고만 있었다.

"……."

아트라의 생명은, 이제 여기에는 없다.

"나를…… 증오해라."

내 몸 하나 살아 보자고, 포울이 목숨보다도 소중히 여기던 여동생의 도움을 받은 나는…… 증오를 받아도 할 말이 없다.

그렇게 뇌까린 순간, 포울은 내 멱살을 붙잡고 질끈 움켜쥔 주먹을…… 멈춘다.

"누가 증오해 줄까 보냐?! 증오해서 너를 편하게 만들어 줄까 보냐?!"

"무슨……."

"아트라는 말이다! 아트라는, 마지막 순간까지, 너를 좋아했단 말이다! 너를 위해서, 자기가 희생하는 걸 선택했어! 그러니까 나는…… 너를 증오하지도, 원망하지도 않아! 아트라 때문에 목숨을 건진 건 나도 마찬가지야. 그때, 내가 말렸더라면 이렇게 될 일은 없었어!"

"하지만……."

'만약' 이라는 가능성이 내 뇌리에 떠오른다.

그때, 이렇게 했더라면 아트라는 죽지 않았을 텐데.

그때, 왜 아트라의 마음에 보답해 주지 못했을까.

"그때, 만나지 않았더라면 아트라는…… 죽을 일도 없었을 텐데."

그렇게 뇌까린 순간, 시야가 옆쪽으로 나가떨어진다.

포울에게 얻어맞은 것임을 깨닫는다.

"세상이 무너져도 그딴 소리는 지껄이지 마!"

"하지만! 그건 사실──."

"그때 너를 만나지 못했더라면, 아트라는 이미 죽었을 거야! 나는 아트라의 목숨을 연명시킬 수 있는 약값을 마련할 재주가 없었어. 한 번만 더 발작을 일으켰다면 그대로 죽었을 거란 말이다! 그랬는데…… 마음대로 걸을 수 있게 되고, 나와 싸울 수 있을 정도까지 된 건 네 덕분이었어! 그런데 그런 네가 그딴 소리를 지껄이다니, 절대 용서 못해!"

"그래도…… 일이 이렇게──."

"아트라의 긍지를 더 이상 욕보이지 마!"

포울은 내게 등을 돌리고 쏘아붙인다.

그 손은 너무 힘을 주어 움켜쥐어서 피가 흐를 정도다.

금속처럼 강한 나를 후려쳤으니, 그냥 좀 아픈 정도로 끝났을 리가 없건만.

피가 방울방울 땅에 떨어진다.

"아트라가 말했어! 그 마을 애들을 자기라고 생각하고 지켜 달라고. 나는 아트라의 유언을 지켜야만 해! 너 따위를── 매형뻘인 녀석을 원망하고만 있을 수는 없어! 절대로 원망해 주지 않을 거란 말이다아아아아아아아아아아아아!"

포울의 절규가 메아리친다.

그 외침이…… 무슨 효과를 일으킨 건지, 거점으로 삼고 있던 사원에서 눈부신 빛이 날아와서 포울에게 퍼부어진다.

나도 모르게 눈을 감을 수밖에 없을 만큼 강렬한 빛이 순식간에 사라지고…… 포울의 손에, 건틀릿이 나타났다.

"이건……."

포울의 손을 덮은, 낯익은 건틀릿…….

포울의 마음에서 우러나온 외침에 전설의 건틀릿이 답하기라도 했다는 건가?

어제까지의 나였더라면, 마치 짠 것 같은 우연이라고 비웃었으리라.

하지만, 지금의 나에게는 그런 여유도 없었다.

그렇다, 다 한발 늦은 것이다…….

"무슨 일이 있어도 아트라와 한 약속을 지켜! 나는…… 나도, 아트라와 한 약속을 지키러 갈 테니!"

포울은 눈물을 흩뿌리면서 떠나갔다.

나는…… 나는…… 훌쩍이는 라프타리아를 다독이면서…… 나를 잘 따르던 소녀가 남긴 유언을 반추한다.

"……잠시, 혼자 있게 해 줘."

나는 아트라의 유해를 끌어안고…… 라프타리아와 라트, 그리고 치유사들에게 부탁했다.

"……알았어. 그치만, 싸움은 아직도 이어지고 있다는 걸 잊으면 안 돼."

"그래, 알고 있어."

"흐윽……."

라트와 라프타리아는 고개를 끄덕이고, 떠나갔다.

나는…… 여전히 정신이 멍한 상태에서 아트라와의 추억을 곱씹고 있었다.

처음으로 내 방에 자러 왔던 그날 밤.

『나는 방패 용사라서, 기본적으로 지키는 것밖에 못해.』

그렇게 자신의 역할을 업신여기듯 말했다.

『이 마을을 보고 있자면, 나오후미 님의 날개 속에서 모두가 보호받고 있는 것처럼 느껴진답니다.』

『날개라…….』

『모두 나오후미 님의 보호를 받으면서, 언젠가 둥지를 떠날 날을 기다리고 있는 것처럼 보여요.』

『둥지를 떠나는 건 좋지만, 최종적으로는 이 마을을 지켜내라고. 안 그러면 벌칙이 있으니까.』

『이 마을에 와서, 저는 나오후미 님의 위업을 들었어요. 정말이지…… 자랑스러워할 만한 일을 해 오셨더군요. 그 어떤 역경에도 굴하지 않고 극복해 오신 나오후미 님을 존경해요.』

『아, 아아……. 그래 보여? 겸손 떨 생각은 없지만, 나도 참 출세했군.』

『하지만, 그런 나오후미 님은 누가 지켜주고 있나요?』

『엉?』

그때, 나는 라프타리아 등의 도움을 받아 온 것을 떠올리며 이렇게 말했었다.

『……없는 건 아니야.』

『저는 이렇게 생각했어요. 라프타리아 씨가 나오후미 님의 검이라면, 저는 나오후미 님을 지키는 방패가 되고 싶다고.』

『방패라……. 그다지 좋은 건 아니라고.』

그 소원은 이렇게 목숨을 바쳐서 이루어졌다.

그러니까 나는 아트라의 유언에 부응해 주어야만 한다.

그렇다……. 나를 어떻게 업신여기고 욕하는 존재가 나타난다 해도, 남을 지켜 주지 못한 나는, 이 약속을, 이 약속만이라도 지켜야만 해──!

"…………!"

이제부터 나는── 금기를 어긴다.

인간의 목숨을 사고, 혹사시키고, 일회용으로 썼던 범죄자 주제에 이제 와서 죄책감에 고통 받는 거냐고 스스로를 조소한다.

아트라의 몸을 바라본다.

비유가 아니라 실제로 손만 대도 무너지고 말 것이다.

그렇게 된 원인은, 그 작은 몸으로 우리를 지켜주었기 때문이다.

그 덕분에 희생을 최소화할 수 있었다.

합리적인 사고방식으로 따지면…… 이해할 수 있다.

용사를 희생시키기보다는, 좋아하는 사람을 지키기 위해서라면……. 그런 생각에 목숨마저 버릴 수 있었던 것이리라.

나도 한 번은 그런 선택을 고려했었던 만큼, 더없이 잘 이해할 수 있었다.

하지만 실제로는 어땠는가?

이 아이를 잘 보라.

말로 표현하기도 꺼려질 만큼, 끔찍한 죽음이다.

그렇건만, 이 아이는 죽는 마지막 순간까지 나를 생각해 주었다.

이런 나를 좋아해 준 소녀.

내 모든 것을 한없이, 무조건적으로 받아들여 준 존재.

그런 여자아이를, 이제부터 방패에 집어넣는 것이다.

두려움, 공포, 절망, 통곡.

갖가지 감정들이 소용돌이처럼 휘몰아친다.

몸의 떨림이 멈추지 않는다.

그렇다 해도, 해야만 한다.

그렇게 기원했는데도 기적이 일어나지 않은 걸 보면, 이런 터무니없는 일을 보고도 못 본 척만 하는 걸 보면…… 아마 신은 없는 거겠지.

아니, 신이라는 게 존재해서는 안 되는 것이다.

존재하기는 무슨!

이런 사태를 그냥 보고 지나가는 신이 존재한다면, 내가 절대로 용서 못 한다.

무슨 일이 있어도 기필코 죽일 거다.

이건 말도 안 되는 일 아니냔 말이다!

얼마 전까지만 해도 모든 게 순조롭게 풀렸다.

충분한 주의도 기울였다.

큰 희생 없이 이길 수 있는 싸움이었다!

그 빛만 없었더라면 아트라가 죽을 일도 없었다.

뭐가 용사란 말이냐. 뭐가 신이란 말이냐. 뭐가…… 이런…… 이런 부조리한 세계에 누가…….

"아트라…… 네가 이 땅으로 돌아가고 싶지 않다고 한 이유, 조금이나마 알 것 같아…….”

이제 두 번 다시 말할 수 없는 소녀의 몸은, 너무 가벼웠다.

그래도 약속을 지켜야 한다.

절대로 어기지 않는다.

이런 쓰레기 같은 세상에, 절대로 아트라를 넘겨주지 않을 거다.

"큭⋯⋯!"

소녀의 몸이 방패 속으로 사라진다.

그것은 지금까지 마물이나 물건들을 넣었을 때와, 조금도 다르지 않은 빛이었다.

커스 시리즈, 라스 실드, 블레싱!

블레스 시리즈, 자비의 방패가 강제 해방되었습니다!

소울 실드의 조건이 해방되었습니다!

아인 시리즈 강제 해방! 컴플리트되었습니다!

노예사 시리즈 강제 해방! 컴플리트되었습니다!

동료 시리즈 강제 해방! 컴플리트되었습니다!

「블레스 시리즈」

블레스 시리즈는 커스를 넘어선 자에게만 주어지는 강력한 무기 시리즈입니다.

기본 방패로서 존재하며, 변화하는 무기의 힘을 부여합니다.

장비 보너스는 변화된 방패에 의존합니다.

블레스 시리즈

자비의 방패

능력 해방…… 장비 보너스, 스킬「체인 실드(공[攻])」「아이언 메이든」「유성벽」

전용효과 「자비의 부름」「인첸트」「축복」「올 레지스트」「스펠 서포트」

눈 먼 소녀와 함께…… 마음이 만들어낸, 자비의 방패.

아주 심플한, 그러면서도 나뭇잎 사이로 비치는 햇살처럼 따스한 온기가 느껴지는 방패였다.

효과는 지금까지 얻은 방패 중에서 가장 높다.

인첸트란 다른 방패에 이 방패의 효과를 더할 수 있다는 뜻임을 알 수 있었다.

그것만으로도 내 방어력은 한없이 상승한다.

그리고…… 아인 시리즈와 노예사 시리즈, 그리고 동료 시리즈가 강제적으로 해방되었다.

장비 보너스도 포함된다.

다시 말해, 노예나 아인, 동료들의 능력이 모두 비약적으로 상승한다는 뜻이 된다.

영귀갑으로 바꿔 본다.

성장하는 힘에 의한 그로우 업!

영귀갑 방패로 변화했습니다!

또 다른 능력 향상 효과가 작동한 상태다.

어떤 능력이 향상됐는지, 지금은 살펴볼 여유가 없다……

치유를 받던 자들도, 어느새 치유를 마친 상태였다.

치유사들은 기적이라고 떠들어대고 있다.

하지만 나는…… 텐트 앞으로 나가서, 하늘을 나는 봉황에게로 눈길을 돌린다.

"끼이이이이이이이이이이이이이이이이이이이이이익!"

원래는 봉황 역시, 오스트가 그랬던 것처럼 세계를 위해 싸우고 있다.

장치로서의 역할을 완수하고 있을 뿐이라는 건 충분히 알고 있다.

오스트도…… 다 알면서 싸우고 있었던 거였으니까…… 내가 해야 할 일은 오직 하나뿐이다.

"필로!"

봉황을 상대로 고전을 펼치고 있던 필로를 불러들인다.

"……왜애?"

아트라의 상태를 걱정하고 있던 필로는, 내 얼굴을 보고 슬픈 표정으로 다가와서 묻는다.

지금까지는 알지 못했던, 필로의 다정한 마음이 보였다.

그것이 아트라의 힘인지, 아니면 자비의 방패가 가진 힘인지는 알 수 없다.

증오만이 아니라, 다정함이 혼재된…… 모순된 감정이 가슴속에서 들끓어 오른다.

하지만 이 감각이 방패의 영향이라 생각하고 싶지는 않다.

"내키지 않겠지만, 나를 가엘리온 근처로 데리고 가."

"응……. 하려는 거구나."

"그래, 최대한 빨리 연장전을 마무리 짓는 거다!"

필로의 등에 올라타고, 서둘러 전장으로 복귀한다.

내가 손짓으로 신호를 보내자, 필로는 다리에 한층 더 힘을 주어서 가엘리온 밑으로 도약한다.

"가엘리온! 주인님을 부탁할게!"

"뀨아!"

윈디아를 태운 가엘리온이, 필로의 등에서 몸을 날린 나를 붙잡는다.

"조금만 더 힘 내, 주인님!"

"그래!"

낙하해 가는 필로가 나를 향해 손가락을 추켜세우듯 날개 끝을 세우며 말했다.

그리고 필로는, 착지하는 동시에 저고도의 봉황에게 돌격해 간다.

"끼이이이이이이이이이이이이이이이이이이익!"

봉황이 우리에게로 눈길을 돌리고 발톱으로 찢어발기려 한다.

평정심이라는 표현이 가장 잘 들어맞을까.

증오의 대상을 눈앞에 두고도, 마음이 검게 물들지 않는다.

하지만, 고통만은 느낄 수 있다.

세계의 부조리함을 알 것 같다.

모두가 입은 상처를…… 소중한 이를 잃은 자의 슬픔을 알 수 있다.

그것들을 이해할 수 있기에, 분노하지 않을 수 없었다.

"시끄러워."

쩌억 하고 봉황의 발톱을 한 손으로 막아 내고…… 나는 곧바로 지면을 향해 봉황을 내팽개친다.

"끼이이이익?!"

봉황은 화들짝 놀란 채 공중에서 자세를 가다듬고, 이쪽을 향해 날갯짓을 한다.

그 표정은…… 어째선지 고통에 차 있었다.

약해진 건가? 이 타이밍을 노려야겠지.

직후, 나는 가엘리온의 등에서 봉황을 향해 몸을 날렸다.

"큐아?!"

"어?!"

가엘리온과 윈디아가 아연실색한 표정을 짓는다.

"지금부터 이 녀석을 땅바닥에 추락시키겠다. 그대로 몰아붙여."

"으, 응!"

"큐아아아……."

나는 나직하게 으름장을 놓듯이 가엘리온과 윈디아에게 선언하고, 그래비티 필드를 작동시켰다.

전에는 작동시켜도 효과가 없었지만, 지금은 할 수 있다.

한계까지 찍어 눌러서 날 수 없게 만들었다.

"끼이…… 끼이이이익!"

무게 때문에 날 수 없게 된 봉황이 필사적으로 날갯짓을 거듭하지만, 끝끝내 고도를 유지하지 못한다.

그대로 저고도의 봉황이 있는 곳으로 추락해 간다.

그리고 모래 먼지가 피어오르는 지면 근처의 전장에서, 두 마리의 봉황을 모두 찍어 누른 채로 스킬을 외친다.

"체인 실드!"

두 마리 봉황이 방패에서 나온 사슬에 결박되어 한 덩이가 된다.

이렇게 준비를 갖춘 후에, 주위에 있는 자들에게 소리쳤다.

"모두들! 해치워!"

"나, 나오후미?!"

"뭣들 하고 있는 거야? 빨리 이 녀석을 처치해."

"알았어! 타이거 브레이크!"

가장 먼저 행동에 나선 건 포울이다.

그야 당연히 그렇겠지.

지금 나는 그 누구보다도 네 마음을 잘 이해할 수 있을 것 같은…… 기분이 든다.

물론, 육친을 잃은 기분까지는 알 수 없을지도 모른다.

하지만 아트라가 어떤 아이였는지는, 나도 잘 알고 있다.

"내 걱정은 하지 마. 한시라도 빨리 이 녀석을 처치하는 거다. 정확하게, 동시에 죽여야 해!"

"오오!"

한동안 말문이 막혔던 모두가 고개를 끄덕이고, 저마다의 필살 공격을 내쏜다.

"나오후미, 아트라는……."

공격 도중에 렌이 내게 묻는다.

"……."

나는 말없이 시선을 돌렸다. 지금은 그 일에 대해 생각하고 싶지 않다.

"큭……."

내 의도를 이해했는지, 렌은 고통에 찬 신음을 흘렸다.

동시에 검에 들어간 힘이 한층 더 강해진다.

"몸이…… 가벼워!"

키르가 검을 앞으로 움켜쥐고 필로처럼 돌격해서 봉황을 검으로 꿰뚫는다.

"응. 아까와는…… 움직임이 전혀 달라."

노예들이나 나와 같은 부대에 속해 있는 자들의 움직임이 눈에 띄게 좋아지고, 공격도 예리해졌다.

노예 시리즈, 그리고 동료 시리즈의 해방에 의한 능력 상승이리라.

딱히 인식하고 있는 건 아니지만, 막대한 양의 효과가 있는 게 틀림없다.

이 모두가 다 아트라 덕분이다.

"빨리, 더 빨리 해치워. 여기에 있는 부조리함을, 슬픔을…… 한시라도 빨리 없애 버려."

봉황들이 일제히 나를 향해 공격을 퍼부어 대지만 나는 조금의 타격도 받지 않는다.

발톱도 브레스도 날갯짓도, 모두 무의미한 발악으로 끝난다.

한군데에 모여 있는 적은 그저 사냥감에 불과할 뿐. 전원이 힘을 모아 일방적으로 처치할 수 있다.

"중력검!"

"브류나크!"

"버드 헌팅!"

"토네이도 스로우!"

"팔극진천명검 2식! 3식! 스타더스트 블레이드!"

"스파이럴 스트라이크!"

화력이 높은 자들이 각각의 필살 공격을 퍼붓고……

"의식마법, 운석을 발동시킵니다! 이와타니 님!"

여왕이 경고했지만, 나는 내 안전에 개의치 않고 공격해도 된다고 눈짓으로 신호를 보낸다.

"알겠습니다! 그럼 이와타니 님 이외의 다른 분들은 물러서 세요!"

여왕의 경고에 따라 동료들이 거리를 벌리는 동시에 하늘에서 거대한 운석이 나타나, 나까지 몽땅 짓눌러 버릴 기세로 봉황을 향해 낙하해 온다.

순식간에 폭염이 나와 봉황을 휘감았지만, 나 자신은 조금의 대미지도 받지 않는다.

"가는 거야, 실디나!"

"응!"

사디나와 실디나가 후방에서 의식마법 영창을 완성시켰다.

"풍뢰신(風雷神)!"

의식마법 『징벌』보다도 더 굵직한 번개와 진공의 회오리가 봉황에게 퍼부어진다.

""끼이이이이이이이이이이이이이이이이이이이익!""

한쪽이 비명을 지르는 동시에, 다른 한쪽에게서 이상한 고동이 느껴지기 시작한다.

그렇다, 자폭이다.

물론 그렇게 하도록 놔둘 생각은 없다.

의식마법을 퍼붓는 틈틈이 동료들이 내달린다.

"어택 서포트!"

"티이기 램페이지!"

이윽고 전원의 보조마법을 받은 포울의 필살 공격이 명중해서, 두 마리 봉황은 거의 동시에 깃털만을 남기고 사라졌다.

""""우오오오오오오오오오오오오오오오오오!""""

승리의 함성이 일대에 메아리친다.

깃털이 눈처럼 내리고, 나는 그저, 조용히 그 속에 서 있었다.

"아트라……. 해냈어."

방패를 드높이 치켜들고, 나는 아트라에게 승리를 보고한다.

원래는 너를 희생시키지 않고도 이길 수 있는 싸움이었는데.

이런 짓을 한 녀석은…… 절대로 용서하지 않을 것이다.

"렌! 알고 있겠지?"

"물론!"

"여왕에게도 전해. 이런 짓을 한 녀석을 색출해 내라고! 절대 용서 못 해!"

존재 여부가 의심스러운 칠성용사인지, 아니면 이번에도 또 세인의 숙적들인지는 알 수 없다.

세인에게 눈길을 돌리니, 모르겠다는 듯 고개를 가로젓는다.

감히 이런 짓을 하다니…… 만약에 세인의 숙적 세력이라면,

확실히 용사를 죽이기 위한 최적의 타이밍이긴 했다.

그 점에 대해서는, 세인이 항상 경고하곤 했었다.

그 녀석이 범인이었다면…… 이 대가를 어떤 식으로 치르게 해 줘야 하겠는가?!

"그런데…… 어째선지, 폭발 후의 봉황은 기운이 없었어."

렌이 우두커니 중얼거렸지만, 분노에 찬 나는 무시해 버린다. 지금은 그딴 게 중요한 게 아니다!

"가자!"

나는 필로를 불러들여서, 그 봉황을 꿰뚫은 섬광이 날아든 근원 쪽으로 가도록 지시했다.

렌도 가엘리온을 타고 따라온다.

하지만 그날, 해가 저물 때까지 찾아다녔지만, 범인으로 보이는 인물은 찾아낼 수 없었다.

"젠장! 범인은 어디로 사라진 거냐!"

"더 이상의 수색은 의미가 없어. 나오후미, 너는 먼저 쉬어."

렌이 그답지 않게 내게 지시를 내린다.

"무슨 소릴 하는 거야!"

"찾아내면 보고할게. 그때까지는 좀 참아."

"하지만──."

"부탁이야……."

반론하려 드는 나에게 렌이 타이르듯이 말했다.

그 표정은, 슬픔과 분노가 뒤섞인 복잡한 표정이었다.

"나오후미, 지금 화가 난 건 너만이 아니야. 나도 비할 데 없는 분노로 가득 차 있어."

"……그랬군."

"나도 범인을 용서할 생각 따윈 없어. 하지만, 조금만 더 냉정해져."

그 말에…… 조금이나마 냉정함을 되찾는다.

혹은 진정한 분노가 차오르는 바람에, 자신이 냉정해졌다고 착각하는 것 같은 느낌도 든다.

지금의 감정은…… 한마디 말로는 설명할 수 없다.

윗치에게 배반당했을 때와는 다른, 이질적인 분노가 머릿속을 지배하고 있는 것 같은 느낌이었다.

지금은 조금 쉬어야 할 때인지도 모르겠다.

최소한, 지켜야 할 상대와 분노해야 할 상대를 구분할 수 있는 상태가 될 때까지는 쉬어야 한다.

내 마음속의 냉정해 보이는 일면이 그렇게 주의를 준다.

"……알았어. 미안하다. 뒷일은 맡기도록 하지."

나는 해가 지는 사원 옆에 쪼그려 앉는다.

수색은 아직도 계속되고 있다.

렌의 말에 따라 휴식을 취하다 보니, 나는 나 자신이 지금껏 느낀 적이 없을 만큼 분노하고 있다는 것을 자각할 수 있었다.

자비의 방패 덕분에, 몸을 불사르는 것 같은 분노는 옅어진 상태이긴 하다.

하지만, 그럼에도 용서할 수 없는 것이다.

너무나도 깊은 부조리, 슬픔, 고통…… 그것들을 알았기 때문에.

분노가 조금이나마 식어 가자, 뒤이어 가슴속에 휑한 구멍이 난 것 같은 상실감이 나를 지배한다.

정신을 차리고 보니, 나는 연합군 가설 텐트 안에 앉아 있었고…… 라프타리아가 내 앞에 서 있었다.

"아트라 씨는 비겁해요. 저는, 제 힘으로 나오후미 님의 마음을 얻으려고 마음먹었는데……."

"그랬구나……. 하지만, 지금은……."

"알아요. 알고 있으니까…… 제발, 울음을 그치세요."

그렇게 말했지만, 실은 라프타리아가 더 슬프게 울고 있었다.

다른 누군가의 아픔을 이해하는, 그런 마음이 담긴 눈물이다.

"나는 안 울어."

말하는 동시에, 무언가가 뺨을 타고 흐르는 감촉이 느껴졌다.

이건…… 눈물인가?

구호 텐트에서 나온 이후로, 내가 울고 있다는 걸 자각한 적은 없었다.

하지만…… 다른 동료들은 알고 있었던 건지도 모른다.

울고 있었던 것이리라.

"우우……."

그것을 자각하는 순간, 허무함이 내 머릿속을 지배하기 시작했다.

"나오후미 님……."

나는 나도 모르게 라프타리아를 끌어안고 울음을 터뜨렸다.

성에서 모토야스와 결투했을 때 다시는 울지 않기로 마음먹었었건만.

눈물이 그치지 않는다.

울지 않으려 애쓸 때마다 눈물이 쏟아져 나온다.

다른 이들의 슬픔을, 고통을, 아픔을 모두 이해한다.

이건 부끄러운 일이 아니라 올바른 일이라는 걸, 뒤늦게나마 이해할 수 있었다.

누구보다도 가까이에서, 방패가 되어 준 소녀를 생각하며……
지금은 그저…… 조용히, 울고 싶다.

그리고…… 이런 짓을 저지른 녀석에게 기필코 대가를…… 치르게 해 주겠노라고 맹세했다.

방패 용사 성공담 15

2017년 07월 18일 제1판 인쇄
2017년 07월 28일 제1판 발행

지음 아네코 유사기 | **일러스트** 미나미 세이라 | **옮김** 박용국

펴낸이 임광순 | **제작 디자인팀장** 오태철

편집부 황건수 · 정해권 · 김동규 · 신채윤 · 이병건 · 이홍재
디자인팀 박진아 · 정연지 · 박창조
국제팀 노석진 · 엄태진

펴낸곳 영상출판미디어(주)
등록번호 제 2002-000003호
주소 21311 인천광역시 부평구 평천로 132 (청천동)
전화 032-505-2973(代) | **FAX** 032-505-2982

ISBN 979-11-319-6112-4
ISBN 979-11-319-0033-8 (세트)

Tate no yuusha no nariagari 15
ⓒ Tate no yuusha no nariagari by Aneko Yusagi
First published in Japan in 2016 by KADOKAWA CORPORATION, Tokyo.
Korean translation rights arranged with KADOKAWA CORPORATION, Tokyo.